神机妙算
刘伯温

丁当——著

中国华侨出版社
·北京·

神社casino
別格社

前言

他是那个时代顶尖的智者，无论是陈友谅的无敌舰队，还是元帝国的铁骑精锐，在他面前都只能甘拜下风，即使放眼整个中国史的策士排行榜，他也能轻轻松松打进前四强（另外三位是姜子牙、张良、诸葛亮，都是神一样的存在）。

他是一个政治家，是大明帝国的总设计师，他设计的规章制度为帝国两百多年的有效运行打下了坚实的基础，甚至连帝国的名字，都是他起的。

他是一个儒生，但他最擅长的是阴阳五行，风水占卜。他"掐指一算"，能知过去和未来；他"夜观星象"，能晓天下大势。你若是问他是不是真的神仙转世，他会一脸神秘，笑而不语。

他是一个文人，一个畅销书作家，他的书长期盘踞在明初畅销书排行榜前十强，甚至在他过世之后依然有无数署着他名字的书出现，这些书无一例外都风靡一时，因为他的名字就是畅销的保障。

他是一个建筑师，在他的主持和统筹下，一座拥有上千年历史的名城重新焕发出了帝王气象。

他更是一个传说，身前身后，留下了无数靠谱和不靠谱的故事，这些故事直到今天依然在神州大地上流传。

他的名字叫刘基，字伯温，没错，他就是本书的主人公刘伯温。

三分天下诸葛亮，一统江山刘伯温。翻开本书，看千古谋臣刘伯温如何谋人、谋事、谋天下，更谋百年！

目录

引子：刘伯温的惊世预言

自小神童，学到了多少文韬武略

　　留给后世子孙的财富 ...6

　　军人世家的铁血基因 ...11

　　不务正业的天才少年 ...15

　　不可或缺的良师益友 ...20

　　应试教育也能出人才 ...23

官场历练，磨掉了多少少年心性

　　该来的始终是要来的 ...28

　　光做好人是不够的 ...31

　　辞掉官职出去游历 ...36

　　做官不是自己专长 ...41

初掌兵权，遭遇了多少不平之事

　　方国珍的升迁之道 ...46

　　策略管用才能算好 ...52

　　忠烈之士被下囚笼 ...57

  纵情山水排遣忧思 ...60
  打仗之余还要人心 ...64
  用巧计除掉吴成七 ...69
  最终还是分道扬镳 ...74

方向不对，浪费了多少时间精力
  大元帝国崩溃前夕 ...78
  朱重八的参军历程 ...82
  朱元璋的崛起经历 ...88
  历史性的擦身而过 ...93
  写故事书的刘伯温 ...97
  或许一开始就错了 ...100

三足鼎立，淘汰了多少英雄人物
  三顾茅庐不可复制 ...106
  刘伯温的建国方略 ...112
  陈友谅的登顶之路 ...117
  张士诚的逆袭之路 ...123
  穷人看不起叫花子 ...129

胜败之间，暗藏了多少谋略算计
  大军师的危机应对 ...134
  龙湾之战的诈降计 ...137
  军师还会天气预报 ...141
  以彼之道还施彼身 ...147

最悲不过生离死别 ...153

危难之时力挽狂澜 ...158

料敌于先胜过硬扛 ...163

鄱阳决战,借助了多少地利人和

天子是用来掣肘的 ...170

无敌舰队遇上克星 ...175

战场上宿命般相遇 ...181

自作聪明的陈友谅 ...186

不是成魔就是成佛 ...193

最终谢幕的陈友谅 ...196

文武并进,终结了多少竞争对手

终于轮到了张士诚 ...202

张士诚自挂东南枝 ...207

大元朝的穷途末路 ...213

是时候到方国珍了 ...218

拔除最后的钉子户 ...222

开国功臣,贡献了多少聪明才智

"神棍"变成御史大人 ...228

营建皇宫舍我其谁 ...234

制定历法惨遭"退稿" ...239

大明律法的开创者 ...242

卫所制度稳定兵权 ...245

开科取士注重全面 ...248

君臣离心，改变了多少最初情感

朱元璋的心态变化 ...252

朝廷斗争需要棋子 ...256

抢先牵制淮系集团 ...258

君臣离心韬光养晦 ...263

好良言被当耳旁风 ...266

最后的宿敌终登场 ...270

生死博弈，承受了多少刀光剑影

往昔情分所剩无几 ...276

君臣论相步步惊心 ...278

几乎达到穷途末路 ...281

再次惨败无力回天 ...285

官越小反而越安全 ...289

抽身离去，留下了多少传奇故事

"山中宰相"战战兢兢 ...294

胡惟庸的致命一击 ...297

再次返京争取主动 ...300

一代谋臣人生落幕 ...303

不过是一文人而已 ...306

引子 刘伯温的惊世预言

在中国历史上，有两本神乎其神的预言书：一本是唐代袁天罡、李淳风所作的《推背图》；另一本叫作《烧饼歌》，作者是刘伯温。

为什么要叫《烧饼歌》这么奇怪的名字呢？书中记载了这样一个故事：

1368年的某一天，刚刚登基没多久的洪武大帝朱元璋正在自己的皇宫里啃烧饼。

吃着吃着，刘伯温来了。

在这位大明第一智者、帝国首席策士的面前啃烧饼，毕竟影响不好，于是，朱元璋就把吃了一口的烧饼扣在碗下面藏了起来。

在召见刘伯温的过程中，朱元璋突然玩性大发，想起刘伯温种种神机妙算的往事，决定考一考他。于是，他问刘伯温说："先生你对阴阳术数非常精通，你能不能猜出我这碗底下扣着什么？"

又玩这种无聊的游戏，刘伯温嘴角泛起一丝苦笑，却不敢违令，掐指一算，立刻吟出一句诗："半似日兮半似月，曾被金龙咬一缺。陛下，我猜这是个烧饼。"

朱元璋听罢立刻一拍大腿："哎呀，实在太准了。"于是，他又得寸进尺，"那先生能不能帮我算算后世的事情？"

这回刘伯温不干了——这种天机泄露出来，先别管老天爷会不会震怒，朱元璋绝对首先发飙了——只得随口敷衍道："茫茫天数，陛下你注定万子万孙，有什么好问的？"

其实刘伯温已经偷偷泄露了天机，明朝最后果然亡于万历皇帝的儿子朱常洛和孙子朱由校、朱由检之手，岂不正是万子万孙吗？

朱元璋当然听不出这个玄机，还是坚持要问。刘伯温没办法，只得先把丑话说在前头："泄漏天机，我的罪责实在不轻，陛下要是实在想听我算，请先赦免我的死罪！"

朱元璋也不含糊，当下赐给刘伯温免死金牌："你说吧，我罩着你。"

吃了定心丸的刘伯温开始推算未来，只见他跟跳大神一样，算一句，唱一句。

    我朝大明一统世界，南方终灭北方终，
    嫡裔太子是嫡裔，文星高拱日防西。

朱元璋立刻打断："南京城防守如此严密，难道还用得着怕谁吗？"

"都城虽然防守严密，但恐怕燕子会飞进来。"耐心地解释完，刘伯温继续唱：

    此城御驾尽亲征，一院山河永乐平，
    秃顶人来文墨苑，英雄一半尽还乡。

这段顺口溜内容晦涩，令人不知所云，朱元璋听得似懂非懂。

但是，对于后人来说，刘伯温的这段歌谣也并非无迹可寻，读懂之后，实在令人震惊不已。

因为在这段歌谣中，刘伯温已经准确预测了朱元璋身后大明王朝即将经历的历史！

"此城御驾尽亲征，一院山河永乐平，秃顶人来文墨苑，英雄一半尽还乡。"指的就是燕王朱棣（年号永乐）在谋士姚广孝（秃顶人）的帮助下谋逆篡位的史实。

这件事情都发生在刘伯温去世的几十年后，连朱元璋也无缘见到，但它确实发生了。

刘伯温的这段歌谣总共长达一千多字，事后被结集成册，在民间广为流传，这便是《烧饼歌》的正文部分。

如果说《烧饼歌》仅仅预测了靖难之役，那或许并不足为奇，但它的神奇之处在于，它甚至预测到了鸦片战争和慈禧当政。

在刘伯温唱给朱元璋的歌谣里有这样一句话：

草头人家十口女，又抱孩儿作主张。

二四八旗难遮日，思念辽阳旧家乡。

东拜斗，西拜旗。南逐鹿，北逐狮。

分南分北分东西，偶遇异人在梦乡。

草头，十口，不就是叶赫二字吗？而慈禧太后正是出自叶赫那拉氏！至于后面一句就更明显了，光绪皇帝六岁登基，慈禧太后垂帘听政，岂不正是"又抱孩儿作主张"？

而"东拜斗，西拜旗。南逐鹿，北逐狮"则预言了西方列强在中国大肆划分租界和势力范围，当时的中国，可不正是被西方列强"分南分北分东西"吗？

朱元璋听得无名火起,问刘伯温:"胡人至此败亡否!"

刘伯温没有直接回答,依然不急不慢地吟唱:

手执钢刀九十九,杀尽胡人方罢手。

这一句话,是否让人想到19世纪末的义和团运动——"神助拳,义和团,只因鬼子闹中原……洋鬼子全杀尽,大清一统定江将山"?

这样的歌谣还有很多,在后来的历史中,它们都逐一得到应验。《烧饼歌》就像一部在历史发生前就已经写完的历史书,人们能做的就只是解读它,然后等着它发生。

而在这本伟大的预言书上,只有一位署名作者,那就是——刘伯温。

自小神童，学到了多少文韬武略

留给后世子孙的财富

1311年，元帝国迎来建立四十周年，也是在这一年，元武宗孛儿只斤·海山去世，他的弟弟孛儿只斤·爱育黎拔力八达取代了他，成为帝国新的统治者。

四年前，海山通过一系列惊心动魄的政变取得了皇位，但他只过了四年皇帝瘾，这四年里，他似乎做了什么，却又似乎什么都没做，元帝国继续沿着历史的轨迹，一步步走入谷底。

可以说，海山的去世对帝国造成的影响力几乎为零。一个人最大的悲哀是什么？不是人死了钱没花光，而是人死了，却跟没活过一样。

甚至没有多少人记得他，人们只记得1311发生的另一件事——一个叫刘基的孩子降生了，无数人的命运即将改变。

1311年七月初一，浙江处州路青田县武阳村，刚刚降生的刘基正圆睁双眼，好像在好奇地打量着这个陌生的世界，几十年后，这双眼睛会像利剑一样洞穿所有敌人的心。但是在这一天，小刘基还需要面对他人生中第一项艰巨的任务：吃奶。

父亲刘炝正笑盈盈地逗着肉嘟嘟的小刘基，这是他的第二个儿子，像所有传统的父亲一样，他希望这个孩子能够健康成长，能够出人头地，至少要超越自己。

刘炝是一名分管教育的基层官员,任职地是隔壁的遂昌县。遂昌县位于温岭的群山中,那里非但没有多少肥沃的耕地,还常有猛虎毒蛇堂而皇之地出来害人,在这样一个不毛之地的清水衙门上班,刘炝在当地官场混得实在称不上风生水起。

刘炝当时的收入情况,恐怕也刚够让小刘基有饭吃,有书读。"父亲给不了你太多,将来的路得靠你自己走了。"刘炝慈爱地看着小刘基,低声说道。

其实刘炝不知道,他能给予小刘基的财富远远超过他的想象,是的,他没有钱,没有权,没有地位,但是,凡事不能看表面,事实上,刘基的父母留给他的最大财富,就是家风。

常言道:"龙生龙,凤生凤,老鼠的儿子会打洞。"这话一方面说的是遗传基因,但更重要的是家风的熏陶,成长于龙凤世家,每天听到见到的都是神仙论道、天材地宝,气质想不华贵都难,而若是不幸成长于"老鼠"世家,每天与泥巴腐肉为伍,耳濡目染的都是"今天厨房剩下几根鸡骨头,可别让苍蝇蚊子给偷走了"之类的事情,想不"獐眉鼠目"都难。

那么刘基从小生活在什么样的家风之下呢?

在刘父之前,我们先来认识一下刘基的母亲。

和绝大多数勤劳善良的中国女性一样,这位母亲没有留下自己的名,在嫁给刘炝之后,她就一直被称为"富氏"。说起富氏这个家族,在刘基的老家青田县可是无人不知无人不晓,若是往上追溯,可以一直追溯到唐朝末年的工部郎中、松州刺史富韬,但是最有名的莫过于北宋大词人晏殊门下的富弼。当时晏殊门前有一副对联"门前桃李中欧苏,堂上蒹葭推富范",说的便是晏殊门人中数一数二的四位人物欧阳修、苏轼、范仲淹和富弼。在北宋时期,富氏家族声名显赫,富弼的孙子甚至进入了枢密院。

虽然到了刘基母亲的时代,富氏家族已经衰落了,但是这个家族从来不缺读书人。刘基的母亲从小就接受良好的教育,是个知书达理、聪慧贤淑的女人,可以算是刘基人生中最重要的启蒙老师了。从这位贵族后裔的母亲身上,刘基学会了儒雅地为人,优雅地生活。

刘基的父亲刘爚也是个温文尔雅的读书人,还是个兢兢业业的"公务员"。他安贫乐道,从来没有做过出格的事情。刘爚逝世后,朱元璋在《永嘉郡公诰》中这样评价刘爚:"刘爚身怀大才,却没有太大的官瘾,他只是致力于把自己的才华学问传授给他的儿子刘基,并教给刘基做人的道理,让刘基能够在行为上效法古人,在谋略上触类旁通,成为朝廷倚赖、百姓景仰的谋臣,这都是刘爚教导有方的缘故啊!"

的确,刘爚的学问可能比不上刘基后来的老师们,但他是一个领路人,正是他领着小刘基敲开了学问的大门,更重要的是,他教会了刘基应该以怎样的准则去做人,而这一点,小刘基一生都会铭记。

另一个时刻影响着刘基的人,是他的曾祖父刘濠。

在刘濠的时代,刘氏家族还没有彻底衰落,所以刘濠还是个地主,一个乐善好施的好人。后人记载,每次遇到"淫雨霏霏,连月不开"或者"千里冰封,万里雪飘"的日子,刘濠就会找个山头爬上去——不是去健身,而是看看谁家没有升起炊烟,没有炊烟的家庭估计就是没米下锅了。刘濠就会打开自己的粮仓,赈济这些可怜的穷人。

刘濠还有很多乐善爱民的故事,其中最有名的,是刘濠一桩智救万人的义举。《两浙名贤录》上对这个故事有比较详细的记载。

元朝初年，一个叫林融的人起兵造反，然后毫无悬念地被扑灭了。本来这只是一次无甚亮点的造反运动，在封建王朝，这样的运动每个月总有那么两三次。可坏就坏在这次林融打的是兴复赵宋王朝的旗号，这还得了，元帝国的统治者清晰地记得当年自己与宋王朝鏖战四十余年，还搭上一个可汗性命的惨痛经历，往事不堪回首。于是，元朝派了使者专门来青田调查，发誓要把林融的余党都揪出来，来个斩草除根。

余党，在中国历史上一直是个腥风血雨的词儿，所有人都知道，清洗余党正是以公徇私、公报私仇的最好机会。说你是余党，你就是余党，不是也是。不小心跟主谋说过一句话，写过一封信，对过一个眼神，甚至，人都不认识主谋但不幸跟主谋的仇人有仇——这样的人都可以被扣上一顶余党的帽子，然后一刀杀掉。

特使就是拿了这么一张空白的"死亡笔记"来到青田县，一个月下来，笔记上的姓名已经写得满满当当的，绝大多数都是无辜群众。

作为青田县的大地主，刘濠有幸看到了这份名单，看完回家之后悲不自胜，都是乡里乡亲，怎能见死不救！

可是怎么救？一瞬间无数个念头闪过刘濠的头脑。最简单的莫过于"杀特使，抢名册"，但是，抢了名册，刘濠还能全身而退吗？更重要的是，抢了这份名册，难道他们不能再找个特使再弄一份名册吗？

不行！一定要找个更巧妙的方法！那天夜里，刘濠与自己的孙子，也就是刘基的父亲刘炝商量了一整夜，终于想到了一个绝妙的计策。

第二天，刘濠以尽地主之谊的名义把特使请到自己家里吃饭，刘濠是个好人，却不是个老好人，觥筹交错之间，他老人家口吐莲花，

自小神童，学到了多少文韬武略

左右逢源，硬是把使者灌得酩酊大醉——而他自己却没醉。

等确定特使醉得雷都打不醒了，刘濠翻开他们随身携带的包囊，将那份名单找出来，从中挑出两百名真正的林融余党抄录下来，随后一把火把自家的楼烧了！

这时候的特使，还跟猪一样睡在楼里头，刘濠带领家人"奋力"将特使从火海里救了出来，当然，他的包囊却已被烧成灰烬。特使吓得不知所措，因为包囊里有他必须拿回去复命的名单。

看着特使手足无措的样子，刘濠心里暗爽，脸上却洋溢着同情与关切，好言安慰特使，说他在地头上有熟人，在几天之内跑一趟将名单重新列一次应该不成问题。特使此时一点儿主见都没有了，只好听从刘濠的安排。所谓做戏做全套，刘濠有模有样地"等"了四天之后，才将自己事先抄录下来的名单交给特使，特使千恩万谢地离去。

就这样，刘濠救下了许多无辜乡亲的命。

刘濠就是这样一个好人。善良，但不迂腐，出得了奇谋（既救了人还让特使欠了他的情），下得了狠手（一把火就把自己的屋子烧了）。在强大的邪恶面前，他既没有退缩妥协，也没有以卵击石，而是以自己的智慧化解危机于无形。

小刘基默默地记住了这个故事，他第一次知道，原来有一种力量叫作智谋，有一种机变叫作方圆。

以上，便是刘基的父亲、母亲和他的家庭留给他的宝贵财富：儒雅的气质、深厚的学养、正直的品格、四两拨千斤的谋略和外圆内方的为人准则。

刘炝把这笔家传的财富深深地埋入了刘基的灵魂中，这是比任何香车别墅、金银财宝都宝贵的财富，刘基的一生都将因此受益匪浅。

军人世家的铁血基因

虽然青田刘氏家族传到刘基时已经辉煌不再，但至少刘基可以很自豪地说一句："我祖上也阔过！"

刘基和他爸爸刘爚、他爷爷，乃至他爷爷的爷爷都是如假包换的文人，可是，在此之前，刘氏家族是响当当的铁血军人世家，一个个都是马上征伐、醉卧疆场的战将。

刘家世代将门，长年驻扎西北，统帅着北宋王朝最精锐的部队——陕西军，他们的主要对手是来自贺兰山的党项族。在与西夏多年的死磕中，刘氏家族的成员一个个练就了一身武艺，有着过硬的军事素养，当然，也立下了赫赫战功。其中，以刘基的太太太太太太爷爷（八世祖）刘延庆和太太太太太爷爷（七世祖）刘光世最为显赫。

《宋书》上说刘延庆"雄豪有勇"，此人一生戎马倥偬，征方腊，征辽国，抵御西夏入侵，在担任鄜延路总管时，西夏进犯中原，刘延庆领命出击，大破西夏成德军，活捉了西夏军首领，一时风光无限。

不过除"雄豪有勇"之外，刘延庆在谋略和统兵上面似乎比较欠缺，一个典型的例子就是北伐辽国的时候，刘延庆带十万大军渡白沟，军容极为混乱，当时与他一起出征的辽国降将郭药师拉住刘延庆的马缰绳进谏说："将军，以咱们现在这种军容，如果路上遇到敌人的伏兵，恐怕还没交战就要溃败呢！"刘延庆不听，他轻蔑地看着郭药师，心想：你个辽国降将，两姓家奴，少来指手画脚（后来郭药师又投降了金国，成了名副其实的三姓家奴）。

事实证明，郭药师是对的，大军到了良乡就遇到了辽国大将萧干的伏兵，刘延庆再怎么骁勇善战，也兵败如山倒，最后只能退守营寨了。

大老粗刘延庆顿时没了主意，郭药师再一次献计道："萧干总共才带了万把人出来，现在在全力跟我们这十万人死磕，后方肯定空虚，请将军给我五千奇兵，让我去偷袭燕山，将军只派遣一支轻兵做后续部队就行了。"

有了上次的教训，刘延庆对郭药师言听计从，当下便答应了。事实也证明，郭药师能连续在辽、宋、金保命，确实是有他的不凡之处的。他统率着五千人把萧干的后方留守部队打得人仰马翻，但刘延庆在统帅方面的"天赋"实在是让郭药师无语到极点，左等右等，眼看辽军已经组织起了有效防御，自己这五千人也快打完了，后续部队居然还没来！最后，长叹一声"竖子不足与谋"，郭药师无奈地退兵了。一条完美的妙计就这样破产了。

郭药师长吁短叹，刘延庆也抓耳挠腮，那边萧干可没闲着，正如演义小说当中常有的情节，当天晚上，辽军便"人衔枚，马勒口"兵分三路偷袭了刘延庆的兵营，刘延庆一败涂地，丢下所有粮草辎重，狂奔数百里，退守雄州城。

自此，一场声势浩大的讨伐战争，夭折了。

《宋史》记载："契丹知中国不能用兵，由是轻宋。"刘延庆被当作宋军战斗力差的反面典型在辽国出名了。

可见，一支军队光有万夫莫当的猛将是不够的。当然，光有神机妙算的谋士也是不够的。

这一点，刘基在今后的戎马生涯中将多次体会到。

不过刘延庆作为统帅的能力或许差了点儿，但作为一个职业军人，他是合格的。靖康之变中，刘延庆镇守开封城，城破，身死，战斗到了最后一刻。

刘延庆殉国后,他的儿子刘光世继承了他的衣钵,在南宋的历史舞台上大放异彩。

刘光世,字平叔,南宋名将,在《宋史》上一个人独占了整整一章的版面。

即使是在南宋初年这个牛人辈出的时代,刘光世也是独当一面的绝代名将,与岳飞、张浚、韩世忠并称为"南宋中兴四将",一时风光无限。只是由于刘光世这个人打仗有点儿喜欢投机取巧,不太乐意打硬碰硬的恶仗,在做官上又左右逢源,跟秦桧走得很近,所以后世对他评价越来越低,最后在"中兴四将"中只能位列末尾。

刘光世一生身经百战,年轻时随父征方腊,征辽国,建炎南渡后,刘光世扼守镇江,英勇阻击金国大军,之后一直奋战在抗金第一线,直到绍兴十一年(1142年)兵权被秦桧收走。

刘光世一生留下了许多记载,不过最能体现刘光世威望和性格的,莫过于建炎三年(1129年)平定苗刘兵变的故事。

那一年,南宋军军官苗傅和刘正彦突然发动兵变,打出了"清君侧"的旗号向杭州进军,这支叛军抵御外寇不行,打起自己人来却势如破竹,没几天就攻陷了杭州并逼迫宋高宗将皇位禅让给三岁的皇太子赵旉。苗傅和刘正彦则顺理成章地成了辅政大臣。

胜利来得太突然,让中级军官出身的苗傅和刘正彦有点手足无措,一时不知道下一步该怎么办。毕竟只是两个小贼,一时脑热干了票大买卖,冷静下来后看着眼前烫手的赃款,存也存不了,花也花不掉,傻眼了。

但政变不是请客吃饭,容不得半点拖泥带水,就在苗傅和刘正彦犹豫的时候，各地的勤王军队已经纷纷汇集起来，那都是在抗金前线浴血奋战的王牌军，战斗力岂是苗刘的乱军所能比的。

苗傅和刘正彦怕了，勤王的将领中，刘光世、张浚、韩世忠……哪个不是一等一的猛人，伸伸手就能捏死他们两个。这个时候，硬扛是跟自己过不去，最好的方法是拉拢，拉拢谁呢？他们第一个想到的，便是当时在南宋将领中威望最高的刘光世。

于是，正在马不停蹄向杭州进军的刘光世突然收到一道敕令：他被升职为太尉了，随着升职令一起来的，还有叛军的信使。在刘光世面前，信使滔滔不绝，从三皇五帝到国家大义，说得头头是道，主题却只有一个：那就是希望能与刘光世合作。

苗傅和刘正彦倒也不傻，他们也不是真指望一个太尉的头衔就能收买刘光世，更不指望刘光世能够帮他们打退其他的勤王大军。他们只是想通过向刘光世示好的方式，传达一个和谈的信号，希望几位勤王将领能一起坐下来，心平气和地商量出一个双方都满意的方案来，你好我好大家好，没事儿打什么仗呢。

刘光世平静地听完信使的演讲，盯着其眼睛，突然笑了，仿佛看到什么好笑的事情，越笑越开心，最后几乎要从马上跌下来了。信使被刘光世笑得心里毛毛的，再看刘光世身边的偏将们，也皮笑肉不笑地盯着自己，他有点儿发怵。

突然，刘光世不笑了，冷冷地盯着信使，一把将敕令撕为两半，摔在信使面前，扬长而去，留下目瞪口呆的信使和撕成两半的敕令。

谈？有什么好谈的。打，给我狠狠地打！打怕了，打疼了，打服了，打死了，才是最好的结果。谈？你还没睡醒吧？

接下来的故事没有悬念，在刘光世、韩世忠、张浚这些中兴名将的夹击下，叛军像豆腐一样被打成了渣。

而此役过后，刘光世也被顺理成章地任命为太尉，这次是真正的朝廷任命。

这是当年刘炝最爱讲的故事，也是小刘基最爱听的故事。

乡下娱乐活动少，每当父亲有空，小刘基就会搬着小凳子听父亲讲先祖的故事，讲刘延庆如何打败西夏人，又是如何镇守开封城，讲刘光世如何抗击金兵，如何平定叛乱。听着这些故事，小刘基觉得热血沸腾，仿佛置身于金戈铁马的沙场。是的，军人世家的铁血基因在刘基的身上流淌着。

尽管他是一个文人，但他绝不会成为文弱的书生。

不务正业的天才少年

在刘基的老家青田，至今还流传着许多刘基小时候智斗财主老爷的故事。在这些故事里，老财主无不又懒又贪，小财主无不又坏又蠢。他们一肚子坏水，不断地找穷孩子刘基的麻烦，似乎欺负刘基是他们的重要使命、人生的全部价值。当然，他们每次都被刘基小朋友的妙计骗得团团转，最后好人胜利坏人吃瘪。

这些故事有板有眼，情节紧凑，细节丰富，而且喜感十足——唯一的问题是，都是瞎掰的。

事实上，当刘基还是小朋友的时候，在青田老家没有哪个财主敢欺负刘基。因为青田刘氏虽然到他父亲刘炝时已经中道而衰，但世族毕竟是世族，响当当的名声摆在那里呢。

所以，当一代军师还是"刘基小朋友"的时候，他的日子过得还是比较逍遥的，虽然不是长于显赫门第，但毕竟也是颇有些根底的小康之家。

这样的家庭出来的孩子往往是最容易成才的。穷人家的孩子肚皮都吃不饱，还成天要被坏财主欺负，哪有时间和精力读书？而富人家的孩子从小吃穿不愁，前景一片光明，哪里还有动力奋发图强？

只有类似刘基这样的中产阶级子女，才有余力学习，也有动力去学习。

况且，刘基还有一个别人无法比（至少同村的小朋友无法比）的先天优势：他的父亲刘爚是主管教育的官员，同时也是一个学养根底扎实的知识分子。

因为父亲有文化，又懂教育，所以刘基从小就能接受高质量的家庭教育，再加上青田刘氏的家学渊源，刘基几乎是在书堆里长大的。他从小就博览群书，当其他孩子还在争论到底是王二狗和赵三牛抓的蟋蟀更厉害的时候，刘基已经熟读蟋蟀宰相贾似道的故事了。刘基九岁的时候，已经能够有模有样地给村里的其他小朋友讲故事了。小朋友们也乐意听刘基讲故事，于是，在武阳村常常能看到这样的景象：一群小朋友围蹲在刘基面前，托着下巴投入地听刘基讲述正史、野史上的历史掌故，或者笔记小说里的鬼狐仙怪，就像小刘基当年听自己的父亲讲刘氏玄祖的故事一样。

可见，在起跑线上，刘基小朋友就远远地甩开了其他小朋友，想不被称为神童都难。

更何况，除了出色的家庭教育，刘基自身的天赋也不低，特别是他有一项特殊的才华：记性好。不仅仅是"好"，而且是过目不忘。

这个才华对于理科生来说可能没什么，但对于"文科生"刘基来说，简直就是上天送的一份大礼。

比方说，1332年，二十一岁的刘基到大都（即今天的北京，由于北京在历史上多次改名，为了防止混乱，下文叙述中一律沿用今天的称呼，本文中的南京也是如此）参加考试时，抽空去逛了趟书店，在书店里看到一本好书，挺喜欢的，便站在书店里，从头翻到尾，看了个遍。

书店老板对这个站书店蹭书看的小伙子挺感兴趣，因为刘基正看得津津有味的那本书，是他们书店常年积压的库存书，别说买了，连翻都很少有人来翻。

反正也卖不出去了，干脆做个好人，于是老板对刘基说："小伙子，宝刀赠英雄，好书送才子。既然你这么喜欢这本书，我就把它送给你了，不用谢——以后有空常来我这里逛逛就行了。"

刘基翻完了这本书，随手将书放回书柜，淡淡一笑道："多谢老板美意，赠送就不必了，因为我已经背下来了。"

说完，他飘然而去，留下将信将疑的书店老板。

当然，上天赋予刘基这样的天赋，可不光光是为了给他省下买书的钱。

在这里，我们首先要给"死记硬背"四个字正名。

如果你学过文科或者见过文科生，肯定会诧异于他们巨大的背诵量。许多人对此不满，说中国教育是"填鸭式教育"。但其实，对于文科生来说，背诵储备足够多的知识实在是太重要了。不错，知识固然要活学活用，但关键是，要灵活运用首先得有知识储备才行。你自己有一桶水，才能随时随地都能舀出一杯水。就像打仗，主将用兵的能力固然重要，但首先也要有很多兵可用才行。而在所有文科知识全靠人脑存储的古代尤其如此。

水之积也不厚，则其负大舟也无力。风之积也不厚，则其负大翼也无力。没有厚积，何来薄发。

除了记性好，刘基的悟性也好得惊人，不管什么书，他只要扫一眼就能把书的精要提炼出来，并看懂个七七八八。

这还了得！一本书，看一眼就背下来了，非但背下来了，还读懂了、读透了！

刘基十四岁那年，刘爚觉得自己再也没有什么能够教给小刘基了，家里的藏书也被看得差不多了，于是，刘爚决定送刘基去处州括城的重点中学——郡庠继续深造。

重点中学从来都不是那么好考的，刘基那个时代更是如此，没有扩招，也没有什么分校，一届只录取25名学生，都是从各个区县优中选优挑选出来的尖子生，要是分数进不了这前25名，给再多择校费赞助费都是白搭。

而神童刘基以名列前茅的成绩考上了，毫无悬念地进入了这所重点中学。这是他第一次离开自己的家。

即使是在重点中学，和全省最精英的学生们相比，小刘基依然是神童级别的人物。

他几乎没怎么用功读书，从来没见他在课余时间诵读过什么经典。这种吊儿郎当的学生自然不会太受老师的喜欢。当时教授《春秋》的老师一看到刘基整天没正形，也不做笔记也不上自习，就气不打一处来，所以每次抽背都会抽到刘基，打算只要刘基一句话背不顺溜，他就借机发飙。

但刘基始终没给他发飙的机会，不管哪篇课文，他都能倒背如流，最后连老师都服气了。

天生记性好，没办法。

就这样，在括城的重点中学里，刘基继续过着他的幸福生活——不费什么劲儿就能成为尖子生，能不幸福吗？

但如果仅仅如此，那么，刘基将来顶多也就成为一名普通的文官，最多在元史或者明史的角落留下一段文字。

然而，刘基还有一个业余爱好：他喜欢看课外书。

刘基读的都是天文、兵法类的课外书。

兵法就先不提了，真正关键的是天文书。

在中国古代，天文学可不是一门研究什么果壳中的宇宙的学问，而是一门帝王之学，因为在古人看来，人和天是有对应关系的，所谓人法地，地法天，大到时代的气数，小到个人的命运，都能在天象上得到对应。

所以，我们读《三国演义》经常会看到这样的场景：诸葛亮或者司马懿"夜观天象"，见谁的将星黯淡，主损一大将云云——这就是古人想象中对天文星象的最高级运用。

当然，光靠夜观天象就能预知未来的技能实在是太玄奥了，估计没有几个人能真正掌握，在古代，天文学的最重要应用领域就是：天气预报。可以说，谁占据了天气预报的制高点，谁就占有了天时、地利、人和中的天时。

而刘基的另一个业余爱好——兵法，则教会了他如何占有地利与人和。

由此可见，小神童刘基从小就不是一个老老实实的主儿，因为无论是兵法还是天文，都是只有在乱世才能大放异彩的学问。

不可或缺的良师益友

跟县里村里的学校比起来，郡庠的师资力量总是要雄厚一点儿的，所以，在郡里读书，遇到名师的概率会大很多。

刘基便有幸遇到一个将会给他带来重大影响的老师，他的名字叫郑复初。

可能许多人对这个名字比较陌生，这也难怪，漫长的历史中能够被后人"耳熟能详"的人，要么是一等一的猛人，要么就是一等一的衰人。而在名将如云、谋士如雨的元末，郑复初毕竟还稍差了点儿。

但也差不到哪儿去，至少在当时，郑复初的名气是很大的，身边有一大群名儒为友，包括像后来被朱元璋评价为"开国第一文臣"的宋濂，而宋濂也曾评价郑复初："精通伊洛之学，望重当世，四方从之者号为'四经师'。"

在郑复初的班里，刘基的表现一直很突出。经过几个月的观察，郑复初断定，眼前这个记性好、悟性好又胸怀大志的孩子将来肯定不一般。于是，在一次家长会上，郑复初语重心长地对刘基的父亲刘爚说道："你儿子将来必定会光耀门楣啊！"

心理学上有一个现象叫作"罗森塔尔效应"，说的是两个心理学家通过一些手段让老师相信他班里有几个学生是天赋异禀的优等生苗子，结果几年后他们再回来调查，发现这几个当时随口指定的"苗子"真的成了优等生。原因就在于，在接受了暗示之后，老师真的把这几个苗子当作优等生培养，最后真的培养出了优等生。

在刘基身上,"罗森塔尔效应"体现得更加明显,为了培养这个好苗子,郑复初不但在学习上对刘基关怀备至,而且还经常带着刘基参加自己的文人沙龙,带他出去见世面。也正是在郑复初的沙龙上,刘基认识了宋濂,这对他后来的仕途产生了不小的影响。

不过在当时,对于刘基来说,宋濂这样举国闻名的大儒还有点儿高不可攀,最大的用途可能也就是拿来吹个牛,"我今天跟宋先生喝酒了"云云,在朋友面前装装样子。

当时真正能对刘基产生影响的,是一个叫作吴梅涧的朋友。

吴梅涧是个道士,这个人留下的史料比郑复初还少,我们只知道他名自福,字梅涧,从小入紫虚观出家,师傅的名字叫叶邦彦。叶邦彦羽化登仙(就是死了)后,吴梅涧成了紫虚观的掌门,而且一当就是五六十年,活得确实够长。

刘基是在一次"驴行"中认识吴梅涧的。因为吴梅涧的紫虚观在城郊少微山里,某个周末,刘基"驴行"至一个好去处,怎道是个好去处?有诗为证:

> 晚翠楼子好溪南,溪山四围开蔚蓝。
> 微阴草色尽平地,落日木杪生浮岚。
> 岩畔竹柏密先暝,池中芰荷香欲酣。
> 闻说仙人徐泰定,骑鸾到此每停骖。

这首《题紫虚道士晚翠楼》是刘基亲笔所作,绝无代笔。从诗中描述的情景来看,这里真是个世外桃源,是神仙般的去处。

吴梅涧的紫虚观便坐落其中。

当时刘基还不认识吴梅涧,不过遇到道观,自然要进去看看,和道士聊聊天,论论道什么的,这是文人旅行在外的一种高雅习惯。

结果一聊之下，刘基就被吴梅涧的道家修养所折服，而吴梅涧也惊诧于眼前这个年轻人居然有如此学问，一来二去，两人便聊成了忘年交。

后来，刘基只要一有空就会去紫虚观找吴梅涧玩，吴梅涧便会带着刘基在少微山上到处走走看看，每到一个地方，吴梅涧便像一个博学的导游一样，把景点的来龙去脉跟刘基介绍得清清楚楚。一直玩到日薄西山，吴梅涧便会在自己的道观炒几个小菜，温几壶酒，两人再做一番酣谈。

吴梅涧是个非常有道行的道士，自小便精研《道德经》《黄庭经》等，被当时的道教领袖、龙虎山道士张留孙册封为崇德清修凝妙法师。而当时的道教业内人士都称赞他是"教门高士"，可见吴梅涧在道法方面的造诣绝不低。

也正是这个吴梅涧，让刘基身上多了一丝仙风道骨。后世传说中的刘基也总是竹管道袍，一副飘飘然神仙之态。刘基倒未必是神仙，但他身上的仙气确实来自吴梅涧。在与吴梅涧交往的几年里，他多次表达了自己想修道飞升的愿望。

当然，少年人要清心寡欲，心无挂碍地走上修仙道路谈何容易。事实证明，刘基也就是三分钟热度而已，毕竟，他本质上还是胸怀天下的有志青年，谁让他身上流着南宋大将刘延庆的血呢？

所以，刘基最终也没有过上寻仙访道的日子，还是得继续他的学业。元泰定四年（1327年），刘基考上了有着将近六百年历史的名牌大学：石门书院。

所谓书院，是中国古代的一类教育机构，类似于私立学校。而与之相对的便是公立学校，正式名称叫作"官学"。刘基之前就读的郡庠便是官学。在中国的书院中，最有代表性的莫过于宋代的岳麓书院和明代的东林书院。

书院的雏形见于唐朝，到了北宋初年，天下承平，讲学之风蔚然盛行，文士们往往占据山林和城市，在闲暇时间讲授儒学经典。元、明继承两宋的文化，书院讲学之风也非常盛行，如果一个地方出产名儒，当地的有钱人往往会出钱出米资助这个学者，并且让他开书院讲学。

与官学相比，书院的政治课学分少，所以学风更加自由，学生思想更加解放——东林党就是个鲜活的例子。

刘基考上的石门书院始建于唐天宝三载（744年），位于青田县西北瓯江南岸的石门洞，属于天下名山三十六洞天之一，也是道教福地，石门书院位于石门洞的西边，群山环抱，环境清幽，自然环境好的没话说：其地两壁双峰对峙，就像两扇大门，四周山崖环绕，又如一座城寨，往里走，青松郁郁，修篁森森，还有数十丈高的飞瀑，随风飘洒，疑似银河落九天。

试问今天有几个大学的环境能超过石门书院？

就在这个清静幽深、冬暖夏凉的校园里，刘基修习了五年。这五年中，刘基并没有留下太多的史料，估计也没有太多值得叙述的内容，每天的生活无非是起床、吃饭、读书、睡觉，因为此刻的刘基，正在准备他人生中最重要的一个转折点——科举考试。至少当时他自己是这么认为的。

应试教育也能出人才

元至顺三年（1332年）八月的一天，刘基要去杭州，参加三年一度的科举考试。

他心里应该是很高兴的，因为他的运气实在是很好，元代一度没有科举考试,直到十九年前才举办了第一次科举,之后总共也就举行过九次,其间由于伯颜擅权,执意废科,还曾停科两次。

究其原因,在于马上得天下的蒙古统治者对寻章摘句的儒生丝毫不感兴趣。元帝国从开国之初就是个崇尚武力的王朝,而且大量的军费开支也使元王朝面临着严重的财政短缺问题。因此,帝国的统治者更加注重实用性的人才,例如忽必烈就一向嫌恶金朝儒生崇尚诗赋之作风,他认为:"汉人惟务课赋吟诗,将何用焉!"对于遴选"真儒"的科举制度十分冷淡。

直到元仁宗即位,统治者们发现,专业技术型人才在治理国家方面确实没有儒生"好用",毕竟国家是一部精密的机器,要让这部机器有效运转,除了需要能拧螺丝钉的,更需要能从宏观中操控机器的操作人员。所以,皇庆二年(1313年)年末,元廷终于不得不重新举行科举考试。每三年举行一次,分为乡试、会试、殿试三道。

是的,"不得不",这也注定了即使刘基考上了功名,也不可能像唐、宋、明、清这些朝代的举人进士们一样前途光明。

不过此时此刻的刘基并不在意这些,他高高兴兴地来到杭州,参加第一轮考试:乡试。

刘基确实没有辜负"神童"的称号,最后的成绩是:举人,名列十四。二十一岁的刘基第一次参加考试,就在全国教育最发达的江南地区考了第十四名——估计排在他前面的十三个人中,还有不少复读生。

考中了举人,刘基再接再厉,第二年就杀进了北京参加会试。

不过会试可没那么简单了,刘基不光要面对来自全国各地的人才竞争,还要面对元王朝的歧视。

那时候的考试,榜分左右两种:蒙古、色目人为左榜,只需要考两场。第一场考行测（经问）；第二场考申论（策问）。汉人和南人为右榜，却要加上一场作文考试（古赋诏诰章表），总共考三场。（元朝将百姓分为四种人：蒙古人、色目人、汉人、南人，基本上按照蒙古征服的顺序排列的，征服得早的地区，当地人的地位高，南人地位是最低的）

幸好，对于出身文人世家的刘基来说，作文并不是什么难事，在这次会试中，刘基的作文题目是《龙虎台赋》。考场作文有个特点：不能写得太实诚。刘基的作文也是如此，拿到作文题的瞬间刘基有点儿小小的发怵。首先他没去过龙虎台，其次赋这种文体从汉大赋流变而来，少不了需要歌功颂德的内容——而众所周知，作为元朝地位最低下的"南人"知识分子，刘基实在是找不到一件事情能让他发自肺腑地歌颂一番。

不过刘基的忧虑也就持续了四分之一炷香的时间。

很快刘基就释然了，不就是让歌颂写虚情假意吗？虚情假意我也能写得情深意切！不就是让写没见过的龙虎台吗？生编硬造我也能写得惟妙惟肖！刘基笔随心走，心随意动，不多久，《龙虎台赋》便已然完工。

这篇《龙虎台赋》收录于刘基的文集中，全文就不在此辑录了。客观地说，这不算一篇惊世奇文，但作为一篇考场作文，能写到这个程度确实已经非常了不起了，很有点儿汉大赋的壮阔闳衍。

不久，会试揭榜，刘基中第二十六名进士，汉人、南人第三甲第二十名。或许有人对这个成绩嗤之以鼻，心想，才二十六名！别说状元，连个探花都不是！神童就这水平？

要知道，不管是古代科举还是现代高考，想当状元都得靠七分实力三分运气。虽然我们在古装戏里老是能看到某年轻书生进京赶考，一考便中状元,然后被招为驸马,春风得意马蹄疾。但那都是故事,是文人们的美好愿望,当然,像范进那种几十年都考不上秀才的老童生也是少数,大部分举子想考中进士,都要花不少年头一次次复读。

而那一年,刘基不过二十一岁,没有复读,一鼓作气便考中进士第二十六名。他可能不是那个年代成绩最好的文人,但依然不失为一名优秀的人才。

而且,年纪轻轻便中进士,对刘基来说最大的好处在于,他从此不用做考试的奴隶,不用再陷入圣贤书里面死啃圣贤的每一句话,他可以真正做自己喜欢做的事情,读自己喜欢读的书。

而很多复读生就没有这样的幸运了。他们可能到了三十岁、四十岁,还在抱着孔孟,抱着朱熹(元朝科举也考朱熹)逐字逐句地钻研,寻章摘句,咬文嚼字,最后获得一个"光荣"的称号:书呆子。

1333年,二十二岁的刘基很幸运地成为应试教育体制塑造出来的人才。他恰到好处地接受了应试教材(孔孟之道)中最精华的部分,但又没有读傻,还有足够的时间汲取课外知识——主要是阴阳遁甲、兵法决策、天文地理类的杂书——现在的刘基,已经储备了足够多、足够庞杂的理论知识,只等着一次社会实践的机会,让他大展拳脚了。

官场历练,磨掉了多少少年心性

该来的始终是要来的

1333年,刘基考中了进士。之后他就回家休息去了,一休息就是整整三年,这三年刘基干什么去了呢?答案是,回家守阙去了。

所谓守阙,就是候补。因为官职就这么多,就算你考中了进士,没有官职空着你也没办法,只有老老实实当替补,等着场上的主力队员下场。而刘基的板凳,一坐就是三年。

就在刘基优哉游哉的这三年里,天下局势风云变幻,元帝国迎来了它的送葬者——元顺帝妥欢帖木儿。

元顺帝其实不叫元顺帝,他的庙号应该叫元惠宗。只不过他不幸身为元帝国的末代皇帝(也是北元的开国皇帝),1368年明太祖北伐的时候,元顺帝识时务者为俊杰,二话不说收拾家当就退出了北京,麻溜地跑回草原去了,让明军兵不血刃地占领了北京。为了表彰元惠宗拯救大明将士于滚木礌石之下的"功勋",明朝的史官给了他一个新的庙号:顺帝。意思是元惠宗放弃抵抗是顺应天意的行为,值得表扬。

其实说起来,元顺帝妥欢帖木儿也是个苦命的娃儿,命途一点儿都不顺。

他本是元明宗孛儿只斤·和世㻋的长子,如果没有意外,等和世㻋一死,他就能顺理成章地继承皇位,当上皇帝。

只可惜他生在元朝,对元朝的太子们来说,"没有意外"才是最大的意外。

1329年,元明宗和世琜被弟弟图帖木儿和权臣燕帖木儿谋杀,史称赫尔都政变。第二年,妥欢帖木儿的母亲被杀害了,妥欢帖木儿本人也被驱逐到朝鲜半岛上吃泡菜去了。还没到一年,燕帖木儿连泡菜都不让他吃了,又把他丢到了广西桂林——那时候的桂林,旅游资源还没有开发起来,是真正的蛮荒之地。

幸运(当然,对某些人来说很不幸)的是,赫尔都政变后的几个皇帝都不长命,短短三年里居然死了俩,1332年十一月,太皇太后卜答失里把正在广西的妥欢帖木儿接回了北京。

但妥欢帖木儿不顺的命运还没有结束,燕帖木儿生怕妥欢帖木儿追查他谋害元明宗的事情,居然拖着不让妥欢帖木儿登基。这段时间里,燕帖木儿把持朝政,无皇帝之名而有皇帝之实。苦孩子妥欢帖木儿一直等到六个月后燕帖木儿重病身亡,才终于登上了早就应该属于他的皇位。

当皇帝当到这份上,元顺帝确实够倒霉的。

更倒霉的还在后头。

元顺帝本以为自己可以舒舒服服过一把皇帝瘾了,谁知道老天刚收走了一个燕帖木儿,又送来了一个伯颜。这是个比燕帖木儿更加飞扬跋扈的权臣。

据历史记载,伯颜当时的权势完全盖过了元顺帝,"诸卫精兵收为己用,府库钞帛听其出纳","天下之人唯知有伯颜而已"。元顺帝注定只能继续憋着。

也正是这个飞扬跋扈的伯颜,把社会矛盾激化到了爆发的边缘。

不知出于何种心理,伯颜极度仇视汉人,之前我们提到过,元朝科举考试几次停考就是因为他,为了遏制汉文化,他还下诏,汉人、南人严禁学习蒙古、色目文字，同时又规定只有蒙古人、色目人才能担任中央、地方衙门中的各级长官。为防止汉人造反，伯颜还下令汉人、南人不得执兵器，并且把他们的马也都看管了起来，连农家铁禾叉也在禁止的行列里面。

最荒唐的是，为了削减汉人的实力，伯颜居然提出要杀光张、王、刘、李、赵五姓汉人，虽然这个提议因为元顺帝坚决不同意而作罢，但委实让天下汉人捏了一把汗。

中国的老百姓其实要求很低，不管坐龙廷的是姓刘还是姓赵，哪怕是姓孛儿只斤或者爱新觉罗，只要给他们一口饭吃、一间茅屋遮风挡雨，他们就满足了。但在伯颜的淫威之下，非但吃不上饭、住不上房子了，差点因为个姓氏连命都保不住，这是不给人活路啊。

你让我没有活路，我就让你有路没命！

官逼民反，那时候的中国大地已经开始要变天了。当时的情况，监察御史苏天爵的一封奏折上已经说得很清楚了：

这几年来，云南当地少数民族起兵造反，海南的黎族也不再听中央的话，南方民工组织的叛军队伍尤为猖獗，先是在广西一带盘踞，然后又攻陷了湖南道州，祸害已经不小了。北方的日子也好过不到哪儿去。山东地区黄河水灾，人民流离失所，中央那点儿赈济粮根本不够分的。本来富庶的江淮地区，老百姓也开始饿肚子了。而河北更是活跃着三千多支造反队伍，剿都剿不过来。

苏天爵一口气讲了云南、海南、广西、湖南、山东、江淮、河北等地的情况，灾民、流民、饥民遍地，反贼义军蜂聚。星星之火即将发展成燎原之势。

最后，苏天爵总结道：老百姓不是走投无路了怎么会愿意去造反!作为国家的统治者,怎么能够不顾老百姓的死活而自己享受奢靡生活呢。请求朝廷立刻想出一个平息叛乱的方案,赈济受灾的老百姓,这样国家才能长治久安啊!

奏折石沉大海,因为这时候的元顺帝没有心情,也没有能力去管老百姓的死活。他最关心的只有一件事情:伯颜什么时候完蛋。

这个问题元顺帝整整思考了七年,直到1340年,在脱脱的支持下,他终于雄起,废黜了伯颜,夺回了属于自己的权力。

当政后,元顺帝终于可以扬眉吐气,甩开膀子自己大干一把了。1341年,元顺帝正式启用脱脱,并支持脱脱改革,废除了许多伯颜留下的暴政,平反昭雪了一批冤狱,免除百姓拖欠的各种税收,放宽了对汉人、南人的政策。此前民间禁止养马,脱脱上台废除了这一禁令。这些史称为"脱脱更化"的改革措施确实从一定程度上缓和了社会矛盾。脱脱帖木儿,这位元王朝最后的名臣,正尽着自己最大的努力想把帝国从悬崖边上拉回来。

冰冻三尺非一日之寒,大厦将倾岂是一人之力能够扶持的。

这个时候,离元帝国的末日只剩下二十八年,离那个"挑动黄河天下反"的独眼石人出土,只剩下十一年。

光做好人是不够的

帝国高层的风云变幻对于还在浙江青田老家坐板凳的刘基并没有造成多大的影响。1336年,刘基终于得到了替补上场的机会,赴江西瑞州路高安县,担任县丞一职。

所谓县丞,可以理解为副县长,正八品。按元朝的制度,县分三等,人口六千户以上的是上等县,二千户之上的是中等县,不到二千户的,就算下等县。而县丞这个职务只有上等县才有,中等、下等县总共就没几个老百姓,一个县长就足够了。

高安县既然有县丞,那么应该也是个人口在六千户以上的大县。

但中国古代的县丞,虽然名义上是副县长,其实更接近于县长的文秘,所以在宋代的时候,县丞干脆就直接由主簿(秘书)兼任了。而在元朝,县丞的权力就更小了,头顶上除了有个县长(县尹)之外,还有个叫作"达鲁花赤"的长官。

"达鲁花赤"是蒙古语"镇守者"的意思,在成吉思汗的时代就已经有了。元朝建立以后,在各级行政单位都设置达鲁花赤,一般由蒙古人担任,如果蒙古人实在不够,允许出身高贵的色目人替补,但绝对没有汉人和南人的份儿,所以,虽然达鲁花赤职位与路总管、府、州、县的令、尹相同,但实权大于这些官员,是一个地区的实际统治者。

在这样的政治体制下,连县长都没有多大的权力,更别说刘基这个连七品芝麻官都算不上的文秘副县长了。

对于绝大多数像刘基这样通过科举考试从基层干起的官员来说,踏踏实实办事,老老实实熬资历才是正道。熬个十年八年,总有熬出头的那一天。

这些道理刘基当然懂。可是上了几天班他就发现,他和他的同僚们根本无法融合。

因为整个瑞州路的吏治,都已经黑透了。

黑到什么程度?在刘基的一篇文章里这样描述:城里的无业游民、

地痞流氓都跟贪官污吏相勾结，敲诈勒索老百姓。如果有谁敢不服气，绝对让你家破人亡，你要跟他打官司吧，恭喜你，绝对有人会坐牢，不过坐牢的人是你自己。偶尔碰上个有良心的官吏想管管事，必然遭到群起而攻之，最后灰溜溜地被赶走。

刘基在这篇文章里说的是高安县隔壁的临江县，但高安县又能好到哪里去？

如果有时光机，几十年后的刘基肯定会对初到高安县的自己说四个字："和光同尘。""挫其锐，解其纷，和其光，同其尘，是谓玄同。"和光同尘是为人处世的一种智慧，在老鼠窝里谁也别装蝙蝠，在老鹰家里谁也别充猫头鹰。只有先跟敌人打成一片，才能从内部攻破敌人的壁垒。但是，世上没有时光机，1336年的刘基又怎么可能懂得这个道理？他毕竟还是一个年少气盛、眼里不揉沙子的新人，所以，他非但没有同流合污，还根本就不给他眼中的这些人渣同僚好脸色看。

其实不合污就够了，不同流都已经略显幼稚，更何况还要跟整个官场撕破脸。

所以高安县的官吏们对刘基极度不爽。管你是什么副县长，你就一新来的，嚣张个什么劲儿啊！

让他们不爽的事情还在后头。

在这样的吏治环境下，当官的无非两类：良心喂了狗的都去贪污腐化了，还有一丝良心未泯的，事不关己，高高挂起，干脆当个庸官明哲保身。

但刘基既不想当贪官，也不愿当庸官。他还记得父亲的身教、曾祖父的言传，更记得圣人的教诲。刘基当官的目的，往大里说是为了造福社稷苍生，往小里说是为了实现自我价值，二十岁出头荷尔蒙分泌旺盛的刘基，一心想的都是"何当扬湛洌，尽洗贪浊肠"。

于是，刘基作为一个异类在高安官场被树了典型。他勤奋工作，他秉公执法，他不拿群众一针一线，他成了老百姓眼中的青天大老爷，也成了全体高安县官员和地痞流氓的眼中钉。

被他挡了财路的贪官和在他的领导下混不下去日子的庸官对刘基无不咬牙切齿，恨不得一口吃了他。

当然刘基不傻，他知道自己不招人待见。但他的想法很简单：我是朝廷敕封的正八品县丞，本县的三把手。就算你们恨我，你们能把我怎么着！

要说刘基毕竟不是书呆子，这么多年的闲书也不是白看的，什么样的人惹得起，什么样的人惹不起，他心里还是有点数的。

但是，只能说他太年轻了。

因为高安县的老油条们马上会给菜鸟刘基结结实实地上一课，未来的军师刘基将第一次真正见识到什么叫作"权术"。

1339年，他们的机会来了。当时的瑞州路下辖除了高安县和临江县，还有个地级市：新昌州。一次，新昌州发生了一起命案。像往常一样，州里的官员收了被告的钱，摇一摇笔杆，于是谋杀成了误杀，死刑成了有期，有期成了取保候审，没几天，凶手就大摇大摆地出现在大街上了。

这种事情州里的官员做起来都轻车熟路了，只不过这次比较麻烦，原告一根筋，认死理，居然一纸诉状直接告到了瑞州路。

按照以往的惯例，不过是随便委派一个官吏，装模作样地审一下，大事化小小事化了，你好我好大家好。但这次高安县那些老官油子们听到这个消息后，却笑了，奸笑。

他们向瑞州路总管推荐了刘基，说此人能力出众，一定能够审好这个案子。总管也没多想就同意了，反正谁审不是审。

年轻的刘基丝毫没有意识到这是一个陷阱，他还以为是县里的同僚故意给他一个表现的机会，好让他能够升官然后滚出高安县。

他只猜对了一半。

刘基一到新昌州便迅速展开了调查。他发现这个案情其实很简单，没有任何阴谋也没有丝毫高智商犯罪的迹象，就是一个土豪草菅人命的普通刑事案件。从立案到结案三天都花不到，凶手就被绳之以法，原告讨还了公道，一时间百姓交口称赞。

但刘基也不想想，这么简单的案子为什么要大老远地从高安县把他调过来。在这个案子中，除凶手之外，还有一个人受到了惩罚，那就是此案的初审官，罪名是渎职——这是免不了的，既然刘基立了功，那总得有人来背锅。

似乎正义战胜了邪恶，但刘基在高安县的日子也到头了。背了锅的初审官怒了。他知道，这一切，都是那个不上道的刘基一手造成的——如果不是他对刘基的不上道早有耳闻，他甚至会认为刘基是在故意跟他过不去。

无论如何，必须让这个愣头青付出代价。一顿咬牙切齿后，初审官找到了自己的老熟人，也是他这么多年能横行不法的靠山：瑞州路达鲁花赤。

刘基捅了不该捅的马蜂窝，这下他终于知道为什么县里会推举他来审这个案子了。倚仗着达鲁花赤的势力，初审官充分发挥了他制造冤假错案的职业特长，于是，各种告他黑状的文书像纸片一样飞到了高安县县尹和瑞州路总管的办公桌上，刘基前脚刚把杀人犯送进监狱，

官场历练，磨掉了多少少年心性

眼看着自己后脚就要跟进去了。

幸好，当时刘基清正廉明的名声已经传遍了整个江西官场，连江西省行省大臣都听说了刘基的大名，于是亲自出面，这才把刘基"捞"了出来，让刘基免去了一场大祸，但刘基在瑞州路的仕途也算是尽毁了。

就这样，初生牛犊的刘基输给了高安县的对头们，他第一次见识了人性的险恶。他终于知道，做好人光有一颗善良的心是不够的。在好人与坏人的博弈中，好人永远是处于弱势的一方，因为明枪永远斗不过暗箭。所以，要战胜奸佞，只有靠智慧；要防止坏人算计，只有靠计谋。那一刻，面对高安县群小的嘲笑，刘基想起很多年前父亲给他讲的曾祖父智救乡亲的故事。

但这还只是他成长史上的第一课，将来还有很多的课程在等着他。

刘基应该感到幸运，因为在遇到朱元璋、陈友谅、李善长、胡惟庸这些人之前，他还有好几年历练的机会。

辞掉官职出去游历

被结结实实阴了一把的刘基，带着郁闷的心情离开了高安县，来到省会南昌，开始了他的掾史生涯。如果说县丞只是个芝麻绿豆大的小官，那么掾史简直小得跟绿豆上的小黑点一样，甚至于都不算官，只能算作吏。

但掾史的工作又极为烦琐，不光要处理各种鸡毛蒜皮的事情，还要跟衙门里的各级部门打交道。这样一个官职小到不入流的小职员平时能得到多少好脸色？所以刘基在这个位子上只干了一年，就因为跟同僚吵架，一怒之下辞职，拍拍屁股回家了。

这一年是1340年，刘基刚到而立之年。在江西官场上五年的沉浮（好像只有沉没有浮）让刘基看透了官场的黑暗。

1336年，初出茅庐的刘基还是一个充满了理想的愣头青，满脑子修身、齐家、治国、平天下的儒家救世情怀。上任县丞的第一天，他就特地写了一篇《官箴》勉励自己：

"治民奚先，字之以慈。有顽弗迪，警之以威。振惰奖勤，拯艰息疲。疾病颠连，我扶我持。"意为恩威并施，让老百姓安居乐业，奖励勤劳，救济贫穷，我愿一步一步扶着老百姓走上康庄大道。

但1340年他已经没有了这种天真，他感觉到无比委屈："宁知乖方圆，举足辄伤趾。"我也知道我有时候不懂方圆，所以才跌了这么多跟头。

刘基的三观受到了前所未有的冲击。他只想做个纯粹的好人，却发现纯粹的好人只会被世界抛弃，很多时候，手段和目的并不能被统一在同一套价值体系中。

"不行，我要去散散心，出去走走，好好想想将来的路怎么走。"

现在的文艺青年喜欢把旅游叫作旅行，旅行的意义不在于风景而在于寻找迷失的灵魂，与未知的自己在某个岔路口偶遇。所以当工作累了，内心疲惫了，找不到出路了，文艺青年就会给自己一个间隔期，辞职去旅行。

毫无疑问，刘基也是文艺青年，而且文艺得十分彻底。他给自己放了整整七年的长假，用来读书、旅行。

离开南昌后，刘基并没有急着回家，而是绕道去了武夷山。

摆脱了乌烟瘴气的江西官场，刘基感到前所未有的轻松，"我行固无期,况乃尘事毕"。在这秋高气爽的八月,寒花蔓萬、枫林乌桕的美景里,刘基彻底放空了自己,忘记了整整五年来的烦闷。

从武夷山归来,刘基又绕道富春江,去了桐庐一游。

桐庐是东汉著名隐士严子陵归隐的地方。刘基正是带着对严子陵的敬仰来到桐庐的,因为他也不是没动过归隐的心。

中国文人都是亦道亦儒,春风得意的时候就是儒家,郁郁不得志的时候就是道家。此时的刘基正处于人生中比较郁闷的时刻(不是最郁闷),"归隐逃避"可能是他最直接的想法。当然,想是一回事,做是另一回事,刘基可不是那种愿意一辈子稳坐钓鱼台、垂钓富春江的人。

经过一段时间的旅行,刘基受伤的心在江南的青山绿水间逐渐淡定下来了。他已经不再为发生在江西的事情而愤怒抓狂,而是开始反思,这个世界是不会错的,因为对错本来就是世界的一部分。所以,只有可能是自己错了。

从桐庐回到家后,刘基开始了三年的青灯苦读生涯。他必须要知道自己错在哪里,祈求能从书本中进一步寻求到解决现实的答案。

我们不知道他找到没有,因为刘基没有留下太多的读书笔记,更没有像前人朱熹或者后人王阳明那样建立一套属于自己的哲学理论体系,但从他后来的成长经历来看,他似乎摸着门道了。

于是,1346年,刘基再一次收拾行囊,准备去旅行了。这次他的路线是一路向北。不过这次北上的真正目的可不仅仅是旅游,刘基还有一件小小的、自己都不怎么好意思说的事情要做,这件小小的、秘密的事情,可以看作刘基从青涩少年一脚踏入成熟大叔行列的一个标志。

先不提这个小秘密,刘基旅行的第一站是南京。几十年后,刘基将以胜利者的身份再次来到这座城市,并且给予这座城市新的生命,但是现在,他还只是一个外地游客。

南京作为老牌旅游城市已经有上千年的历史了,这里有着深厚的文化积淀。历史知识丰富的刘基如鱼得水,玩得非常开心,还留下了许多诗作。具体的旅游线路就不记录了,大家可以参考现在的南京旅游攻略,因为大多数人文景观在元朝末年就已经存在了。

接着,刘基在扬州做了短暂停留后,跨过了长江。

古代没有秦岭—淮河分界线一说,过了长江就算是到了北方了。与富庶的南方相比,在北方的所见所闻深深震撼了刘基。

元王朝多年的贪污腐化和苛捐杂税已经榨干了北方本来就贫瘠的财富,而老天爷总喜欢落井下石,1345年,在老百姓最艰难的时刻,黄河决堤了。

失去了束缚的母亲河瞬间变得无比狰狞,冲毁了沿途一切阻挡它的房屋、良田。一时之间,华北和山东流民遍地,浮尸遍野。

刘基恰好目睹了这一切:

> 黄沙渺茫茫,白骨积荒垒。
>
> 哀哉耕食场,尽作狐兔垒。

然而,天灾固可怕,人祸却更致命,面对这场百年不遇的大灾难,朝廷的不作为让刘基无比愤怒,在自己的诗里,他这样控诉:

> 陈红太仓米,丰年所储待。
>
> 为民备困乏,朝廷岂私此?
>
> 推余补不足,兹实王政始。
>
> 奈何簿书曹,暴慢蔑至理。

翻译过来就是:丰收的年份里储备了这么多粮食,等到现在老百姓饿肚子了，为什么迟迟不肯开仓放粮？多时储备少时补，这本来就是朝廷的义务，那些可恶的官吏却丝毫不愿履行这个义务！

天灾加人祸，灾区已经变成了一片人间地狱，正如刘基诗中的场景：

去年人食人，不识弟与姊。

至今盗贼辈，啸聚如蜂蚁。

岂惟横山泽，已敢剽城市。

愤怒的种子在刘基的心里已经种下，在经过十几年的浇灌后终将开花结果，但此时此刻，他也只是一介草民而已，甚至连走官道的资格都没有，只能和人三五成群地走在小路上，哪里轮得到他去指点江山。

收起愤怒，继续北上。刘基相继参观了两个当时著名的旅游城市：河北范阳遒县（今河北涞水）和山东琅琊阳都县（今山东临沂市沂南县），分别是东晋大将祖逖和三国名相诸葛亮的故里。

祖逖这个名字相信大家都不陌生，"闻鸡起舞"这个成语就是他和刘琨倾情奉献的。至于诸葛亮，虽然当时《三国演义》还没有截稿，但三国故事早已妇孺皆知。

关于刘基此次北上，因为史料不多，所以我们也无从知晓他在祖逖故里和诸葛亮故里接受了怎样的教育，思想境界是否得到了升华。不过刘基在当时的游记诗里以诸葛亮自比，而最后他也确实成了诸葛亮一级的人物。历数中国古代的智谋人物，刘基绝对能进四大（排在他前面的姜子牙、张良、诸葛亮的确无法超越）。

游历完了河北、山东，刘基来到了他的最后目的地：北京。

那时候的北京作为政治中心的资历还浅，现在的绝大多数国家5A级旅游景点那时都还不存在。不过刘基并不在意这些，因为他来北京的主要目的并不是旅游，而是为了他的那个小小的、秘密的任务。

刘基并没有在北京逗留多久,一个月后他就启程南下了。回去的路比来的路好走些,因为他接到了一个朝廷指派的任务:跟随封王使臣前往福建。

这其实就是一次普通得不能再普通的快递任务,但对于刘基来说却有一个明显的好处:因为有公务在身,他终于有了走官道的资格。

官道确实比乡间小道好走多了。仅仅一个月,刘基就跟着使臣把快递顺利地送到了福建。接着,他转头北上。但不是回老家青田,他的目的地是杭州。

做官不是自己专长

旅游回来,刘基并没有直接回老家青田,而是去了杭州。或许是觉得自己的间隔期实在太长,刘基又决定出来当官了,职务是江浙儒学副提举。虽然也不算什么大官,但总算是正七品,比高安县丞的级别高,这下刘基可以自豪地宣布他有资格被称为七品芝麻官了。

或许有人会问,为什么刘基当个官这么容易。这是因为,从北京旅游回来的刘基已经不一样了。

现在可以揭开刘基北上旅游的真正目的了:他是去"干谒"的。

所谓干谒,通俗地说就是拉关系走后门。在江西官场摸爬滚打,再加上几年的青灯苦读,让刘基琢磨明白了一个道理:他在江西仕途失败的根本原因不在于他太特立独行(当然,这也是重要原因),而在于他没有与之相对应的靠山。

尽管刘基非常看不起拉关系走后门的邪门歪道,但他已经不是当年的毛头小年轻了，于是，经过激烈的思想斗争，刘基终于决定：该走的关系还是要走。反正自己当官是为了做事，为一个正确的目的，不妨使用些不那么正确的手段。这是他从自己的曾祖父身上学到的。

在无数次审视自己认识的人后，刘基锁定了一个人。对于这个人，史料不多，我们只知道他是蒙古人，而且还是黄金家族的后裔。而他跟刘基的关系是"同年进士"。

这关系说远不远，毕竟元朝总共才那么几次科举考试，每次录取那么几个进士。但是说近，毕竟也不算近。从刘基后来的经历来看，这座靠山似乎并没有帮上刘基多大的忙。

与此同时，在之前的旅行中，刘基通过一位叫徐舫的好友认识了当时的江浙行省参知政事苏天爵，就是前文提到过的给元顺帝上奏折说帝国快变天的那位。

1348年，已经三十七岁刘基告别了待业青年的身份，再一次成了一名国家基层官员。

儒学副提举任这个油水少、是非也少的位置倒确实挺适合刘基的，在任期间，刘基非但把江浙的教育事业办得有声有色，而且还大搞希望工程，建了不少免费读书的"义学"，让更多穷苦的孩子得到了受教育的机会。

顶头上司苏天爵对刘基的政绩是比较满意的，刘基自己却不太满意。刘基的志向远远不是办好教育那么简单。在江浙官场的这一年多来，他也再一次亲眼见证了元末官场的黑暗。他发现自己耿直不阿的行事风格与元末沉瀣一气的官场氛围格格不入。

一样，都一样。天下乌鸦一般黑，江浙的乌鸦没比江西乌鸦白多少。联想到自己北上时看到的种种人间惨象，刘基对这些庸官、贪官积压着无穷的愤怒。"这是一潭绝望的死水呵，清风吹不起半点涟漪。"但刘基不是清风，他是一枚丢进粪坑的定时炸弹，随时都会引爆。

没过多久，引爆的机会来了。行省监察御史渎职的消息传到了刘基的耳朵里。

本来嘛，渎职才多大的事儿，在乌烟瘴气的元末官场，能不勾结匪类、杀人放火草菅人命就已经很不错了。谁来管渎职啊。更何况，就算是个事儿，也轮不到七品芝麻官的刘基来管。

但刘基居然还真就管了，他当夜伏笔疾书，第二天，一封实名举报信就送到了省宪台那里。

其实，这时候的刘基已经不是当年那个愣头青了，摸爬滚打、起起伏伏的这十年，刘基成长了很多。官官相护的道理刘基不是不懂，江浙官场的水有多深刘基也不是不知道。他当然明白，如果说自己这封举报信还能搞死谁，那恐怕只有自己了。

但刘基还是举报了。岂能因声音微小而不呐喊，刘基已经忍受不了元末官场的腐朽了。他必须反抗，虽然这是以卵击石的反抗。

结果显而易见，举报非但没有起到效果，刘基还被狠狠斥责了一顿，不追究他诬告就已经算很给面子了。

写举报信的时候，刘基就想到了自己的下场，所以处理结果下来，刘基也不多废话，就像几年前一样潇洒地辞职了。挥一挥衣袖，不带走一片云彩。

你们这帮人渣，我不跟你们玩了。

这时候的刘基已经四十岁了，但是在权谋方面，他依然不够成熟。从一年后他在战场上的表现来看，此时的刘基已经跟后来那个斗陈友谅、斗李善长的刘基相差无几了。但在现在的江浙官场上，他还是狠狠地跌了个跟头，就跟几年前在江西官场一样。

因为本质上，刘基是个有理想的人，对他来说，权谋仅仅是一种手段，不到万不得已，他是不愿意使用的。

毕竟，不管是打天下还是治国家，需要的都是真才实学。刘基真正的专长是运筹帷幄，决胜千里。

这是历史的幸运，也注定了刘基在官场上的不幸。

初掌兵权，
遭遇了多少不平之事

方国珍的升迁之道

……

1348年,当刘基还在为江浙行省教育事业燃烧自己,顺便时刻准备着引爆江浙官场这个大粪坑的时候,离杭州207公里的台州市黄岩港,一个叫作方国珍的私盐贩子已经打响了大规模武装反抗元王朝的第一炮。

当然,那个时候,不管是刘基还是方国珍都不会想到,在今后的十余年中,这两个相隔207公里的男人都会不时地出现在对方的噩梦中。

虽然官方对方国珍的评价是"农民起义领袖",但方国珍实在和"农民"二字沾不上边。单从长相上来看,方国珍也绝对不是个善茬,人高马大不说,脸黑得跟李逵似的,力气还大得惊人。据说方国珍曾挡在一匹高速奔跑的马面前,扼住马脖子随手往后一勒,就把马勒得死死的,跟钉在地上一样,委实比刹车还管用。

就这样凶悍的长相,外加蛮牛般的力气,随便往哪儿一杵,演个强盗土匪、流氓恶霸,活脱脱都不用化妆。

事实上,方国珍也没有辜负自己的面相,他的主要职业是贩卖私盐,与老哥国馨、国璋,老弟国瑛、国珉几乎垄断了台州的私盐市场。

如果就这样下去,方国珍或许会成为一名优秀的私盐经销商,生意会越做越大，最后富甲一方。

可人生不如意十之八九，就在这个时候，方国珍的老乡，一个叫蔡乱头的海盗船长造反了。蔡乱头的故事略过不表，在漫长的历史长河中，他就是个跑龙套的。但是不管龙套不龙套，造反了，官府当然要去镇压，结果一打，发现打不过。

打不过怎么办？跟上面交不了差了，官老爷自然有办法。打不过蔡乱头，就随便抓几个郭乱头、蔡乱脚之类的老百姓，当街砍了头，把脑袋往上一送就算交了差。抓不住海盗王，还抓不了几个老百姓吗？

说干就干，现在唯一的问题是，用谁来顶替蔡乱头？几乎是在一种默契的指引下，所有人都不由自主地想到了方国珍。

前面说了，方国珍活脱脱一副土匪样儿，而且还是蔡乱头的同乡！估计方国珍长得比蔡乱头本人还像海盗王。把这样一颗大黑脑袋呈献上去，视觉效果必然是惊人的。

就这么定了，砍方国珍的头。牺牲一个私盐贩子，幸福千百名贪官污吏。

毕竟在当地小有名气，方国珍很快就得到消息说自己的脑袋被征用了。

那可不行，因为贩私盐被砍头无话可说，可要是因为给人做替罪羊，这头砍得可就太憋屈了。于是，他召集自己的家人，对大家说："我看这个天下快要乱了，现在我被人诬陷，眼看就要丢脑袋了，不如咱们反了，逃到海上去，做海盗！"一家人纷纷点头同意。

但不管是砍头还是造反，都需要一个准备过程。于是，1348年的秋天，黄岩陷入了短暂的宁静，官老爷们在商量砍方国珍头的操作流程，方国珍在研究造反的注意事项。

直到十一月份，一个不开眼的小巡按跑来方国珍家里要债来了。方国珍是不是真的欠了巡按的钱已经不重要了，重要的是神经高度紧张的方国珍一看到巡按就以为是来要脑袋的，当下就发作了。

要说这哥们儿力扼奔马的力气的确不是吹的，顺手抄起身边的八仙桌当盾牌，举起拴门的大木杠子当长矛，呼呼几下，就把巡按拍成了肉泥。可怜的小巡按，讨个债把小命都讨没了。

杀了巡按，方国珍一不做二不休，当机立断：下海，反了！

就这样，私盐贩子方国珍，这个从来没有想过要成为海盗的男人，被逼下东海，从此踏上了伟大的航路。

这下当地官员傻眼了，没把蔡海盗的事儿解决，现在又冒出来一个方海盗。这还得了。

省里也怒了，你们这帮人，欺上瞒下这么简单的事情都做不好，还要麻烦老子来给你们擦屁股！

1349年，江浙行省参政知事朵儿只班亲自出征，率领三万水军围剿方国珍。

看着乌压压的朝廷舰队，方国珍有点吓蒙了，心想蔡乱头造反，你们随便找个脑袋就想糊弄过去，怎么轮到我造反你们派兵来打了，还一来就是三万，我那点兵，给你当零头都不够！

方国珍当机立断，迅速南撤，一溜烟儿跑到了福建五虎门。

朵儿只班哪里肯让到嘴的肥肉跑掉，虽然他这支队伍也是临时凑起来的杂牌军，但三万人打三千人，这样的仗谁不乐意打？不多时，杀气腾腾的元朝大军就堵到了方国珍舰队的门口。

方国珍彻底没辙了，眼前这上百艘大舰，不用开炮不用接舷，直接碾就能碾碎他的小渔船。看来当海盗王是没戏了。算了，保命要紧吧。

于是，方国珍下了一个绝望的命令：放火烧船。

方国珍是个粗人，想法简单，就想趁着大火自己溜之大吉。谁知道，方国珍的这一招却着实让朵儿只班迷惑不解。见过用火攻烧别人的，没见过一开战就把自家战船给烧了的。

"这不会是阴谋吧？"看着眼前忙里忙外放火的方国珍，朵儿只班有点儿害怕了。"这一定是个阴谋！"而这支杂牌军的特征也在这个时候显现出来了。朵儿只班一害怕，他的部将就开始慌乱起来，这种不安的情绪在朵儿只班的杂牌舰队里迅速传播，很快，就有"方国珍要使妖法"这类的传言出现了。

要说方国珍也算个人物，正在绝望间，突然一眼望见元朝舰队的阵型混乱起来。他立刻就判断出，此刻的元军战斗力已经下降。虽然有点儿不明就里，但他还是命令所有只要是能动的船，甭管着没着火，都全速冲击元军舰队，同时，还派出快船载着一支"特种"部队偷偷靠近了元军。

这支部队没有带刀剑，只带了一把锥子和一柄锤子。他们的任务很简单：凿沉元军的舰船，能凿沉几艘算几艘。当年梁山水军就是这么伺候高太尉的龙鳅大船的。

很快，元军就陷入了真正的混乱，有些军舰和方国珍的火舰撞在一起，烧沉了。有些军舰被方国珍的"特种"部队选中，凿沉了。当然也不排除有既没起火也没漏水的，对于这些军舰，方国珍的"陆战队"不是吃素的。靠近，接舷，跳帮，长矛捅，乱刀切，一气呵成，基本也没几个元军能活下来的。

这一战，方国珍以少胜多，居然把元军打得全军覆没，俘获战船无数，还活捉了朵儿只班。

活捉了朵儿只班的方国珍得意扬扬，细细打量着朵儿只班。朵儿只班心惊肉跳，很担心方国珍会杀了自己立威，不过他从方国珍的眼里没有看到杀气，却看到了一丝生意人的狡黠。

方国珍的眼里放着金光，嘴里流着哈喇子，当然不是要吃了朵儿只班。私盐贩子出身的方国珍毕竟不改商人本色，在朵儿只班的身上，他看到了一个巨大的商机。他明白，自己飞黄腾达的机会可能来了。

于是，打了大胜仗的方国珍果断地集结大军，剑指江浙，雄赳赳、气昂昂地出现在朝廷守军面前，然后——他投降了。

是的，他投降了，方国珍虽然没有读过《水浒传》，但他也明白，失败者没有投降的资格，只有展示了实力的胜利者，才有资格投降，当然是有条件的投降。

方国珍的条件倒是不苛刻：别杀他，再封他个官就行了。

朵儿只班这时候派上了用场，他负责把方国珍的投降条件传达给元朝廷，并说服朝廷接受方国珍的投降。在这件事上，朵儿只班自然是尽了全力的，因为只要投降的事儿谈成了，这次剿匪就算他的功劳，但要是谈崩了，那他可就是败军之将了。

在朵儿只班的努力下，元朝廷接受了方国珍的投降，给了他一个定海尉的职务。

一开始，方国珍还挺满意的，毕竟连个科举都不用考，几乎轻轻松松就从一个私盐贩子变身为朝廷官员，他还是很满足的。可是没到一年，他就开始算计了：这官忒小！一个定海尉，每天风里来雨里去的，待遇差，油水少，眼瞅着自己抓来的海盗、走私犯一个个比自己有钱，精明的生意人方国珍不乐意了。

方国珍倒挺实在，既然当官不如当海盗，那就反了，继续回去当海盗。1350年，这位已经爱上海盗生活的男人又反了，这时离他接受招安还不到一年。

朝廷火了，想来就来想走就走，当我元廷是什么！于是，第二支围剿方国珍的大军出发了，这次由行省左丞孛罗帖木儿亲自率领。

事实证明，纵横欧亚的蒙古大军在海上基本白给，行省左丞来了都没用。在与朵儿只班的海战中积累了经验的方国珍，这次没花多大力气，就把一大半蒙古军丢进海里喂了鱼，孛罗帖木儿也步了朵儿只班的后尘，"光荣"被俘。

又是个漂亮的胜仗，照例，方国珍又提出了投降。元廷倒也配合，派来了大司农达识帖睦迩来跟方国珍洽谈相关事宜。京官出马就是比地方官靠谱，谈判在友好和谐的气氛中结束，朝廷接受方国珍投降，交换条件是方国珍兄弟几个通通都做大官。

原来投降也可以这么嚣张，方国珍算是尝到甜头了。他发现原来升官是件这么容易的事情，不用拼政绩，不用熬资历，甚至不用走后门拍马屁，只需要去海上玩几天漂流，杀几个官兵，一张升职令就下来了。

方国珍为找到了一条新的升官路子兴奋不已，两年之后，有点儿玩腻的方国珍决定再给自己升个官，于是，他又反了。这次，他决定玩一票大的，他兴致勃勃地在中国的东南方画下了一个圆圈，圆圈里面包含了江浙行省最重要的几个海防城市：台州、温州、庆元（宁波）。"就打这里。"他转头对身后的哥哥弟弟们说。

玩得越大，升官越狠，这是方国珍的逻辑。但这一次，他差点儿就玩砸了。

策略管用才能算好

……

1352年，方国珍再次造反，第一个就拿台州黄岩港开刀。

这一年，刘基已经从杭州辞职回家，此刻正老老实实地在青田老家蹲着。方国珍的大名早已传遍了整个江浙行省，自然也传进了刘基的耳朵里。但比起其他把这场战事当作闲聊谈资的青田百姓，刘基显然对方国珍给予了更多的关注，因为他的好朋友伯牙吾台·泰不华此刻正在方国珍兵锋所指的台州，而且恰好担任台州的最高行政长官：达鲁花赤。

跟朝廷其他官员不一样，泰不华是不折不扣的"鹰派"，坚信对待敌人要像冬天一样冷酷，一板砖抡翻再踩上一脚让他永世不得翻身，尤其是对方国珍这种老油条，绝无姑息之理。他不光是这么主张的，事实上也是这么干的。1351年方国珍第二次投降的时候，泰不华曾怀揣利刃，打算在受降仪式上一刀捅死他，来个一了百了，可惜被前来招降的使者死死拦住，没有成功。所以这次得知自己能和方国珍大战三百回合，泰不华兴奋得嗷嗷直叫。

然而兴奋归兴奋，此刻的方国珍已经拥有一支庞大的舰队了，台州的守军根本不是他的对手。既然硬碰硬打不过，那就智取吧，好歹也是刘基的好朋友，泰不华也是个有智谋的人，他很快就想出了一条妙计：诱捕。

具体操作流程是这样的：首先送书给方国珍，表达朝廷招安的意愿，并且承诺给方国珍更大的官做。等方国珍动心了，就在招降仪式上埋伏下五百刀斧手，掷杯为号，刀斧手一拥而上，将方国珍剁成肉酱。

泰不华确实看准了方国珍的需求，可惜他低估了方国珍的智商。

其实方国珍的智商本身不算高，但当年泰不华企图捅死自己的事他还是略有耳闻的，更何况一个著名的鹰派军官，一枪未发就要招安自己，实在有些蹊跷，所以，方国珍不太相信。

但招安的机会是不能错过的，本着宁可信其有不可信其无的态度，方国珍派出亲信陈仲达先来找泰不华探探口风。

相比之下，陈仲达就缺少方国珍的探索精神，经过泰不华一番忽悠，陈仲达告诉方国珍，投降这事儿，可以有。

虽然还是将信将疑，但方国珍最终同意招安了。

选了个天气晴朗、万里无云的日子，方国珍只带着两百艘小船来投降了。泰不华很高兴，带着陈仲达举着受降旗赶来迎接方国珍。他当然不是真的来受降的，当着陈仲达的面，泰不华调兵遣将，安排好了伏兵，得意扬扬地看着陈仲达：中计了吧，傻眼了吧，这下你们完蛋了！

陈仲达这才知道自己上当了，但已经来不及了，一边是泰不华用刀牢牢抵住了自己的后背，一边是方国珍的舰队已经进入了他的视线。

事实证明，陈仲达人是单纯了点儿，但端的是条铁骨铮铮的好汉，眼看着方国珍就要进入伏击圈，陈仲达猛然大吼一声："不要过来！官军有埋伏！"泰不华立刻知道要坏事，一刀结果了陈仲达之后，令旗一挥，伏兵尽数杀出。

方国珍本来就对招降将信将疑，所以有备而来，再加上还没全部进入伏击圈，当下立刻和泰不华的伏兵大战起来，居然打得胜负难分。

毕竟算是一场半成功的伏击战，本来只要再熬一会儿方国珍就撑不住了，可泰不华实在是命苦，在这要命的时刻，他所在的旗舰居然开上了一片浅滩，搁浅了！

送上门的肥肉岂有不要之理，方国珍的小船本来速度就快，几下就把旗舰包围了。方国珍的士兵跳上旗舰，想要生擒泰不华。

史载泰不华是哈萨克族人，天生骁勇，虽然要诡计比较失败，但大刀确实耍得虎虎生风，一挥起来连着砍死了好几人。方国珍的士兵发现自己根本接近不了他，更别说生擒活捉了。

接近不了，那就不要活捉了，反正本来也没有捉俘虏的习惯。方国珍大手一挥，枪队向前，举起长矛不要钱一样地往泰不华身上一阵捅。泰不华再怎么彪悍，短刀也干不过长矛，最后被活活捅死在自己的旗舰上。

而失去了主帅的元军也立刻兵败如山倒。方国珍非但全身而退，还趁机杀进台州痛快地劫掠了一番。

这一下，朝廷彻底愤怒了。但是怒有什么用，当年方国珍小打小闹的时候都拿他没辙，现在人家翅膀硬了，你能怎么办？

这时候，有人想到了刘基。

要说刘基虽然在官场上处处不招人待见，但大家对他的才能还是比较认可的，都知道这是个足智多谋的人才，主修兵法、天文和奇门遁甲，虽然不会"来事儿"，但极能办事。于是，刘基被重新起用，任命为浙东元帅府都事。

此刻的刘基正沉浸在悲伤之中。收到泰不华的死讯后，刘基悲痛欲绝，连夜写下了《吊泰不华元帅赋》，在表达了对泰不华因公殉职的悲痛之余，还猛烈抨击了朝廷养虎遗患的招安政策。

朝廷的委任状正中了刘基的下怀，他连行李都来不及收拾，就直接奔赴庆元（宁波）上任去了。

事实证明，刘基没有辜负大家对他的期望。这是刘基第一次上战场，但他丝毫都不紧张，只有一丝小小的兴奋：这么多年读了这么多兵法书，终于可以到战场上去检验一下了。

而刘基对于自己初出茅庐的第一仗也比较有信心。因为从听说方国珍起事的那一刻起，他就摸清了这类海上流寇的死穴：补给。要知道，海盗跟陆地上的流寇不一样，流寇可以一路抢一路跑，跑到哪儿抢到哪儿，但是海盗必须时不时地上岸补给，就算他愿意天天吃生鱼片，他也要上岸补充淡水和维生素。

打蛇打七寸，只要抓住这个死穴，方国珍就是死路一条。所以上任伊始，刘基就告诉元帅那邻哈喇道：方国珍之所以那么嚣张，就是因为我们总想着在大海上消灭它，可是我们手头那些水军军爷战斗力你也不是不知道，怎么可能比得过方国珍手下这些老牌海盗、亡命之徒。既然如此，我们何必要以己之短攻敌之长呢？当今之计，是死守住方国珍上岸的通道，没城墙的地方造城墙，有城墙的地方就把城墙加固、加高，不让他登陆，然后把所有方国珍能找到的补给全部迁入城内，就不信饿不死他，到时候我们去收尸就行了。

总而言之就是四个字：坚壁清野。

那邻哈喇一听，恍然大悟。刘基的这条计策其实算不上多高明，要论技术含量可能还不如泰不华的诱捕计划。但真正管用的策略并不一定要华丽到让人眼花缭乱，能够抓住事物最本质的核心，举重若轻，从根本上解决问题,就是好策略。而之前的元军之所以惨败,就是陷入了"你在海上嚣张,我就在海上把你干掉"的思维误区。

果然,这样一来,方国珍悲剧了。虽然论实力,他的舰队现在已经可以在东海横着走了,可是他发现元军突然不跟他玩了,他自己一个人在海上玩多没意思,他渴望元军能够再派几支舰队出来让他打个痛快,顺便为下次投降积累点儿资本,但元军就是不理他。

不陪我玩我自己玩。方国珍准备上岸弄点儿好吃的、好玩的,反正沿途温州、台州、宁波……哪个不是富得流油的地方。可是他每到一处,迎接他的都是高高的城墙,他的海船又不是飞船,根本过不去。

方国珍傻眼了。没人陪他玩是小事,这要饿死了、渴死了,或者吃不上新鲜水果、蔬菜得败血症死了,那还得了。几个月下来,他急了。

这种时候,面子、位子都不重要了,方国珍放出风去,表示自己有投降的意愿了,这一次是真心的,即使朝廷的待遇低点儿他也不会有太大的意见。

朝廷自然开心,觉得自己终于把方国珍收拾服帖了,倍儿有面子——有面子,这就够了,于是招安计划再一次提上了议事日程。具体事宜,由当时的江浙行省副省长帖里帖木儿负责。

和谈代替打仗升格为第一要务,于是,刘基从浙东元帅府都事被调任为江浙行省都事,协助帖里帖木儿统筹招降事宜。

刘基一听"招降"二字,火冒三丈。

眼瞅着方国珍就要完蛋了,到时候直接去收尸就行了,为什么要招降!这种反复无常的小人,难道吃他的亏还不够吗?这次投降了,难道你敢保证下次他不会又造反吗？对于这种人，最好的安抚手段就是往死里打，打服了，打死了，他就消停了。

刘基对方国珍恨得牙痒痒，泰不华的死固然是重要的原因，但方国珍降而复叛、叛而复降，一而再再而三，哪一次不是老百姓遭殃？为了自己的蝇头小利，却要江浙沿海的老百姓流离失所甚至浮尸大海——方国珍，你不死我睡不着！

不知道帖里帖木儿是不是被刘基的慷慨陈词打动了，他最终决定拒绝招降，并向朝廷递交了由刘基起草的议剿奏书，建议继续对方国珍"剿而杀之"。

这下轮到方国珍对刘基咬牙切齿了——没招你没惹你，为什么总要跟我过不去！刘基，我记住你了！

忠烈之士被下囚笼

发狠归发狠，方国珍暂时还奈何不了刘基，打不过就拉拢，于是，方国珍托人带了一批财物送给刘基，意思就是老哥你别折腾了，我服了，放我一马行不。

刘基的回答很干脆：不行。对于方国珍这种人，没有什么好商量的。刘基不松口，帖里帖木儿那里自然也没戏。

方国珍暴怒了，他决定使用最后一招：既然刘基软硬不吃，那我就绕开刘基，直接跟中央的大官去勾兑。这一招是必杀的，方国珍之所以一直没用，主要是成本实在是太大了，这也难怪，贿赂京官和贿赂地方官，那能是一个价吗？

但这次方国珍被逼急了，他砸锅卖铁，凑了一大笔钱，走海路带到北京，上下活动打点，钱花光了，事儿也差不多办成了。1353年十月，朝廷再次下令，接受方国珍投降，方氏兄弟全部被封了官。

方国珍终于得意扬扬地登上了海岸线，刘基一手修筑的坚固海防线挡住了他的舰队，却挡不住他的银弹。这下轮到刘基傻眼了，前不久自己还猫在城墙上居高临下地望着方国珍，时不时朝他打几发石炮，丢几桶垃圾，谁知道风水轮流转，一转眼方国珍就站到自己头上来了。

辛辛苦苦一两年，一夜回到解放前。眼瞅着自己的心血就这样成了摆设，自己的战略就这样功亏一篑，刘基心如刀绞。不是我军无能，也不是方国珍太狡猾，实在是这个朝廷……太没辙！

方国珍自然不会放过几乎把他逼上绝路的刘基，几天之后，作为和方国珍的一个交易，朝廷再一次下诏，主张力剿的刘基和帖里帖木儿通通被免职，罪名是"擅作威福，伤朝廷好生之仁"。那意思就是告诉方国珍，上天有好生之德，我们本来也不想打你，但就是这两个战争贩子自作主张，把你打得惨兮兮，实在过分，现在把他俩免职了，咱们的误会也算澄清了。

无耻！无耻到了极致！堂堂大元朝在一群宵小之辈的把持下，居然沦落到了对反贼卑躬屈膝的地步。蒙古帝国开国之初的霸气早已荡然无存。

而刘基无疑成了这笔肮脏交易的牺牲品。最后的结果是帖里帖木儿被罢职，而刘基非但被免官，还被送到绍兴软禁（羁管）了起来。

在战场上，刘基赢了，但在官场上，他却再一次输得彻彻底底。

战争是政治的延续，是用牙齿来解决舌头解决不了的问题。刘基有一口好牙，却输在了舌头上面。

刘基怎么想都想不通，都说成败论英雄，自己明明打赢了仗，怎么反而成了囚犯；方国珍明明输得一塌糊涂，怎么反而加官晋爵，八面威风！

这一诡异的处理结果让刘基几乎对世界绝望，他放声大哭，哭到伤心处大口大口吐血。刘基越哭越伤心，越哭越激昂，最后居然找了根裤腰带，要自挂东南枝。

幸亏家人发现得早，死死拦住，刘基的门人密里沙死死抱住刘基的大腿喊道："老师！现在你被人冤枉，颠倒黑白，这个时候如果自杀，岂不是等于跟方国珍这个孙子妥协了吗？"一想到方国珍那张欠揍的脸，刘基握着裤腰带的手开始松动了，密里沙再乘胜追击道："况且，您就这么走了，您的母亲谁来照顾！"

终于，刘基被说服了，扔下裤腰带，大哭一场，但这件事情，也让他留下了"痰气疾"，也就是中风的后遗症。

或许有人会说，刘基不是神机妙算吗？不是古往今来智慧第一人吗？为什么一直到了四十岁还是天天吃瘪，感觉在哪儿都混不开，居然到了要一哭二闹三上吊的地步了？他的潇洒呢？他的逍遥呢？他的嬉笑怒骂呢？他的料事如神呢？

可以负责任地告诉大家——没有。四十岁前的刘基，人生可以用两个字来形容：苦啊。

但这不是他头脑不够聪明，而是他性格不够圆滑。在刘基的传说里，我们无数次看到他用自己的智慧化解一个又一个危机，戏弄一个又一个财主，但那是传说。在真实的世界，聪明解决不了所有问题，因为人性是一种极为复杂微妙的东西。

若是单论权谋智略，同时代确实没有人能出刘基之右，但是刘基能谋天下却不能谋己身，因为他的性格始终还是太耿直，太理想主义。

自杀事件可以看作是刘基性格的集中体现。当理想主义的世界和现实主义的人生发生碰撞，理想主义者首先想到的是改变现实，而不是顺应现实。但现实是无法改变的，所以，在失败之后，他们会选择退出游戏。有按程序退出的：归隐深山，不问世事，比如陶渊明；也有性格刚烈的人会选择启动任务管理器强制退出：那就是自杀，比如屈原，比如刘基。

无论如何，打了败仗的方国珍因为无耻的品行和圆滑的性格加官晋爵了。而打了胜仗的刘基却因为高洁的情操和耿直的性格成了阶下囚，还差点儿自杀。

性格决定命运，这是刘基性格的悲剧。也是元王朝的悲剧。杀人放火金腰带，修桥铺路无尸骸。恶徒妖孽坐朝堂，忠烈之士下囚笼。国家到了这个分上，离灭亡就真的不远了。

纵情山水排遣忧思

1353年，刘基来到了绍兴，开始了三年的被羁管生涯。

绍兴古称会稽、山阴，经济繁华，风景秀美，素有"仙都"之称。东晋王献之曾感慨："从山阴道上行，山川自相映发，使人应接不暇。"

然而刘基最开始却不太喜欢绍兴，因为他听朋友说，绍兴的官吏很无能,很可能镇不住场子,万一发生战乱,那可咋整,毕竟他也确实不想再跟匪类打交道了。直到听说一位叫迈里古思的贤人赶赴绍兴担任达鲁花赤,刘基才松了一口气。

虽然从政者不行,但绍兴的景色确实没话说。刘基曾经这样盛赞过绍兴之美:

"语东南山水之美者,莫不曰会稽。岂其他无山水哉?多于山则深沉杳绝,使人僭凄而寂寥;多于水则旷漾浩瀚,使人望洋而靡漫。独会稽为得其中,虽有层峦复冈,而无梯磴攀陟之劳;大湖长溪,而无激冲漂覆之虞。于是适意游赏者,莫不乐往而忘疲焉。"

翻译过来就是绍兴堪称东南最美的地方,为什么这么说呢?因为绍兴的山水搭配十分协调,山多了,就成了穷乡僻壤,水多了,就成了汪洋泽国,只有绍兴,虽然有山,却不十分陡峻,虽然有水,却鲜有水患。真是让人流连忘返。

正是在这样美丽的江南水乡里,刘基度过了人生中最闲适的三年。

刘基在绍兴写的《遣兴》六首,很能反映他当时的闲适心情,比如其中有这么一首:

积雨兼数旬,天气凉有余。
青苔交户庭,始觉人迹疏。
地主多闲园,可以种我蔬。
儿童四五人,蔓草相与锄。
既倦则归休,卧阅床上书。
无事且为乐,何者为名誉。

梅雨季节,天气微凉,种种蔬菜,读读书,每日无事,当真是悠然自得。

绍兴历来都是文士辈出的地方，像刘基这样的名士，自然很快就打入了绍兴的文人圈子，结交了一大批朋友，其中最有名的莫过于王冕。

刘基在来绍兴前便听人说起过王冕，恨不能相识，两人正式见面则是在至正十四年（1354年）。虽然两人从三观上来讲不是一路人：王冕是个真正的处士，刘基却对忠君报国念念不忘，但两人毕竟有一个共同语言，那就是对书画的爱好。而且在被羁管绍兴后，流连于山水的刘基对仕途的那份热情也渐渐淡了下来，所以最后，两人成了莫逆之交。

羁管毕竟不同于囚禁，只要不离开绍兴或者离绍兴别太远，刘基的行动并未受到太多的限制。于是，这三年他又捡起了当年的旅行装备，足迹几乎踏遍了整个绍兴开发或者未开发的旅游景区。而且还多次中短途旅行，前往萧山、杭州，游活水源，逛灵峰寺，登松风阁，总之小日子过得要多安逸有多安逸。

值得一提的是，刘基尤其喜欢和僧人打交道。一方面是因为他此时的心境与万法皆空的佛义比较契合，另一方面，当然也是因为佛寺古刹往往坐落在风景名胜之处，去旅游总少不了这种地方。

也正是在这三年，刘基写作灵感大爆发，留下了许多优秀的文章诗篇。就文而言，有堪与柳宗元《小石城山记》媲美的《出越城至平山记》，还有被评价为"读之神骨俱冷"的《活水源记》，以及设喻神奇、辞章华美的《松风阁记》，堪称文苑精品；就诗而论，既有诗韵工稳、格律熨帖的唱和诗，又有即景抒情、富有浓郁的悲凉情调的即兴之作。所谓"官场失意，文场得意"，好的文学作品似乎总是眷顾失意之人，这三年的羁管生涯，给刘基的诗文创作提供了难得的心境、物境，造就了他在仕途得意之时无法企及的创作高峰。

当然，这种没事儿旅旅游、写写诗、晒晒太阳、睡睡觉的悠闲生活并不是刘基真正想要的。他真正期盼的生活，还是建功立业、报国杀贼。所以，在旅行者刘基的旅行日记里，我们总是可以找到许多触景生情、借物抒情的诗文。

比如刘基曾经游览过兰亭，那是王羲之曾经游览过并写下《兰亭集序》的地方。刘基来到此地，感慨万千，写下了这样一段话：王右军抱济世之才而不用，观其与桓温戒谢万之语，可知其人矣。放浪山水，抑岂其本心哉！临文感痛，良有以也。而独以能书称于后世，悲夫！

大概的意思就是王羲之其实是个非常有才华、有抱负的人，因为实在受不到重用才隐居起来。放浪形骸啊，像这样的人才，最后却只有凭借书法让世人记住，实在是悲剧啊。

王羲之是不是真的有济世之才还真不好说，而刘基这番话，其实也就是借王羲之的酒杯浇自己的块垒——虽然表面上每天吃吃喝喝玩玩乐乐挺开心的，但这岂是刘基的本心哉！

所以，玩得越开心，越热闹，当宾主两散复归宁静之后，刘基就会觉得越悲凉，越孤独。于是他会提笔写下一些感怀的诗，抒发自己无处安放的凄凉。

比如这首七律《忧怀》：

群盗纵横半九州，干戈满目几时休。
官曹各有营生计，将帅何曾为国谋。
猛虎封狼安荐食，农夫田父困诛求。

抑强扶弱须天讨，可怪无人借箸筹。

在这首诗里，刘基把自己比作张良，感叹自己没有遇到刘邦这样的明主。这不是刘基第一次以张良自比，当年在诸葛亮故里旅游的时候他也曾把自己比喻成诸葛亮和张良。应该说，文人普遍爱夸张，中国历史上敢把自己比作张良的人数都数不过来。但在这些人中，真正名副其实的，恐怕只有一个刘基，一个诸葛亮而已。

可是现在的刘基只不过是一个阶下囚，谈什么锄强扶弱、安邦定国呢？这就是刘基为什么努力让自己纵情于山水之间，因为他的情怀越深，失落就越大，他甚至在这样的心境中写下了《薤露歌》：

人生无百岁，百岁复如何。

谁能将两手，挽彼东逝波。

古来英雄士，俱已归山阿。

有酒且尽饮，听我薤露歌。

《薤露歌》是古乐府的曲名，是一首哀乐，顾名思义就是说人的生命像露水一样短暂。古代的诗词都是自带曲子可以直接唱的，这首《薤露歌》如果唱出来，就是哀乐的调调，而在这首诗中，刘基所要抒发的，也正是人生苦短、壮志未酬的悲哀。

打仗之余还要人心

在给大元朝打工的最后几年中，刘基的命运几乎跟方国珍绑在了一起，当朝廷要重用方国珍的时候，刘基就会被打压，而当方国珍不那么听话的时候，刘基的日子就会好过些。

而方国珍每年总有那么几天不怎么听话。在接受招降之后，方国珍没有放弃自己的枪杆子，一边在朝廷当官，一边干着打劫的老本行，算是半官半匪。于是朝廷有点儿不爽了，这时便会想起了刘基。而当时整个浙江的局势，也逼得朝廷不得不重用刘基。

早在方国珍起事之前，整个江浙地区其实就已经盗贼蜂起了，随便几个人拉上一支队伍就敢占山为王。对于这些队伍，有些称之为"贼寇""山匪"，也有说他们是"农民起义军"。其实客观地讲，这些人中确实有很大一部分是被官府逼到走投无路的农民，但也有不少怀着政治野心的地主豪强，当然也有纯粹为了造反而造反的流氓无产者。所以，为了叙述方便，以下都用中立的词语"反朝廷武装"来统称他们，简称反军。

到了1356年，在红巾军起义的精神鼓舞下，江浙人民的起义事业达到了最高潮。元廷眼瞅着就顶不住了。这个时候，什么都不重要了，谁能保住帝国的政权谁就是帝国的大救星。

刘基就是时人眼中公认的"帝国政权守护者"。于是，那一年刘基再次被起用为江浙行省都事。他的主要任务是前往处州镇压叛乱。

在处州还有一位名将在等着刘基，他的名字叫石抹宜孙。此人是契丹人，却一直镇守东南沿海，战功卓著，也算是元帝国最后一批名将之一了。

在刘基出山之前，石抹宜孙已经苦苦支撑五年了，但局势越来越不可挽回，当时处州七县，几乎每县都有"山寇"作乱，且各县"山寇"一旦有急，即互相声援，尤其是吴成七部，其所据地盘已与温州方国珍的势力范围连成一片；又有青田潘惟贤、华仲贤等翻山越岭，曾一度攻占龙泉县城，实力不可小觑；丽水礵硿、青田庐茨的

"山寇"均号称有数万之众。这倒不是石抹宜孙无能,实在是元朝气数已尽。

刘基跟石抹宜孙其实没有深交,至少1356年之前没有,但两人相互慕名已久,刘基之所以能够复出并且被派往处州,也和石抹宜孙的大力推举分不开。

刘基到达处州后,石抹宜孙热情接待了他,并神秘兮兮地告诉他,他的三个老朋友也被自己请到了军营里。哪三人?他们分别是:章溢、胡深、叶琛。

章溢,字三益,龙泉人,善谋大局,是个不错的战略型人才。胡深,字仲渊,也是龙泉人,办事精细,精通军事行政,典型的参谋型人才。叶琛,字景渊,处州本地人,擅长排兵布阵,优秀的指挥型人才。

再加上不世出的策略型人才刘基,石抹宜孙麾下聚集了当时全天下最豪华的文武班底。在和朱元璋、徐达、李善长结成"文武铁四角"之前,这是刘基遇到的最强大的阵容了。

领导班子搭起了,现在要解决军队的问题了。元朝的兵养了几十年,早就锐气全无,断然不能用了,要守卫家乡,还是自己招募的本地义兵最靠谱。所以,石抹宜孙命令几位得力手下前往招募义兵。其中当然包括刘基,于是,刘基第一次掌了兵权,拥有了自己的武装力量。

此刻的刘基一扫羁管绍兴时的颓唐放浪,取而代之的是跃马扬鞭,雄姿英发。上马击狂胡,下马草军书,这不正是每个文人的梦想吗?

石抹宜孙异常兴奋,班子有了,军队有了,咱们开打吧!刘基却一把拉住了石抹宜孙。

不急,因为平乱不是两军对垒,你仗着优势兵力冲上去,把敌军主力部队全部杀光仗就算打赢了,不是这样的。在叛乱中,反军打散了就是老百姓,老百姓聚集起来就是反军。义军真正赖以和元军对抗的不是强大的军事实力,而是人心。你不仅要跟反军打好仗,也要跟反军的力量之源——老百姓搞好关系。

《兵法》云:上兵伐谋,其次伐交,其次伐兵,其下攻城。正所谓"百战百胜,非善之善也;不战而屈人之兵,善之善者也"。刘基清楚地知道,光靠剿是不够的,野火烧不尽,春风吹又生,当务之急是先把人心拉过来。

于是,刘基写下了那篇著名的《谕瓯括父老文》。

看标题就知道,这是一篇"官样文章",无非是打几句官腔,走个开战前的形式,难道还能写出花儿来?答案是:在刘基手里,还真能写出花儿来。

在写这篇文章的时候,刘基的指导思想十分鲜明,即对组织造反的"首恶"(比如方国珍)须严惩不贷,而对胁从者则须从轻发落。因为刘基明白,不管反军本身是什么性质的,大多数反军的基层官兵都是在无衣无食、左右俱死的情况下,才铤而走险落草为"寇"的,根子还在官府本身和"贼首"的忽悠。因此,文告措辞既要堂堂正正,又要动之以情、晓之以理,做到威而不怨,仁而不柔。

首先,在文章开头,刘基先总结了元王朝建立八十余年来是如何努力建设和谐社会的——主要是为了告诉群众,皇帝是个好皇帝,那么为什么会变成现在这个样子呢?那当然是贪官污吏的错,坏人把皇帝都蒙蔽了。所以,你们的矛头就指错了,你们不该造朝廷的反啊,你们该去杀贪官!

　　当然,你们也确实是这么干了。不过现在欺负你们的贪官你们也杀得差不多了,该收手了吧。只要你们收手,皇帝就不会追究,你们继续回去当良民。毕竟皇帝和大家一样,都是被贪官欺负的人,但你们要是还不依不饶,那皇帝可就不客气了!

　　有情,有理,有利诱,有威胁,这份告示写得确实很有水平。你要说这告示一出反军如鸟兽散,那是不可能的,但也确实瓦解了一大批反军士兵,同时也分化了那些支持同情反军的老百姓。造反不就是为了口饭吃吗?既然皇帝说了以前的事情不追究,贪官也确实被我杀掉了,那我就回家做良民,就算每天吃得半饱不饱的,也总比被砍掉脑袋要好。

　　这样一来,造反队伍中只剩下了两种人:罪大恶极没有回头路的匪首和确实苦大仇深与元王朝不死不休的穷人。前一种人死不足惜,后一种人……各为其主,也只能对不住了。

　　当然,批判的武器不能代替武器的批判,笔杆子可以影响局势,但只有枪杆子能够决定局势。这点刘基很明白,他时刻着手剿匪战略的部署。

　　至正十七年(1357年),刘基再次升官,当上了行省枢密院经历。这一年,石抹宜孙和刘基带领着自己组建的武装队伍,一路上强攻智取,捷报连连。

　　在整个平定处州农民起义的过程当中,刘基一直没有放松他的"首恶必究,从犯不论"。对于反军将领的惩处,刘基的"尺度"掌握得很好,他的这一举措,也进一步安抚了民心,于是,相对而言,元军越打群众基础越广,反军越打越孤立,短时间内就剿灭了处州地区的绝大部分反政府武装。

现在，只剩吴成七那股最强大的农民起义力量了。

用巧计除掉吴成七

……

吴成七，江浙行省文成县人，跟方国珍一样，也是个私盐贩子出身，不过是兼职的，主业还是种地。此人有一身的好功夫，据说幼年时曾经拜水云寺的武僧为师，十八般兵器样样精通。而且为人刚勇仗义，好打不平，广交四方豪杰，在民间很有威望。

俗话说"穷文富武"，从吴成七的兼职工作和兴趣爱好来看，他绝不是个贫苦农民出身。那他为什么也反了呢？

说来也简单，1353年的某一天，吴成七去邻县的码头卖私盐，不知道因为什么事情就跟当地的盐霸发生了冲突，然后就打起来了。吴成七的武功真不白给，三两拳就活活打死了盐霸。其他盐霸一看打不过他，就跑到官府把他给告了：怕打死人的罪名不够重，还额外附赠了一个罪名"大礼包"：谋反。

杀人是个要命的罪名，但谋反可是能要了你全家的命。吴成七一看形势不对，拔腿就跑，跑回家越想越怕，心一横，你说我是反贼，我还真就反给你看！于是，吴成七真的反了！

可见那时的处州，造反真的跟请客吃饭一样寻常。

因为平时人缘好，他振臂一呼有不少人响应，很快凑出一支有战斗力的部队，然后，分别在北边建了高羊寨、马羊寨，扼控通入黄坦的咽喉大道，在西南向构筑天高、水牯、水盆、龙须等屏障寨，在东向建立白羊、牛头等前哨寨，把自己的大本营守得铁桶金城一般。一时之间，受压百姓纷纷响应，队伍很快发展成数万人。

在吴成七的造反班底里，能摆上台面的有三个人，分别是民间武师宋茂四、落第穷儒支云龙，还有善研兵法的周一公。从他们的职业就能看出他们的分工：一个打前锋，一个搞后勤，一个做军师，吴成七统领全军。

应该说，元末的江浙确实藏龙卧虎，就这样一支草台班底，造反初期居然势如破竹。

到1354的时候，吴成七的造反声势越来越大，也和他的前辈们一样，想过一把皇帝瘾。称帝自然是不敢的，但称王是可以有的，于是他自封为吴王，同年秋，又觉得现在的地盘太挤，便主动出击，攻打青田县城。

这下朝廷震怒了，在你的小渔村闹腾一下也就算了，居然敢在我的眼皮底下称王称霸，还出兵攻打县城！反了你了！连忙派出大军剿伐，大军的司令姓王，但是连个名字都没在史书里留下，可见王司令这一仗打得是非常窝囊的。事实上也确实如此：既没有大胜，也没有大败，因为这位王司令的所谓大军根本不敢接近吴成七的据点，只是来青田旅游了一圈，就回去了。

官军是指望不上了，青田人只好自己保卫自己。于是当地的地主徐伯龙、季珍等主动请缨，要求指挥当地民兵去抵挡吴成七。

可别小看民兵，至少那时候的民兵战斗力绝对比官兵强。但是，他们跟吴成七和他的"三巨头"还是不在一个级别上的，于是，张坳一战，徐伯龙战死，船寮一战，季珍战死，青田县城沦陷。

占据了青田的吴成七眼看着自己的"王国疆土"从一个乡变成了

一个县，于是信心爆棚，第二年，吴成七便拜周一公为军师、宋茂四为大将、支云龙为谋臣，甚至还有模有样地开科取士，选拔文官武将，建立三省六部，并点封朱君达、李夹等数十名战将，以黄坦为中心四向出击，把势力范围扩大到处州、温州、婺州、金华及福建北部一带，形成首尾连贯百余寨，跟方国珍的地盘连成了一片。

面对吴成七这样的悍匪，元朝打不过也不乐意打，能想到的最好解决途径自然是招安，可惜吴成七不是方国珍，意志异常坚定，每次都毫不犹豫地拒绝朝廷的招安。

这就是吴成七，江浙头号悍匪（不算半官半匪的方国珍），本人骁勇善战，手下人才济济，意志坚定又拥有广泛的群众基础。

这个人让刘基非常头痛。不能拔掉吴成七这枚硬钉子，就没法给处州剿匪画上一个完美的句号。

为了配合石抹宜孙的军事行动，刘基以探亲的名义回了一趟家，此刻的青田县已经被吴成七攻克，到处都是吴成七的军事基地。刘基花了个把月的时间实际勘测了当地的地形交通情况，掌握了大量一手的情报，当地甚至还传说刘基假装算命先生亲自拜访了吴成七。

因此，当刘基再次回到石抹宜孙身边的时候，他带回了大量的有价值的情报。1358年秋，石抹宜孙命令叶琛率军剿讨吴成七，刘基作为军师随军。

悍匪就是悍匪，得知消息的吴成七非但不逃跑，反而在金山寨建了连环七营，集结主力要与叶琛决一死战。金山寨居高临下，易守难攻，叶琛带领官兵只能发起非常不利于进攻的仰攻。结果可想而知，打了几天也没打下来。

叶琛急得像热锅上的蚂蚁，就在这个时候，刘基来找他了。其实这几天刘基也很着急，所以一直在想计策，想到自己在青田县搜集到的情报，心生一计。

叶琛一见刘基，知道他肯定是带着主意来的，忙问："先生计将安出？"

刘基也不卖关子，将自己的计划和盘托出："请派一队士兵到金山寨对面的黄呈羊山岭，趁黑夜每人肩挑悬挂有二十多盏灯笼的长竹竿，从山岭头挑到龚宅，吹熄后再返回黄呈羊岭头，点燃灯笼向龚宅行进，如此往返，每夜以一两百名官兵轮流进行。"

叶琛感到一头雾水：本来带的兵就不多，你还专门拉出一两百人去搞彩灯游行，是想跟吴成七联欢不成？

"先生这是逗我玩儿呢吧？"叶琛小心翼翼地询问道。

刘基高深莫测地一笑，俯身到叶琛耳边，把这个计划的精髓告诉了叶琛："这是为了营造一种我军的增援正在源源不断赶来的假象，所谓'弱则示之强，强则示之弱'，吴成七色厉内荏，欺软怕硬，他的军队也是良莠不齐，看到我们大军压境，军心自然就动摇了。"

"原来如此！"叶琛开心地望着眼前这个人：以前只知道你是个聪明人，但从来没想到你还很有计谋。

这话说得没错，刘基征战半生，奇谋百出，但这种计谋倒确实用得不多。原因很简单，刘基的对手当中，不管是方国珍、陈友谅还是张士诚，以及后来的王保保，都是重量级的高手，这种程度的计谋怎么可能骗得过他们。但面对吴成七这种人就不一样了。根据刘基自己收集的情报，不管是吴成七本人，还是周一公，都不过是三流货色而已。

论起诡计，这也不差。之所以不用，是没碰上档次足够低的人。

果然，吴成七部队看到不断有人排成队列点着灯笼进入叶琛的军营里，顿时就不淡定了，当初就地决战的霸气彻底没了，再加上粮草日减，水源被切断，吴成七的军心开始动摇。虽然吴成七的意志坚定，但队伍扩大后难免把关不严，混进了不少就为混口饭吃的兵油子，一时之间，恐慌情绪传遍了全军，个别觉悟低的早就偷偷开溜了。

趁你病要你命，等的就是这个时候。一看敌人的阵脚已乱，叶琛抓住了机会，命令部将陈仲琛统精兵三千从后山偷偷进攻，自己的大军则从正面发起总攻，一举歼灭了吴成七军，吴成七与手下大将宋茂四也死在了乱军之中。

主力被歼，主帅被杀，吴成七的军队立刻土崩瓦解，轰轰烈烈的吴成七起义就这样被扑灭。

处州太平了。尽管天下已经越来越乱，但至少处州太平了，而和平的缔造者，正是刘基。

四十年的沉寂，终于等来了这一天。"试借君王玉马鞭，指挥戎虏坐琼筵。南风一扫胡尘静，西入长安到日边。"刘基的前半生，可以无悔了。

1358年，刘基被擢升为江浙行省郎中，从五品。等了好久终于等到今天，梦了好久终于把梦实现！志得圆满的刘基已经做好了准备，要放开手脚大干一场，力挽狂澜，舍我其谁！至少刘基是这么想的。可惜的是有人不这么想，比如方国珍。很快，方国珍就用实际行动告诉刘基：白日做梦！

最终还是分道扬镳

……

仗打赢了,刘基兴高采烈地等待朝廷的封赏。谁知首先等到的却是一个天大的坏消息:方国珍升官了。

要说方国珍,虽然打仗不行,但混官场真的是一等一的高手。他一面维持着自己的割据势力,一面又不得罪元廷,跟坐了直升飞机一样年年升官。如今,他居然坐上了江浙行省参知政事的位子。

元代的行省往往会设置一到四名参知政事,光在前面就已经出现过好几位了,比如苏天爵、朵儿只班、帖里帖木儿。他们都有一个共同的特点:刘基的顶头上司。

刘基的好日子算是到头了。方国珍再怎么贵人多忘事,也忘不了自己因为刘基差点儿在台州海面上喂鱼的经历,忘不了刘基那封要把自己赶尽杀绝的奏折。他不整死你就不错了,还想升官,门儿都没有。

刘基也很窝火。方国珍有多恨他,他就有多恨方国珍,这对宿敌眼神相撞都能撞出雷电来。刘基怎么甘心在方国珍的手下当差,尤其是一想到自己出生入死立下不世奇功才换来一个从五品的官,方国珍除了造反啥正事儿没干居然成了从二品官。天理何在!

没天理的事儿多了去了。事实上,根本就不用方国珍动手,这些年来从江浙到中央,哪个官儿没收过方国珍的好处?这些人心里都门儿清。眼瞅着方国珍如日中天,哪能让死敌刘基有翻身的机会呢。于是,没过多久"封赏"下来了,刘基被调任为处州路军分区担任后勤工作(总管府判)——非但没有升官,反而降职了。

这是赤裸裸的毫无遮掩的打压，借口理由都懒得找。刘基连愤怒的心情都没有了，取而代之的是绝望。从1336年走上仕途到今天，二十二年过去了，如果说官场有什么变化，那就只是越变越黑了。真的彻底干不下去，刘基收拾包袱，辞官回了家。

这不是刘基第一次辞官，也不是最后一次，但却是最特别的一次，因为刘基决定，从今以后，再也不在元朝的官场做事了。为了表明自己的决心，刘基取出了元世祖忽必烈的牌位，沐浴焚香更衣后，向着北面朝拜道："世祖皇帝在上，臣刘基不敢辜负您的在天之灵，只是今日朝廷赐官相授，臣刘基实在没有能力再为朝廷出力了。"从今天起，我就和大元朝廷再没有任何关系了。

这的确是刘基最后一次给元王朝打工了。不过，当时的刘基还没想到要跳槽到起义军的阵营。打了半辈子反军，突然让他投身反军他还真有点接受不了。刘基想的只是回去归隐田园，过简单的日子。毕竟，这时候的刘基已经五十岁了。

辞官归去的不只刘基一人，处州剿匪时的麾下旧部有很多人都跟着刘基一起到青田县归隐去了。而刘基的老战友章溢也因为刘基的处境感到兔死狐悲，对官场丧失了信心，心灰意懒的他拒绝接受浙东元帅府佥事一职，也回家了。

从1333年中进士，直到1358辞官，刘基已经替元王朝打了二十五年工了。这二十五年中，刘基起起落落，旋即辞去，旋即复用，他对朝廷的忠心是从来没有变过的。但是1358年的这次贬官，彻底颠覆了刘基的世界观、价值观、人生观。二十五年竭忠尽智，到头来却不如方国珍混得有声有色。这样的朝廷，这样的君主，能有什么前途？不如归去。

就这样，刘基终于离开了自己奋斗了二十五年的元朝官场，当他再一次出现在元王朝视线中的时候，他已经坐在敌人的中军大帐中了。

方向不对,
浪费了多少时间精力

大元帝国崩溃前夕

……

大元帝国终于失去了刘基，但此时此刻，帝国的统治者根本没有兴趣去关心一个小小五品官的去留，他们正在为一件更大的事情焦头烂额，那就是红巾起义。

当刘基还在处州"镇压农民起义"的时候，一场席卷全国的农民起义早已席卷了全国。而这一切的始作俑者，正是刘基最崇拜的一个偶像。

刘基有好几个偶像，诸葛亮算一个，张良算一个，严子陵也算一个，但这些都是古人。在今人当中，刘基只崇拜一个人：当朝太师脱脱。

"太师祇园英，聪明实神启。"这是刘基对脱脱崇拜之情的真实写照，在刘基眼里，脱脱简直就如同神庙里的神一样，英明神武，无所不能。

脱脱倒的确担得起刘基的崇敬，作为元朝最后一个名臣，为了挽救日薄西山的元帝国，脱脱确实也已经鞠躬尽瘁了。但也正是他，无意间点燃了整个帝国的火药桶。

故事要从1344年说起，那一年夏天，大雨下了整整二十多天。很快，北京的统治者就收到急报：黄河决堤了！这个时候，刘基正要准备北上旅游。

黄河决堤了怎么办？脱脱的主张是修。不要误会，脱脱主张修倒不见得是为了老百姓的生命财产安全，而是因为黄河一决堤，各地的漕运就断了，影响中央的财政收入，而且灾区的流民也会影响整个华北地区的稳定。

当然也有人主张不修，这批人倒也并不全是草菅人命之徒，他们的理由也很光明正大：把一大批失去了家园的无业游民集中到一起干活，无异于埋下了一颗定时炸弹。

两派一直争论了七年，直到1351年，脱脱才拍板，决定修河堤。

事实证明，"不修派"是明智的，因为一修就修出问题来了。

其实早在黄河决堤之前，一个庞大的秘密社团就已经在帝国的土地上生根发芽了，它的名字叫白莲教。

白莲教是从佛教分支白莲宗演化而来的，在发展过程中逐步吸收了摩尼教、道教，以及其他民间信仰，发展成为一个庞大的秘密结社组织，活动延续了元、明、清三朝。

白莲教尊崇弥勒佛，其教义认为世界上存在着光明与黑暗两种互相斗争的势力，弥勒佛降世后，光明将最终战胜黑暗。而现在，虽然黑暗势力占优势，但弥勒佛最后一定会降生，光明最后一定战胜黑暗。

白莲教的教义主张打破现状，鼓励人斗争，这一点吸引了大量贫苦百姓，使他们得到启发和鼓舞。加上教主平日发功治病的种种"神迹"，白莲教拥有了众多来自下层社会的信徒。在白莲教内部实行家长制统治，尊卑有序，等级森严，成为很多农民起义的组织形式。

到14世纪40年代末，白莲教已经拥有了几十万教众，有严密的组织体系和成熟的组织纲领，俨然已经成了江湖上的第一大门派。

当时的白莲教教主是韩山童，他已经和教友刘福通等人经营这个社团很多年了，如今他们的实力已经成熟，只需要等待一个机会。

现在，机会来了。

几十万民夫被集中在黄河边上，吃、住、干活都在一起，行事就方便多了。很快，一句原来只在小范围内传播的顺口溜传遍了整个工地："石人一只眼，挑动黄河天下反。"

就像现在的悬念广告一样，几十万人纷纷在猜测，什么是石人一只眼。与此同时，许多来历不明的人也在积极地活动着，他们出入于各大工地、工棚，组织秘密集会，讲的都是弥勒佛、黑暗与光明之类玄之又玄的东西。也正是这些玄乎的理念，把整个黄河工地上的数十万民夫拧成了一股绳，结成了一块铁板。原来浑浑噩噩的众人终于找到了信仰，找到了精神依托——弥勒佛，而各自为政的白莲教教众终于找到了组织，被串联到了一起。

监工的官员不会知道，他们眼前的来自华北各地看似松散的民夫，其实已经成了一个严密的军事化组织。

韩山童和刘福通觉得时机已经成熟了，某一个夜晚，趁着工友们已经睡下，韩山童以常人无法察觉的幅度向刘福通点点头。刘福通立刻会意，等到夜深人静，他带着几个人，扛着一堆挖掘工具和一个石人雕塑走了。

第二天上午工地就炸锅了，因为有人挖出了一只独眼石人。这不正是传说中挑动黄河天下反的石人一只眼吗？消息传出，大河南北一片沸腾，反抗的火焰一点即燃，没有任何挽回的余地了。韩山童、刘福通振臂一呼，从者云集，几乎是一瞬间，起义席卷了中国。由于韩山童、刘福通的义军都戴着红色头巾,所以义军被称为红巾军,而这次起义被称为红巾军起义。

从1351年挖出石人到1355年,只花了五年时间,红巾军就完成了从被四面围剿到主动出击的转变,当年二月,红巾军建立了自己的政权,定都安徽亳州,国号"大宋"(史称韩宋政权),已故首领韩山童之子韩林儿被立为小明王,刘福通为丞相。然后,红巾军分三路出击,分别攻打辽东、华北和西北西南省份,一时间,元军兵败如山倒。1358年红巾军攻克河南后,迁都汴京,红巾军起义达到了鼎盛时期。

但是好景不长,连续抱头鼠窜了八年之后,蒙古人血液里的彪悍基因终于被唤醒了,跨上马背的蒙古大军记起了自己祖先的荣光,他们开始发起反击,急不可耐地向天下人证明谁才是最伟大的战士。1358年之后,蒙古大将察罕帖木儿和孛罗帖木儿率领两支大军开始从南向北步步紧逼红巾军。第二年,汴京沦陷,刘福通保护韩林儿拼死跑到安丰,但是红巾军的余部依然在北方地区和蒙古军队持续着不间断的斗争。

直到1363年,张士诚攻陷了安丰,刘福通战死,韩宋政权灭亡,轰轰烈烈的红巾军起义才算是落下了帷幕。

但对于元帝国来说,这不是黎明,而是黑夜的开始,因为当红巾军在北方吸引了元军主力的时候,南方有三个枭雄正在崛起,他们的名字分别是张士诚、陈友谅和朱元璋。而元帝国真正的终结者,将在这三人的角逐中产生。

方向不对,浪费了多少时间精力

朱重八的参军历程

1352年,刘基刚刚复出担任浙东元帅府都事,登上了他在大元集团职业生涯的最顶峰。与此同时,一个叫作朱重八的年轻人也来到了濠州城义军元帅郭子兴的帅府前,踏出了他职业生涯的第一步。

朱重八之所以会走上这条路,要从1344年说起。

1344年,对于刘基来说这是一个重要的年份,这一年他正在北上旅行的途中,他的目标是北京城里一位有权势的朋友,他希望这位朋友能够看在同年进士的份上拉他一把。但刘基不会知道,京里朋友其实帮不了他多大的忙,而真正能够改变他命运的,是远在安徽凤阳的一个十六岁的孩子。此时此刻,这个孩子正伏在父母的尸体上号啕大哭。

这个孩子就是朱重八,几十年后他还会有另一个名字,叫朱元璋。

1343年,淮河流域经历了几十年不遇的大旱灾,旱灾过后是蝗灾。整个淮河许多地区几乎颗粒未收,很快就有人饿死。1344年春天,厄运降临到了当时十六岁的朱重八头上。五月和六月短短二十多天的时间里,朱重八的父亲饿死了,母亲饿死了。然后,他的长兄饿死了。

朱重八和他幸存的哥哥伏在父母的尸体上号啕大哭,除了哭,他无能为力,甚至连让父母入土为安都做不到,可叹两位老人一生劳苦,生无立足之地,死无葬身之处。最后还是好心人送了他一小块地,让朱重八得以安葬了父母。这块地就是后来的凤阳皇陵。

两位老人在这里安详地躺了两百年，两百年后，这两个被饿死的苦命人又会被另一群饿得活不下去的苦命人从皇陵里拖出来，当然，这些都是后话。

死者已逝，但生者还要继续活下去。当年十月朱重八被人送到了洛阳皇觉寺当和尚，这样至少能有口饭吃。但乱世之下，这些和尚也没有个慈眉善目的，他们把朱重八当作下人一样使唤，朱重八干的是最脏最累的活儿，吃的却是残羹冷炙。

但老天连这样的日子都不让朱重八过了。同样是那一年，黄河决堤，连皇觉寺也断粮了。朱重八被迫端起饭碗，出去讨饭为生。因为到处都受了灾，所以朱重八也只能像个盲流一样到处流窜，听说哪里年景好，就去哪里要饭。他从濠州向南到了合肥，然后折向西进入河南，到了固始、信阳，又往北走到汝州、陈州等地，东经鹿邑、亳州，于1348年又回到了皇觉寺。

那时，刘基正好北上到达河南、山东地区。他正在思考国家的前途、百姓的命运，而朱重八在思考自己能不能吃上下一顿饭。

对于朱元璋来说，这段经历也是一笔巨大的财富，在这流浪的三年里，他遍观淮西地区的山川地理形胜，认识了无数豪杰，也拓宽了自己的眼界。这段艰苦卓绝的生活，铸就了朱重八坚毅果敢的性格，当然，乞讨路上的卑微也让这个十七岁的孩子变得敏感、多疑、残忍。

回到皇觉寺后，朱重八继续着原来的生活，尽管当时起义的洪流已经席卷了全中国，但朱重八的生活依然是扫地、敲钟、吃饭、睡觉，他从来没想过要造反，更没想过自己有一天会成为义军的领袖。毕竟对于他来说，有饭吃就已经很不错了。既然已经吃上饭了，何必再冒着杀头的危险去造反？

然而，合该大元朝气数已尽，当时的元军有一个不好的习惯：打不过义军，却喜欢杀老百姓去领功劳。前面方国珍就差点儿被当作海盗头子给杀了。

而朱重八也时刻面临着这样的危险。1352年，一封来自儿时玩伴汤和的信彻底把朱重八推到了两难的境地。在信里，汤和告诉朱重八自己已经参加了郭子兴的义军队伍，现在混得还不错，真诚地邀请朱元璋入伙。

前面说了，朱元璋对造反的兴趣不大，可是元军对抓反贼的兴趣却很大。就在朱重八收到信的时候，他的一个师兄已经把这件事情密告给了当地元军。

这下朱重八进退两难，留下吧，必然被当作义军同党杀头，造反吧，估计也九死一生。既然如此，干脆反了。于是，在二十五岁那年，朱重八投奔了汤和，加入了郭子兴的义军队伍，从此踏上了造反的道路。

以上是朱重八悲惨到极致的童年。幸好，他的悲惨到二十五岁那年终结了。

当时天下义军蜂起，元帅遍地走，将军多如狗，郭子兴部只能算是个创业型的小公司。小公司的招聘流程总是相对简单些，所以，前来应聘的朱重八获得了一次郭子兴亲自面试的机会。

事实上，从看到朱重八的第一眼起，郭子兴就对这个小伙子印象深刻：小伙子长得太丑了。

看过朱重八画像的人基本可以知道他的长相：额头高，下巴翘，眼睛、鼻子、嘴巴埋进水平线以下，就像一轮弯弯的新月。这综合了猪腰子和鞋拔子全部特征的奇异脸型，堪称"万众挑一"。在军队里，这叫"生有异相"，是一种威猛的长相，在战场上，起到的威慑作用远远超过小白脸。

凭借"出色"的外形，朱重八顺利通过面试并被分配到了一个有前途的部门——郭子兴的亲兵卫队。

当然，朱重八也不全是"靠脸吃饭"的。他有自己的核心优势，那就是精明能干，有智谋，懂思虑。这在普遍低学历的义军队伍里是很少见的。而且，朱重八虽然聪明，却从不抖机灵，打仗勇敢，奋勇当先。立下几次战功之后，朱重八第一次升职，被郭子兴提拔为九夫长，成了一名基层班组长。

升职之后的朱重八再接再厉，打仗时更加卖力，身先士卒，获得的战利品全部都上交郭子兴元帅，得了赏赐，又说功劳是大家的，就把赏赐分给大家。不久，朱重八在部队中的好名声传播开来。郭子兴也越来越器重他，把他视作心腹知己，有重要事情总是和他商量。

事业让男人魅力无限。蒸蒸日上的朱重八在收获了事业的同时，也收获了一个姑娘的芳心，那就是元帅郭子兴的义女马氏，也就是后来母仪天下的马皇后。在郭子兴的亲自牵线下，朱重八与马氏的爱情顺利开花结果，结成了一对伉俪。

从此，朱重八的身份就是郭子兴集团的驸马爷了，职位也从一名班组长升级为行政总监（总管）。因此，当时军中上下都敬称他一声"朱公子"。这个名字听上去委实风度翩翩，唯一与公子风度不符的，是朱重八这个土得掉渣的名字。在当时，这个名字和张狗蛋、赵阿牛是一个性质的。于是，正如汉高祖刘三儿功成名就后改名叫刘邦一样，

方向不对，浪费了多少时间精力

朱重八也拥有了一个威风凛凛的大名：朱元璋。

长相有了，名声有了，地位有了，老婆有了，领导的信任有了，连名字都有了，朱元璋这时候已经俨然成了郭子兴集团风生水起的中层领导干部。而朱元璋的职业生涯也走到了瓶颈。这倒不是朱元璋的问题，而是整个红巾军的问题。

站到中层的位置上，朱元璋看到了许多在普通士兵的位置上看不到的东西，也看清了高层的混乱与堕落。

当时的濠州城，红巾军集团的分部不只郭子兴一家，几路义军相互不服气，明争暗斗，其中最不爽郭子兴的，是孙德崖，这两人一直矛盾重重。这一年九月，徐州红巾军主将芝麻李被元军杀害，其部将彭大和赵均用率兵到了濠州，郭子兴觉得彭大这个人很有智谋，所以与彭大走得很近。孙德崖就不太乐意了，趁机跟赵均用挑拨说："郭子兴眼里只有彭大，根本没把你当回事儿啊！"赵均用是个粗人，一听立刻暴跳如雷。他的解决方式也很符合粗人本性：偷偷地把郭子兴抓了起来一顿暴打，然后关到了孙德崖家里。

堂堂大帅就这么被绑票，这还得了。可是虽然全世界人都知道这是孙德崖指使的，但他们没有任何证据，就这么翻脸的话，群龙无首的郭部也根本不是孙部的对手，所以，郭子兴两个不成器的儿子急得团团转却一点儿办法都没有。正好朱元璋从外面带兵回来，一听到这事儿，大惊失色，心知一旦郭子兴有个三长两短，那整个郭部很有可能就被孙德崖吞并了。

于是，朱元璋立刻找到孙德崖，要求他放人。孙德崖肩膀一耸，手一摊："不关我事，我根本没见过你家郭子兴。"但脸上的表情却分明写着："人就是老子抓的，怎么着？"一看到孙德崖嚣张到连演戏都懒得跟他演，朱元璋猪腰子形状的脸瞬间气成了猪肝色。

但孙德崖没有亲口承认，朱元璋一点儿办法都没有，当时的郭部失去了首领，已经是一盘散沙，唯一可以依靠的就是彭大。朱元璋当机立断，带着郭子兴的两个儿子找到了彭大，向彭大分析了整个濠州城现在的格局，说服彭大出兵包围了孙府。而朱元璋亲自带着剑盾冲进了孙府地牢里，一剑劈开大门背出了奄奄一息的郭子兴。

有郭子兴在手，接下来的事情就好办了。孙德崖人赃俱获，无话可说。当然，也没有人敢进一步制裁孙德崖，最后几位大帅发挥和稀泥的绝技，这样一件事情居然不了了之了。

这是朱元璋入职以来遇到的最大危机，虽然顺利地解决了问题，却让朱元璋感到万分失望。一个小小的濠州城就能斗得乌烟瘴气，这样鼠目寸光的队伍怎么可能求生存、求发展。留在濠州城，跟着郭子兴这批人混是不会有前途的。

于是，朱元璋决定要拉队伍自己发展。

1353年六月，朱元璋回到自己的家乡，招募了一支七百多人的队伍。虽然朱元璋以后拥有了上百万的大军，但对他来说都不如这七百人重要，倒不是因为这是他的第一桶金，而是因为这七百人中有一个人，一个让敌人闻风丧胆，立下了不世战功的人：徐达。

凭空多出七百多人来，郭子兴当然高兴，于是又给朱元璋升了职，升他为镇抚。

就这样，仅仅用了一年时间，朱元璋从"普通工人"升为"班组长"，再成为"部门经理"，到现在终于有了一支自己嫡系的团队。金麟岂是池中物，一遇风云便为龙。现在朱元璋再也不满足于小小的濠州城，不满足于跟眼前这些没有档次的"大帅"们厮混了。他要出去开一家自己的公司,自己做"总经理"!

朱元璋的崛起经历

......

　　1353年,朱元璋打定了主意要带着自己的团队离开濠州闯荡一番。朱元璋此时的嫡系部队有七百多人,但这七百多人在濠州这个大染缸毕竟也待了一段时间,多多少少染上了一些暮气。而且,带着这么多人出去自立山头,郭子兴也不是很放心。

　　所以,朱元璋做了一个惊人的决定:他不要这七百人的部队,只要带走24人。郭子兴一看名单:徐达、汤和、周祖德……都是些籍籍无名的小辈。他放心了,这么几个人能掀起多大的风浪来?甩甩手就放行了。

　　他没看到朱元璋嘴角的一丝浅笑。如果郭子兴还能再活二十年,他就会知道朱元璋带走的,是一批怎样的精英。

　　不过精英归精英,打仗还是得靠人数堆的,一骑当千那都是游戏里才有的场景。所以,朱元璋离开濠州城之后做的第一件事情就是募兵,说是募兵,其实很有可能是拉壮丁,总之,拉起了一支一千人的队伍。

　　不管队伍是怎么来的,现在朱元璋手里有兵有将,说话分量都不一样了,他开始四处收购经营不善的"小公司"。他第一个盯上的是附近张家堡的驴牌寨。驴牌寨听上去威风凛凛,其实就是一群穷哈哈的土匪。一听说朱元璋来收购他们了,挺开心,吃饭是免不了的,饭局上觥筹交错,两边都聊得挺开心。

事实证明,这是一顿和谐的饭局、团结的饭局,却不是胜利的饭局。也就一顿饭的时间,驴牌寨寨主把朱元璋的老底摸清楚了——二十四个中层干部外加一千个刚刚拼凑起来的大头兵。

就这规模还想收购我们?驴牌寨寨主不乐意了,饭局一散就变卦,再也没提起收购的事儿了。朱元璋也不生气,第二天又把寨主喊到自己的军营里吃饭。寨主收到请帖二话不说,抱着"既然合作不成就要把昨天的饭吃回去"的心态就跑来赴宴了。

他没想到,迎接他的不是美酒而是猎枪。朱元璋根本没打算请他吃饭,一见面就把寨主捆成了粽子,然后用寨主的名义,吞并了驴牌寨的几千军马。

朱元璋的饭不是那么好吃的,驴牌寨寨主是第一个明白这个道理的人,可惜他不是最后一个。

解决了驴牌寨,朱元璋把目光移到了横涧山。横涧山上屯驻着两万名士兵,首领一个叫廖大亨,一个叫张知远。张知远不足为虑,廖大亨不好对付,这个人治兵有方,带兵宽厚,非常得军心。

可惜在朱元璋面前,他依然是路人甲的档次。当夜,朱元璋趁夜色直接进攻横涧山,廖大亨几乎没怎么抵抗就一败涂地,老老实实投降了。

就这样,朱元璋的队伍像滚雪球一样越滚越大,一年下来,已经成了淮西地区不可小视的一支武装力量。

朱元璋不再满足于占据几个小山寨流寇一样东一榔头、西一锤子地干了。在谋士的建议之下,朱元璋决定南下占据滁州作为自己的根据地。

滁州地势险要,欧阳修《醉翁亭记》一开篇便是"环滁皆山也"

的议论，可见此地确实易守难攻。不过，滁州城的防守力量并不是非常强大，所以朱元璋倒没什么如临大敌的感觉，只是派了花云带着一个骑兵小分队在前头开路。

花云是朱元璋手下的一员虎将，别看名字秀气，其实长得五大三粗，脸黑得似煤炭，凶神恶煞一样。花云在前面开着路，突然就遇到了数千敌军，他根本没想过回去找援兵的事儿，拔剑跃马直冲敌阵。敌军大惊："这个黑将军非常勇猛，不可当其锋。"一瞬间便被冲得七零八落。朱元璋的大军跟在后面没花什么力气，就把滁州守军给消灭了。

终于有了一个自己的根据地了，朱元璋小小地松了一口气。在这段时间，他的队伍继续扩大，相继有冯国用、冯国胜（就是后来的冯胜）、李善长、朱文正、李文忠、沐英等人加盟，朱元璋麾下猛将如云，谋士如雨。

就在朱元璋风生水起的时候，他的老板郭子兴的日子越过越不顺心。

本来郭子兴还能跟孙德崖分庭抗礼，可是经过上次囚禁事件后，赵均用和孙德崖越走越近，两人先合力搞彭大，彭大玩不过他们，气闷不过，居然被活活气死了。接下来就轮到郭子兴了。孙德崖虽然忌惮朱元璋在滁州的几万兵马不敢直接下手，但还是把郭子兴赶出了濠州城，让他哪儿凉快哪儿待着去。

郭子兴想来想去，也就朱元璋那儿比较凉快，于是觍着脸来找朱元璋混饭吃了。

这个时候的朱元璋还是非常仗义的，一听说老泰山来了，立刻打开城门迎接。朱元璋的态度让郭子兴非常感动，他没想到朱元璋居然这么大方。更让他没想到的是，朱元璋居然把这三万军队的兵权也让给了他。

滁州的粮食本来就不多，现在郭子兴又带了几万张嘴过来，就更不够吃了。为了不让老泰山饿着，朱元璋发兵打下了和州，然后自己搬到和州去住了。

这时候的濠州，粮食也不够吃了。孙德崖听说朱元璋打下了产粮地和州，强行要求来和州混饭吃。他手下的人也不客气，拖家带口地跑到和州城，吃起了霸王餐。

郭子兴不高兴了，我的饭怎么能随便给孙德崖吃！他气哼哼地跑来质问朱元璋，朱元璋一脸委屈：明明是孙德崖来吃霸王餐，他一个小服务员，哪里赶得走。郭子兴不相信，带着军队驻扎在滁州城边上，死死盯住自己的饭碗。

谁吃饭的时候乐意被人盯着看啊，孙德崖心里毛毛的，当天早上便来找朱元璋说：你岳父来了，这饭我吃不舒坦了，要不我先走人吧。朱元璋当然乐意啊，倒不是舍不得那几碗饭，实在是小小的和州城装不下这两个火药桶。为了防止撤退途中两军发生摩擦，他就建议孙德崖亲自殿后，让部队先走，为了让孙军撤得安心，他亲自送出城去。

这件事情，朱元璋只做对了一半，他只知道留下孙德崖可以防止孙军找郭军的麻烦，却忘了自己的老岳父郭子兴也不是个省油的灯。郭子兴一听孙德崖要走顿时暴跳如雷，去饭馆里吃顿霸王餐还要挨顿揍呢，来我和州吃饱喝足了抹抹嘴巴就想走？没门儿！

这边，朱元璋正把孙德崖的部队送出城，眼瞅着就要把瘟神送走，后方突然传来一个晴天霹雳般的消息：孙德崖被郭子兴扣下了！

朱元璋到底是朱元璋，反应不是一般快，别人都还没反应过来呢，他就当机立断：跑啊！等孙部的军士反应过来的时候，朱元璋已经跑出老远了。孙军反应是慢了点儿，可是反应过来后一点儿不含糊，策马急追，什么投枪、弓箭一起朝着朱元璋招呼过来，幸亏朱元璋穿着几层重甲，否则就给射成刺猬了。饶是如此，几十里狂奔下来，马累得够呛，他终于还是被孙军活捉了。

郭子兴一听朱元璋被活捉了，顿时没了主意，这滁州城的精锐都是朱元璋的嫡系，虽说指挥权送给了他，可他真要害死了朱元璋，这帮人说不定会活剥了他。最后思来想去，一咬牙一跺脚，他同意拿孙德崖去换朱元璋。

可是一来二去，两家谁都不愿先放人。这倒不是说两人气量小，说到底还是个诚信问题。郭子兴和孙德崖相互之间尔虞我诈也不是一次两次了，交换顿时陷入了僵局。

幸好，徐达提出了一个有建设性的解决方案，具体来说是这样的：郭子兴先把徐达押给孙德崖部，然后孙德崖部把朱元璋交给郭子兴。确认朱元璋安全后，郭子兴把孙德崖交给孙德崖部，最后，孙德崖把徐达归还给郭子兴。

经过一系列复杂的流程，朱元璋终于安全回到了滁州城。他对这件事情倒没怎么往心里去，但郭子兴就不一样了。一想到到手的孙德崖就这样飞走了，郭子兴越想越气，但又不知道该往哪里撒气，最后，居然把自己给活活气死了！

一代豪杰就这样活活憋屈死了。

对于朱元璋来说，这无疑是件好事，经过数年的奋斗，他终于可以甩开郭子兴，去干一番属于自己的事业了。

历史性的擦身而过

1355年，郭子兴病逝，朱元璋终于顺理成章地接管了郭子兴的军队和地盘，以枭雄的身份光荣地加入逐鹿天下的队伍。此时的朱元璋拥兵十万，声势大振，但是朱元璋没时间庆祝，因为这只是表面光鲜而已，实际上，每次看地图朱元璋都会无比头痛，因为他的处境可以说是四面受敌：东有张士诚，西有徐寿辉，都虎视眈眈地看着他，而南面、北面全是元朝的实际控制区域，相互之间都苦大仇深的，朱元璋夹在中间，连缩头乌龟都当不成。唯一让朱元璋可以欣慰的是他和北方元军之间还夹着小明王、刘福通的红巾军主力，只要元军不使出隔山打牛的太极神功，至少北方暂时是靠得住的。

为了在这团包子馅儿一样的夹缝中生存下去，朱元璋听从了谋士朱升提出的九字方针："高筑城，广积粮，缓称王。"高筑城，这个容易，反正身边都是惹不起的主儿，不如龟缩在自家院里修城墙。缓称王更容易，唯一比较难办的是广积粮。想广积，你也得有粮啊。

于是，朱元璋把目光投向了长江的对岸。江南，向来是产粮之地。所谓"苏湖熟，天下足"，只要占据了江浙地区，至少粮食问题是不用发愁了。当然，促使朱元璋决定首先拿江浙开刀的原因还有一个：这里还是元朝的地盘，而且比起北方精锐的蒙古骑兵，这里的守军好对付多了。

说干就干，当年，朱元璋就率军渡江，攻克了太平（安徽当涂），占据了巢湖平原的产粮区，第二年，朱元璋又再接再厉，攻下了南京（当时叫集庆），并把集庆改名为应天（和北京一样，南京在历史上多次改名，本文为了叙述方便一律沿用今称）。有了南京这样一个稳固的军事基地，到1357年，朱元璋已经基本控制了江苏西部和安徽南部的大部分地区。

当然，这几仗对朱元璋来说都不是太轻松，特别是南京城，打下来可是费了老劲儿的，之所以一笔带过，是因为对于刘基来说，这都不是重点。因为此时此刻，正在青田隐居的刘基真正关心的是朱元璋兵锋所指的浙东平原，这片他战斗过、生活过的地方。

他知道，南京丢了，朱元璋迟早回来吃下江浙这块肥肉。这倒不是说刘基的战略眼光有多独特，因为当时就连隔壁邻居家的大妈都知道朱元璋的下一个目标了。

果然，1368年，朱元璋派部将胡大海南下。十二月，大军攻克兰溪，直指婺州，婺州背后就是处州。

这场战斗在朱元璋的史传里几乎不被提起，即便是总指挥官胡大海的传记中都只是寥寥数笔，原因很简单：这仗打得没有任何难度，轻描淡写就略过了。但是对于刘基来说，却是一件比较重要的事情，而在刘基的老朋友石抹宜孙的眼里，这是一件天大的事情。

历史就是如此，它在每个人眼中都是不一样的，我们所能看到的，其实只是少数几个人眼中的历史而已。

石抹宜孙的天都要塌了，一方面，他是处州的守将，而另一方面，他的母亲还在婺州。面对朱元璋的大军，石抹宜孙最好的选择就是投降，连南京都被攻下了，一个小小的处州如何守得住？即便不投降，他也应该放弃婺州，集中优势兵力固守处州。经过多年的剿匪战斗，处州城的军事设施和士兵素质都相对比较高，比起婺州，这里才是最佳的决战地点。

石抹宜孙当然知道这一点，但是他选择抵抗到底，并且分兵救援婺州。他也明知这样做无疑是在自寻死路，但是他对部将说了一句话："做人的大义无过于'君亲'二字，守土而不抗战，这是对不起君王，母亲有难而不救，是对不起亲情。无亲无君，我还怎么在天地间立足！"值得一说的是，史书记载，石抹宜孙是哭着说这句话的。他知道自己在以卵击石，是负隅顽抗，终将被历史的巨轮碾得粉碎，但他义无反顾。我们可以说他不识时务，逆历史潮流而动，但他尽到了作为大元的臣子和母亲的儿子的本分。

石抹宜孙派胡深带领一万民兵前往婺州，自己率精锐殿后。这个胡深是当年剿匪之战石抹宜孙黄金班底的一员，但是后来刘基走了，章溢也走了，只有胡深和叶琛硕果仅存。

这场战斗连给石抹宜孙作传的史官都懒得写，因为只有两个字："败绩。"一败涂地的石抹宜孙退回处州，但胡大海没有给他任何的机会，1359年，胡大海的军队出现在了处州境内。

石抹宜孙依然抱定死战到底的决心，派遣叶琛、胡深等人构筑防线，摆出一副人在城在、城破人亡的拼命架势。一开始胡大海还真被唬住了，有文化的说法叫困兽犹斗，俗话说叫愣的怕横，横的怕不要命的。胡大海打仗比较愣，但看石抹宜孙这次不要命了，所以胡大海有点儿犹豫。

关键时刻，当年黄金班底的成员胡深却做出了一个决定，一个不知道是该评价为可耻还是顺应潮流的决定：他叛变了。胡深找到了胡大海，告诉胡大海处州是个纸老虎，石抹宜孙早就是强弩之末了。顺便他还把处州的布防情况耐心细致地告诉了胡大海。胡大海很高兴，立刻与另一路将领耿再成合兵一处攻打处州城。

没怎么费劲儿，处州城就被破了。石抹宜孙只带了十余骑逃了出来，一路狂奔逃到福建边境。但你要以为石抹宜孙是贪生怕死逃之夭夭了，就太小看他了。到了福建后，石抹宜孙依然没有忘记自己守土的职责，继续整编残兵，打算收复处州。遗憾的是，前线传来的消息一个比一个坏，朱元璋的军队像潮水一样席卷了江浙，元军毫无抵抗之力，更可怕的是，朱元璋的军队所到之处，与民秋毫无犯，老百姓像迎接家人一样迎接他们，有人还向他转述了胡大海常挂在嘴边的话："吾武人不知书，唯知三事，不杀人，不掠妇女，不焚毁庐舍。"一听到这话，石抹宜孙就知道大势已去，自己必然被历史抛弃。

他绝望地感叹："处州，吾所守者也。今吾势已穷，无所于往，不如还处州境，死亦为处州鬼耳！"于是，他回到了处州，在处州辖下的庆元县，被乱兵所杀。

对元帝国来说，这是又一颗将星的陨落；对朱元璋来说，这只是南征路上的小小插曲；对刘基来说，他失去了一个好朋友、好战友。石抹宜孙可能不是刘基最好的朋友，却是他最好的战友，但除了眼睁睁地看着处州沦陷、石抹宜孙败走，他无能为力。因为这个时候，他已经不为元王朝打工了。

很可惜，刘基就这样和朱元璋擦肩而过，只是因为晚了一年，那个时代最牛的谋士与最强的统帅之间没能擦出火花，这实在是一件比较可惜的事情，甚至有人感慨说石抹宜孙之所以战败是因为缺少了刘基的辅佐，这种说法不靠谱。很多时候，一个伟大的统帅、猛将或者谋臣可以逆转战争局势，但这是在实力相差无几的情况下，而当时的石抹宜孙，军队实力与占尽了天时、地利、人和的胡大海相比根本不在一个层次上，只有神仙才救得了他。不过话说回来，在绝对的优势面前，所有策略都毫无价值。

所以说，即便当时刘基全程参与了处州防守战，历史的轨迹也不会发生任何变化。

写故事书的刘伯温

辞官之后，刘基回到青田老家，他一度心灰意懒，想要闲云野鹤度此一生。但刘基毕竟是儒生，很难真的像道家一样超脱世外，想过去，忆往昔，于是乎，他想写本书。

这本书的名字叫《郁离子》。书名比较令人费解，所以有必要解释一下，所谓"郁"，就是有文采的样子；所谓"离"，就是八卦中的"离卦"，代表火；所以郁离，就是文明的意思。书名的含义就是：如果后世能按我书里说的做，必可抵"文明之治"。

那么，这究竟是一本什么样的书呢？答案是，一本故事书。确切地说，这是一本寓言集。全书共十八篇，或长或短，反映了刘基治国、治军的观点和主张。

借助寓言说理，这种模式是庄子首创的，事实上，连"寓言"这个词儿都是庄子发明的，但是把这种文体玩到登峰造极的人，还是刘基。在这本书中，刘基用一个个生动有趣的小故事表达。不管后人如何评价《郁离子》的思想性，对于这本书的文学成就，都没有人有异议——这是一本好看的书。

在《郁离子》中，刘基首先拐弯抹角地揭露了元朝的歧视政策、统治者的昏聩腐败，以及对老百姓搜刮掠夺等弊政，从这个角度来看，这本书有点儿像一本杂文集。

比如，《郁离子》中有这样一个故事：

郁离子的马产了一匹幼驹，人们说："这是千里马啊，一定得把它送到皇帝的御马房去。"郁离子大为高兴，遵从人们所说的把这匹千里马送到了都城。皇帝要派太仆去察看后才会让他献上，太仆看完说："这马倒真是一匹难得的好马，但它不是河北出产的啊！"于是最后把这匹千里马安置在了皇宫外的牧地里。

很明显，这是在讽刺元王朝把人按地域分成三六九等。刘基在元王朝郁郁不得志，和他"南人"的出身也有着不小的关系，在这个故事中，刘基用马来比喻：不是河北出产的马，再能跑也只能哪儿凉快哪儿待着去，不是蒙古人、色目人，再能干也只能沉沦下僚，这就是刘基面对的社会现实。

《郁离子》中有非常多的这样的故事，有趣、辛辣，对社会的黑暗进行了鞭辟入里的讽刺，堪称开了讽刺小说的先河。但如果只是这样一些发牢骚的讽刺故事，这本书也不过就是本小愤青自费出版的杂文集而已。事实上，《郁离子》中还有许多更有深度的政论文章，其意义远远超过了文人的牢骚。

比如这个狙公的故事：

楚国有个养猕猴的人，楚国人叫他"猴先生"（狙公）。每天早上，他一定在庭院中分派猕猴工作，教老猴率领着小猴子上山去摘取草木的果实，抽十分之一的税来供养自己。有的猴子数量不足，就用鞭子抽它们。猴子们很害怕他，却不敢反抗。

直到有一天，有只小猴子问大家说："山上的果树，是猴先生种的吗?"大家说:"不是啊,是天生的。"又问:"没有猴先生我们就不能去采吗?"大家说:"不是啊,谁都能去采。"又问:"那么我们为什么要仰赖他,还要被他奴役呢?"话还没说完,猴子们全懂了。当晚,猴子们一起等狙公睡着的时候,就打破兽栏,拿走存粮,一块儿跑进森林,不再回来了。狙公最后活活饿死了。

在这个故事中,刘基借助主人公郁离子的话说:"在这个世界上,那种卖弄权术、奴役人民而不依正道来规范事物的人,就像猴先生吧?他们之所以能够得逞是因为人民昏昧尚未觉醒,一旦有人开启民智,那他的权术就穷尽了。"

这样的言论,放到现在听起来都会有当头棒喝的感觉,更不用说是出自六百年前刘基之手了。不可否认,刘基曾经做过元王朝镇压农民起义的急先锋,他对农民起义有着复杂的感情,一方面,他同情贫苦的农民;另一方面,他又不能容忍武装起义,必须除之而后快。但是,经历了这些年的冷静思考后,至少从他写下的这个故事,我们可以知道,刘基对农民起义的态度已经变了,这等于为他将来投入朱元璋的麾下扫清了思想上的障碍。

而另外一个故事就更有意思了:

有一个赵国人忧虑老鼠为害,就到中山国去求猫。中山国的人给了他一只猫,这猫很会捉老鼠和鸡。过了一个多月,老鼠被捉光了,可是他的鸡也被猫咬死了。他的儿子对此深感忧虑,便对父亲说:"为何不把猫赶走呢?"他的父亲却说:"这个道理不是你所能知道的啊。我的忧虑在于鼠,而不在于没有鸡。有了老鼠就偷吃我的食物,毁坏我的衣服,打穿我的墙壁,损坏我的器具,我将因此受饥受寒,这不比没有鸡更有害吗?没有鸡,不吃鸡就罢了,离饥寒还远,怎可赶走那只猫呢?"

多么富有辩证意识的思维啊,一下子就抓住了事物的本质,抓大放小,从根本上解决了问题。这个故事也可以看作刘基政治军事智慧的缩影。

这些形形色色的故事构成了《郁离子》这本书,每一个有趣的故事背后都蕴含了刘基这些年来的思索。虽然刘基身后留下了许多以他自己名字署名的书,比如实战派兵法《百战奇略》、兵器知识读物《火龙神器阵法》,以及鼎鼎大名的预言书《烧饼歌》,但遗憾的是,这些书仅仅是托名刘基,相比之下,《郁离子》就没有这么神奇了,它只是一本有些趣味性又有些思想性的传统读物而已。但它毕竟是刘基亲笔写就,是刘基沉浮几十年所获得的智慧沉淀而成的,可以说是刘基一生思想的分界线。

或许一开始就错了

......

在青田老家隐居的岁月里,除著书立说、针砭时弊之外,刘基基本上没怎么走动。世道乱了,他不可能像以前那样出去旅行了,全天下都在打仗,兵荒马乱的。而且经过这几年剿匪,刘基手上也沾了不少人的血,难说没有恨他恨到牙痒痒的人,总还是留在自己的家里安全些。

在老家,刘基手头还有些可调用的兵马,这些都是他在处州剿匪时训练的民兵。刘基辞官后,很多人因为害怕方国珍打击报复,都跟着刘基到了青田县安顿下来。这些人表面上是良民，其实也跟刘基的私兵部曲差不多，只听他一个人的。

刘基本人对此倒是没什么想法，但有人却打起了刘基的主意。

这人没留下名字，只知道是刘基的一位门客，有一次跑来跟刘基说："大人，您这样一直蹲在青田县，不觉得憋屈吗？以您的才干，完全可以干一番更大的事业。"这人说完，还做出一副腹藏百万雄兵的样子。刘基一看就知道他打的什么算盘，却没有说话，只是让对方说下去。这人一看更来劲儿了，比比画画地指点着江山："我们可以这么整：先占据括苍（丽水），然后吞并金华，然后就能不费吹灰之力攻下绍兴，这样一来，方国珍就只有躲到海上去了。然后我们倚靠长江天险割据一方，至少能做个越王勾践吧。"说到得意处，这家伙还摸摸胡子，颇有当年诸葛隆中对的架势。

刘基差点儿被他气乐了。他当然知道自己家手里这点儿兵有几斤几两，更重要的是，他镇压了半辈子反军，怎么可能自己去造反呢。于是，他义正词严地驳斥道："我这辈子最恨的就是方国珍、张士诚这种人，今天我要是听你的，那我和他们有什么区别！况且你看着吧，江浙的地盘已经有主人了。"没过多久，朱元璋攻克了括苍、金华，刘基专门找来了这位门客，说："你看，我说得没错吧？"

其实，这个门客估计也没经过深思熟虑地谋划，毕竟那个年代造反跟吃饭一样随意，随便有几把刀就敢出来当草头王，过几天瘾，然后被另一个草头王干掉，所以他也想怂恿刘基去赶赶潮流。

但这段对话里有一个地方很值得我们注意，那就是即便在和元王朝决裂之后，但是刘基对于方国珍和张士诚的态度还是不太友好的，

方向不对，浪费了多少时间精力

在他心中这些人依然是叛军，而不是义军。

对于后来的史官，包括现在的许多历史学家来说，这似乎永远是刘基洗不掉的污点。人们无法接受刘基的革命觉悟如此低下，如此热衷于为大元镇压起义的群众。在人民心目中，身为大明王朝"渡江第一策士，开国第一文臣"的刘基就该是个意志坚定的志士才对。

所以明朝的史官很为难，只能小心翼翼地处理这段史料，比如有学者考证，刘基很可能是参加了处州攻防战的，只是被作为不良记录偷偷抹掉了。

刘基的后人也很为难，只能捏造一些刘基其实早就对朱元璋心驰神往的故事，比如著名的"西湖望气"（后面会讲到）。

而后来把朱元璋团伙作为偶像的反清义士们就更加为难了，只能想方设法给刘基辩护。比如章太炎就认为，刘基之所以镇压反军，是为了保卫家园，而不是维护元朝的社稷。甚至于，通过片面解读刘基寓言的方式，章太炎简直要把刘基塑造成潜伏在元帝国内部的无间行者了。

其实真没必要。我们没有必要太苛责刘基，他只是做了他应该做的事情。刘基确实对元王朝忠心耿耿，并且写过许多诗来表明他的忠心。但是，学成文武艺，货与帝王家，这不正是中国文人的传统价值观吗？而刘基时代的帝王家，不就是元朝廷吗？作为元朝的子民、元朝的进士，他为自己的老板竭忠尽智有什么不对？难道那些贪官污吏和不遗余力搞垮元王朝的蛀虫才值得表扬吗？

坐什么位置做什么事情，这无可厚非。如果说刘基做错了什么，那就是太投入于自己的角色,而忘了自己竭力辅佐的元王朝其实早已走到了历史的对立面。

有个成语叫南辕北辙。如果走错了方向,跑得越奋力,错得就越离谱。我们只能惋惜他做错了选择,却不能责怪他做出选择之后的所作所为。

在青田隐居的刘基隐隐约约也感觉到了。他回顾自己这几十年的经历,总感觉自己做错了什么,但又好像什么都没有做错,毕竟每一件事情他都尽力做得漂亮,在每一个岗位上他都兢兢业业,没渎过职、没犯过错,更没做过伤天害理的事情,但他经世济民的理想从来没有实现过,反而最后一无所有了。

"或许我一开始就错了,"刘基自言自语道,"我真正想要的不是做官,而是能够为国家、为老百姓做点儿事情,而大元王朝,根本就不是一个能实现我梦想的舞台。"

于是,刘基开始反省自己。

我们不知道他究竟反省了多久,更不知道他是经过怎么样的思想斗争。但是没过多久,他就想通了,一方面,从他当时的作品《郁离子》中,我们看到了许多同情农民起义、抨击元王朝的寓言;另一方面他开始考察当时的时局,看看哪一家新势力才是自己未来的归宿。

话是这么说,但让刘基现在就主动投奔到红巾军或者其他义军(比如张士诚)的队伍里,他在心理上也不一定能接受,所以,刘基继续淡定地在家隐居。

当时隐居在浙东的名士中,和刘基名声相当的还有几位,比如他的好朋友宋濂。宋濂没有刘基那么大的心理负担，所以一心希望能够出山辅佐明主："今之入山著书，岂得已哉？"相比之下，刘基出山辅佐新主的意愿就没有那么强烈了——不是不想，但也不是特别想。毕竟年纪大了，刘基有点儿心灰意懒。

这就意味着，刘基是可以争取到义军的队伍里来的。但是想要请刘基出山，恐怕要费一番工夫。

三足鼎立，淘汰了多少英雄人物

三顾茅庐不可复制

……

1358年，朱元璋的手下猛人扎堆，什么徐达、常遇春、花云、朱文正，捧着花名册，朱元璋都能笑出声了。

但没过多久朱元璋就笑不出来了，因为他发现手下人才偏科太严重了，清一色都是武将，这帮打起仗来个顶个地玩命，那是真没话说，但这些人脑子也是真心不太好使。随着产业越做越大，朱元璋已经过了随便拉几千人就敢上阵群殴的创业阶段。现在，他除需要能打仗的之外，还需要一些能运筹的。

朱元璋手下倒也不是没有文化人，打下滁州的时候，有个儒生打扮的人跑来投奔朱元璋，这个人的名字叫李善长。那时候的朱元璋还把打仗当作人生第一大事，没怎么把文人当回事，就随便指派了一个后勤工作让李善长去做。

李善长啥也没说就去办了入职手续，几个月后，不管多么鸡零狗碎的事情到了这个李善长手里都能被处理得井井有条，不管多千头万绪的账务到了他手里都能有条有理，于是他慢慢地开始重用李善长。

有一次，朱元璋跑去跟李善长聊天。本来朱元璋跟李善长之类的文人是没有什么共同语言的，不过这几年朱元璋自学了不少文化知识，感觉跟文人能说上话了，他很嘚瑟。

于是他与李善长谈古论今，不知怎么就说到当今局势上去了。朱元璋问：先生你觉得我们下一步该怎么走比较好呢？

对于这个问题李善长心里有点儿打鼓，心想术业有专攻，我一个搞后勤的，你拿这种问题来问我，还不如去问徐达来得对口呢。但领导问话总要回答，于是他决定避实就虚："元帅你的背景跟汉高祖刘邦差不多啊，我看可以学习一下刘邦。"

朱元璋来劲儿了，这两年书终于没有白读——他恰好知道刘邦是谁！还知道刘邦在做皇帝前也就是个到处蹭饭吃的混混，地位跟他朱元璋差不了多少。

"请先生教我，刘邦是怎么夺得天下的！"朱元璋身子前倾，一脸急迫。

李善长出了一口气，搬出了《史纪·高祖本纪》中刘邦自己总结的成功之道："因为刘邦手下的'蜀中三杰'，也就是三个一等一的牛人：韩信、张良和萧何。"

朱元璋扳扳手指："韩信会打仗，我有个徐达，不比韩信差吧。张良是个文人，上知天文，下知地理，运筹帷幄，鬼谋百出，我看先生就当我的张良吧……"

"不不不！"李善长差点从炕上跌下来，"运筹帷幄这种事情我不专业啊，帮元帅搞好后勤，让元帅在外面打仗没有后顾之忧，这才是我的专长啊！"

朱元璋想想也是，点头道："那先生就是我的萧何，但谁是我的张良呢？"朱元璋思来想去，过筛子一样把自己手下的猛人过了一遍，始终没找到一个能当得起"张良"的谋士。

看到朱元璋皱着眉头，李善长马上就明白了，于是对朱元璋拱拱手道："元帅不是刚刚打下了浙东吗？浙东多名士，说不定能找到个

'张良'，我听说那儿有个叫宋濂的……"（宋濂位列浙东四学士之首，李善长第一个想到他也很正常。）

一听到宋濂的名字，朱元璋突然想起另一个人来，兴奋得一个激灵，打断李善长说："我想起来了，我听不少人给我推荐过，浙东隐居着一个不得志的儒生，叫刘基，说此人算无遗策，用兵如神！我立刻让孙炎去把他请过来。"说完，就跳下炕跑去下命令了，留下憋着半句话吐又吐不出、咽又咽不下的李善长。

这一艰巨的任务当仁不让地落到了当时的红巾军浙江分区负责人胡大海身上。

胡大海是个粗人，是比朱元璋还粗的那种人。不过刘基倒不在乎这个，他在军队里摸爬滚打了这么久，什么样的粗人没见过？所以看到胡大海拿着聘书傻愣愣地冲进来时，刘基也只是一笑置之。

真正让刘基头疼的不是胡大海，而是胡大海手里的聘书。事实上，一看到胡大海，刘基的脑子里就开始嗡嗡响了，两个小人就在刘基的脑子里展开了一场辩论。辩论的主题是要不要出山辅佐朱元璋。正方辩手刘基，反方辩手还是刘基。

正方发言：当然要出山。元王朝腐朽至极，奸人当道，妖孽横行，正直的人反倒没有立足之地，连当朝太师脱脱如此忠心不二的人，都落得个身死异乡的下场，这样的王朝，连老天都要抛弃它了。

反方陈词：不能出山，咱毕竟是吃过大元朝俸禄的人。虽然元朝有负于咱，那也只是职位薪水方面的纠纷，到底也不是什么血海深仇。现在说反水就反水，实在有点儿对不起天地良心，对不起"忠义"二字。

正方反驳：说到这个"义"字，本朝立朝之初就不把老百姓当人看，横征暴敛，草菅人命，黄河决堤淹死多少人，淮西大旱饿死多少人！此独夫民贼耳，你助纣为虐才是不仁不义吧！

反方观点：对方辩友说得很好，但是毫无意义，天下乌鸦一般黑，难道所谓义军就是什么好东西？你瞅瞅方国珍，什么玩意儿……还有难道你忘了，我们前不久杀了多少义军！

正方发言：对方辩友不要以偏概全，朱元璋是什么人你不知道吗？朱元璋的队伍是什么样的队伍你不知道吗？胡大海的大军打进浙西这么久了，你见过他们杀人放火、纵兵劫掠吗？当今天下，除了朱元璋，还有谁能当得起"英雄"二字！

反方：……

正方继续发言：良禽择木而栖，良臣择主而事，你青灯苦读十余载，难道不想有一番作为吗？难道不想为天下黎民苍生做点什么吗？你满腹才学，难道就甘心躲在这个小山村里面一事无成、孤老终身吗！

反方：可是……我好歹曾是元朝的官吏，好歹镇压过处州的义军，现在朱元璋让我去我就去，岂不是很没面子！

正方：……

于是，刘基拒绝了胡大海。他对胡大海说道："我本是乡间小民，闲散惯了，逐鹿天下这种事情我不想再参与了，将军请回吧。"胡大海眼瞅着刘基在边上沉吟半晌，突然冒出这么句话来，正要开口说些什么，刘基已经背过身进屋了。

胡大海就这样郁闷地回去了，把结果报告给了朱元璋。朱元璋想得很简单，胡大海请不来，就找个级别更高的人去请，于是他想到了处州太守孙炎。

从军以来已读了几本书的朱元璋不是不知道刘备三顾茅庐的典故。但一方面朱元璋现在的日子比刘备好过，可谓一帆风顺；另一方面，朱元璋的军务也比当时的刘备繁重多了，东有张士诚，西有陈友谅，都是虎视眈眈的，实在是走不开啊！于是他决定让孙炎去，也算是给足面子了。

接到命令的孙炎二话不说就跑去青田县，接替胡大海第二次探访刘基。

刘基内心依然很挣扎。他也知道朱元璋是百年不遇的明主，自己如果再不出山，可能永远都没机会干一番事业了。可是一想到自己曾经为大元王朝竭忠尽智，特别是想到自己的好朋友石抹宜孙就是间接死在朱元璋手里的，刘基心里的结就解不开。

"再等等吧，"刘基心想，"看看朱元璋的诚意如何，如果他是真心诚意请我出山，那我就勉为其难地辅佐明主吧，当年刘玄德三顾茅庐才请得诸葛亮出山，更何况我与反军一直是对头，怎能说出山就出山呢。"

于是，刘基又拒绝了孙炎，就像当初拒绝胡大海一样。

然而孙炎不是省油的灯，他一个劲儿地说自己任务在身，刘基不出山，他不好跟朱元璋交代，反正回去也没好果子吃，索性就赖在这儿了。

这耍流氓似的行径让刘基很光火，说不出山就不出山，我刘基在浙东和江西都是出了名的一根筋、二愣子，还能让你胁迫！逼急了的刘基干脆拿出一柄宝剑"啪"地塞给孙炎：你把这玩意儿拿走吧，就当我精神上支持你们了。

孙炎也恼了。前面说了，朱元璋的饭不是那么好吃的。他在朱元璋的大灶里吃饭，就得替朱元璋把活儿干好，现在连个小小的刘基都请不回去，以后还怎么混！

于是他放了一句狠话："宝剑当献天子，斩不顺命者。我人臣，岂敢私受?"

听着孙炎咬牙切齿的话,刘基心里"咯噔"一下:"斩不顺命者!谁是不顺命者?那不就是我吗?"刘基是读过书的,知道奸雄曹操的处世法则:不为我用者,杀。他知道,朱元璋跟曹操也差不多。

不过刘基也是见过大风大浪的,岂能让孙炎恐吓,扭头就进了屋子,把门摔得山响。

孙炎没辙,只好带着宝剑回到处州城,给朱元璋写了封信说明情况。朱元璋脸上也有点儿挂不住,因为除了刘基,他还请了宋濂、章溢、叶琛,这老哥仨都乐呵呵地来了,唯独你刘基,怎么请都请不来!

但朱元璋到底是朱元璋,摇摇头就把火气带过去了。既然刘基派头这么大,那就不妨再请他一次。要朱元璋离开南京亲自去青田不太现实,于是朱元璋写了一封情真意切的亲笔信交给孙炎,让孙炎带给刘基。

收到朱元璋亲笔信的刘基也算满足了,虽然朱元璋没有亲自三顾茅庐,但好歹人家也耐着性子请了他三回。内心深处刘基还是有点儿遗憾,差一点儿就能享受到诸葛亮级的待遇了。

不过想想也没有太多遗憾,毕竟三顾茅庐的故事有很多杜撰的成分。刘基不一定读过当时新出版的《三国演义》,但一定读过《三国志》,他知道,诸葛家族是河东望族,跟刘表都能称兄道弟,而当时的刘备只不过是个寄人篱下的小老板。再对比一下自己,虽然是浙东名士,但是离豪门望族还有些距离,而朱元璋此时俨然已经是个大军阀了,想要复制诸葛亮的传说,有点儿难。

于是,刘基收拾行装,跟着孙炎踏上了前往南京的路。在离去之前,他还不忘把义兵指挥权交给自己的弟弟刘陞,告诫他一定要死死防备方国珍。

1358年，刘基走进了朱元璋的军营。那一年，元帝国失去了忠贞的策士，朱元璋得到了优秀的军师，他终于拥有了属于自己的"蜀中三杰"。

刘伯温的建国方略

......

决定出山的刘基离开青田，先到金华报到，跟早已等在那里的宋濂、章溢和叶琛会合，然后由胡大海带团北上南京。

听说浙东四先生集体出现了，朱元璋乐得屁颠屁颠的，这四个人一来立刻就把整个朱元璋部队的文化水平线拉上去了，于是早早准备好了一桌丰盛的酒宴，接待刘基一行。

饭桌上其乐融融，朱元璋发现跟文人吃饭真是别有一番滋味。平日里跟徐达、常遇春等人吃饭吃五喝六，喝酒如牛饮水，嘴里说的都是今天剁了几个脑袋、割了几只耳朵之类的话题。今天几位先生在，席间文质彬彬，吃饭小口慢咽，说的都是青山绿水、诗词歌赋，实在是让一桌子菜都变得雅致起来。

朱元璋受到了感染，也想雅致一把，顺便试试刘基是不是真的那么有才。于是，他放下筷子对刘基说："伯温，你会作诗吗？"在朱元璋眼里，有才的人大多是会作诗的。

刘基露出了当孔乙己听到别人问他是不是真的读过书的表情。朱元璋也不恼，继续说："那你来作首诗吧！"作首什么诗呢，朱元璋随手指了指桌上的竹筷子说，就把这双筷子给你，你想首诗吧。

对于从小接受诗文教育的刘基来说，这事儿简直太容易了，他略一沉吟，开口便道："一对湘江玉并看，二妃曾洒泪痕斑。"

朱元璋皱了皱眉头，觉得牙根有点儿酸酸的，不满地说道："秀才气太重。"用现在话说就是太小资、太矫情。的确，又是玉又是泪痕的，小家子气了。

刘基捋捋胡子，微微一笑，道："别急嘛，还有后两句。"说着，他吟出了后两句："汉家四百年天下，尽在留侯一借间。"

这首诗一般人还听不懂，因为用到了一个典故："借箸筹。"这个典故说的是西汉的张良：有一次张良陪刘邦吃饭，两人聊起天下大势，张良就向刘邦借了一双筷子（箸）当算筹用，给刘邦比画当前的局势，定下了全局的战略。

在这里，刘基明显是把朱元璋比作刘邦，把自己比作了张良，这和朱元璋之前的想法不谋而合。

不过也是刘基运气好，因为前不久李善长让朱元璋学习刘邦之后，他找人恶补了很多秦汉历史的知识，这才能够听出刘基的弦外之音。若是刘基用个姜子牙、诸葛亮的典故，大老粗朱元璋还真不见得能听懂，那时候的场面必然非常尴尬。

朱元璋对刘基的这首诗很满意，终于相信刘基确实是个有才的人。不过刘基接下来做的一件事情，才让朱元璋真正知道了"有才"二字怎么写。

刘基在诗里把自己比作张良、把朱元璋比作刘邦，这话题一开就刹不住了，大家纷纷就争夺天下的议题踊跃发言，表达自己的看法。轮到刘基的时候，他捋着胡须道："三位先生说的都是治国之本，见地非凡，我已经没有什么可以说的了。这样吧，我在青田隐居的时候就曾纵览天下大事，出发来南京之前为主公写下了十八条逐鹿天下的建议，谓之《时务十八策》，请主公过目。"说完，刘基把随身带的《时务十八策》呈递给了朱元璋。

读完这十八条建议后，朱元璋的表现是"大喜"。那么，这让朱元璋大喜的十八条建议究竟是什么呢？

很遗憾，没人知道了，因为《时务十八策》已经失传了。这么重要的文献怎么可能失传呢？据说是因为这十八策对时局的预测实在是太准了，当朱元璋读到时务十八策的第一时间，就感觉这十八条建议的价值远远超过了这一桌子的名士，所以决定对底稿"留中不发"。

后来，朱明王朝建立，朱元璋把《时务十八策》拿出来再看的时候几乎是汗流浃背，因为从1358年起朱元璋的每一个重要政策都没有偏离过《时务十八策》的轨迹。那时候的朱元璋已经读过不少历史，知道一千多年前，诸葛亮的《隆中对》几乎掩盖了刘备的全部光芒，导致后人一说起蜀汉的功业首先想到的就是诸葛亮而不是刘备。因此，如果让《时务十八策》像《隆中对》一样流传开去，他朱元璋又会被置于何地呢？为了巩固自己和子孙后代的地位，即使是对李善长、蓝玉这样的功臣，朱元璋也说杀就给杀了，更何况是当时还没有被写进民法的著作权？

于是，朱元璋销毁了《时务十八策》的底稿。

可惜，可惜。

无论如何，除朱元璋收起《时务十八策》时的眼神有点儿怪之外，当时大家还是其乐融融的，而朱元璋对刘基也刮目相看。最后，饭局在团结友好的气氛中结束。

饭局过后，朱元璋又单独留下了刘基，就时局的一些问题跟刘基进行了深入的探讨。

当时的时局是，朱元璋周围还有三大割据政权：北方的韩宋政权、东方张士诚的周政权和西方徐寿辉的天完政权（已经被陈友谅控制）。这三大势力中，韩林儿是朱元璋抵御北方元王朝的屏障，也是他名义上的君主，算是盟友关系。而张士诚占有了苏南、浙北等广大富裕地区，虽然与朱元璋也争城夺地，小战不断，却满足于安富尊荣，不会有所作为。而陈友谅跟随徐寿辉起兵以来，野心勃勃，先后杀了倪文俊、赵普胜等，掌握了天完的实权，成为起义诸部中最强悍的一支，也是朱元璋的最大威胁。

在这样的夹缝中，如何选择战略成了朱元璋眼下最重要的事。

对于这个问题，刘基早已胸有成竹，他分析道："方今天下大乱，元失其鹿，天下共逐之。主公崛起于草莽之间，披荆斩棘，已有寸土，如今虽是强敌环伺，但也不是没有制胜的方法。东方张士诚，气势虽盛，却仅有边海之地，南不过会稽，北不过淮扬，如窜伏之鼠，才疏器小。西方徐寿辉，包有饶、信，地跨荆、襄，几乎是占了天下之半，但天完的权柄都在陈友谅手中，陈友谅这个人，挟持其君而又威胁其下属，下属心怀怨恨，而且他本人做事又不计后果，穷兵黩武，数战以后，劳民伤财，民怨很大，人心涣散，所以，他也不是不可击败的敌人。所谓猎兽就要猎猛兽，擒贼就要擒强贼，今日之计，莫若先消灭陈友谅，若得其地，则取天下之势便自然形成了。"

刘基的这段议论，堪比诸葛亮未出茅庐便先定天下三分的隆中对策，对时局分析、把握得十分准确，讲得又如此透彻，使朱元璋一下子看准了战略方向：如攻陈友谅，张士诚很可能按兵不动；如攻张士诚，陈友谅必会乘虚而入。所以，战局的关键在于能否击败陈友谅。

就像当年诸葛亮的《隆中对》奠定了刘备先取荆州后取西川的战略思路一样，刘基的这番议论，奠定了朱元璋先陈后张，然后北向中原、统一中国的基本战略方针。

经过这番问对，朱元璋对刘基的才华已经有了深刻的认识，但他还是要最后确认一下，于是，朱元璋找到了手下的谋士陶安。

"先生你觉得刚从浙东请来的这四个人怎么样啊？"

"都很厉害。"陶安给了个等于什么都没说的答案。

朱元璋不乐意听虚的，便进一步问："那跟你比起来怎么样？"

这个问题太难回答了，逼得陶安只能把自己的分析和盘托出："在这四个人当中，论学问我比不上宋濂，论行政能力我比不上章溢、叶琛，论谋略，我比不上刘基。"

看上去陶安似乎把四个人都夸了个遍，但我们要知道，陶安也是因为谋略受到朱元璋重视的，而他本人也是朱元璋参谋班底的一员，也就是说陶安承认自己的学问不如宋濂，行政能力不如章溢、叶琛都很正常，但是他肯承认自己的谋略不如刘基，就说明了刘基的能力确实已经让陶安佩服得五体投地。

于是，朱元璋彻底放心了，觉得自己的力气没白花。一封亲笔信，胡大海孙炎三次跑腿换来个张良再世，值了。

没过多久，朱元璋任命宋濂为江西儒学提举司提举，又任命章溢、叶琛为营田司佥事，而唯独把刘基留在自己的中枢指挥系统，参谋机密要事。

就这样，刘基完成了一生中最重要的跳槽，站在南京城墙北望北京，刘基的心像石头城下的潮水一样澎湃。他一心想做大元王朝的忠臣，元王朝却把他亲手推到了对立的阵营。

"从今天起,我们就是敌人了。"刘基面向北方轻声感叹。

不过,元王朝暂时没必要太伤悲,因为第一个吃到刘基苦头的人不是他们,而是西边的陈友谅。

陈友谅的登顶之路

陈友谅比朱元璋大八岁,湖北沔阳人,出身于一个渔民家庭。

虽然文人笔下的渔民生活非常浪漫,比如柳宗元的《渔翁》:"渔翁夜傍西岩宿,晓汲清湘燃楚竹。烟销日出不见人,欸乃一声山水绿。回看天际下中流,岩上无心云相逐。"但艺术终归是艺术,是高于现实的。从这首诗美轮美奂的艺术描写中我们其实可以看到这样的社会现实:普通渔民一般都是被主流社会排除在外的,过着离群索居的生活。

陈友谅从小就是在远离人群的渔船上长大的,他从不觉得"渔翁夜傍西岩宿,晓汲清湘燃楚竹"是件多么美好的事情,也没有"回看天际下中流,岩上无心云相逐"的艺术细胞。他在意的只有每次上岸去乡镇赶集时别人轻视的目光和身上永远挥之不去的鱼腥味。

陈友谅不是个自甘平庸的人,他不想一辈子过这种生活。他暗暗下定决心,无论如何,要改变自己的命运。陈友谅的父亲陈普才也是这么想的,所以,他拿出自己的全部积蓄请了先生教陈友谅读书。

应该说,陈友谅的日子比朱元璋好多了,毕竟他没有挨饿,父母健在,而且,家里还有余钱读书。但陈友谅的童年幸福指数远远低于朱元璋,因为当时朱元璋的需求层次还停留在相对容易满足的温饱上,而陈友谅的需求金字塔已经上升到尊严层次了。

所以陈友谅所受的挫败注定要比朱元璋更多，这也就解释了为什么陈友谅的性格比朱元璋更加偏执、更加极端，也更加不择手段。

这样的性格是把双刃剑。至少在一开始，这是陈友谅成功的巨大动力。

极度渴望改变命运的陈友谅拼命地读书。他读的是孔孟，但从来没有相信过孔孟这一套。他读书的唯一目的，就是离开脚下这条臭烘烘的小渔船。

陈友谅的努力得到了回报，数年苦读后，他终于获得了分配指标，进县城当上了一名小吏。

吃上皇粮的陈友谅得意扬扬，以为自己这下咸鱼翻身了，但没干几天就发现，自己依然是社会最底层的那条死鱼。在官大一级压死人的官场上，没有地位，没有背景，身上还一股子鱼腥味儿的陈友谅一样被人看不起，就像同时期在皇觉寺当和尚的朱元璋一样，挨欺负是难免的。

这时候的朱元璋正在饿肚子，没有时间东想西想，而吃饱了的陈友谅却有大把的时间胡思乱想。在这样的情况下，想不心理变态都难。那时候的陈友谅，心里只剩下了一个信念：往上爬，我要往上爬，只要爬到权力的巅峰，我就能得到我想要的一切，金钱、权势、地位，还有尊严。

所以，当红巾军席卷沔阳时，陈友谅毅然"弃暗投明"，陈友谅的想法很明确：创业型公司的上升通道总比没落臃肿的大元集团要多些。

在所有著名的义军将领中，陈友谅是动机最不纯的那个。

陈友谅的新老板名叫徐寿辉，是这支红巾军的统帅。对于这个人，陈友谅的评价是两个字："草包。"

徐寿辉本来是个卖布的小商人，但布生意只是个幌子，徐寿辉的真实身份是当地白莲教的党魁。1351年红巾军起义爆发以后，当地白莲教组织的另外两位名高管彭莹玉和邹普胜共同起兵响应，顺便也拉上了徐寿辉。

为什么要拉上徐寿辉呢？原因让人啼笑皆非：因为徐寿辉长得帅。彭莹玉和邹普胜大概是觉得自己的长相镇不住场子，所以非但拉来帅哥徐寿辉入伙，还推举他当了领导。

两人也不傻，头衔可以给你，但实权不能给你，义军的实际控制权一直牢牢掌握在彭莹玉和邹普胜手里。

在一位帅哥和两位牛人的英明领导之下，起义军形势不是小好，而是一片大好：打败元朝威顺王宽彻不花大军，连攻饶州、信州以及湖广、江西诸郡县，没多久又破昱岭关，攻克杭州。九月份，徐寿辉圻水称帝，并且起了一个非常富有想象力的国号："天完。"

为什么叫"天完"呢？这其实是个文字游戏，我们把天字去掉顶上一横，把完字去掉头上宝盖，就成了"大元"，所以，天完就是盖过大元的意思。在国号上都要占个便宜，这也只有做小生意出身的徐寿辉才能想得出来。

天完天完，天要你完蛋，横看竖看都不像是很吉利的字眼。果然，天完的好日子没过多久，1353年，大元调集数省人马集中围剿天完，天完军节节败退，一年前打下来的城市又一个个地被元军收了回去，最后连"国都"都被打下来了，彭莹玉也在这一系列混战中战死。

彭莹玉死了，邹普胜孤掌难鸣，徐寿辉终于成了名副其实的一把手。可是，个人的能力毕竟放在那里，面对似乎不可逆转的颓势，徐寿辉丝毫没了主意，手足无措。

幸亏老天暂时还没有让天完国完蛋的意思。1354年,元王朝分兵北上围剿刘福通、韩林儿,给了天完国喘息的机会。天完国元帅倪文俊趁机率军接连攻克沔阳、襄阳、中兴(江陵)、武昌、汉阳、蕲水等地,最终把吃进去又吐出来的城池又一一吃了回去。

由于功勋卓著,倪文俊也在这一战后被升为丞相,并且把控了天完国的政权——徐寿辉悲惨地再一次沦为花瓶。

而陈友谅就是在这个时候加入天完军的,在倪文俊手下做了个文书。陈友谅非常重视这次机会,拼命表现,所以进步很快,而倪文俊也非常赏识他,一再提拔。没过几年,陈友谅就跟朱元璋一样,自己带兵外出发展,拥有了一支不小的武装力量。

但陈友谅并不满足于此,他苦苦思索,怎么样才能继续壮大自己的实力。1357年,机会来了——陈友谅的顶头上司倪文俊打算杀掉徐寿辉。

倪文俊不爽徐寿辉不是一天两天了,陈友谅不是不知道这一点,但没想到倪文俊说动手就动手了。陈友谅表示十分震惊。

他的震惊还没表示完,倪文俊的谋反计划就以迅雷不及掩耳之势失败了。倪文俊只好跑路,思来想去,还是去黄州投奔陈友谅吧,毕竟陈友谅是自己一手提拔起来的亲信。

事实证明,陈友谅果然够义气。他恭恭敬敬把倪文俊请进城,摆上一席丰盛的酒宴,说出同仇敌忾的话,做出义愤填膺的样子。

倪文俊感动得眼泪直流,觉得自己真没看错人,悲愤与感动之下的倪文俊一杯一杯地喝着陈友谅为他斟的酒,直到喝得酩酊大醉。

结果,倪文俊再也没有机会醒过来,因为陈友谅连夜砍下了倪文俊的脑袋送给徐寿辉邀功请赏去了。

在陈友谅眼里，仁义廉耻算什么，所谓两肋插刀就是有需要时两肋插你两刀，不管朋友、恩师、领导，一样是可以出卖的，只是价格要高一些而已。

很显然，倪文俊卖出了一个好价格。倪文俊死后，陈友谅接管了倪文俊的残部，实力大增。最重要的是，他立刻得到了徐寿辉的器重，势力越来越大，然后他接替了倪文俊在天完国的地位，成为天完国实际的统治者。

徐寿辉很郁闷地发现，自己又沦为了陈友谅的傀儡。

他就是个傀儡的命，他几乎都认命了。

但陈友谅不给他认命的机会，在陈友谅的字典里只有两个词语：巅峰和谷底。要么铲除一切障碍爬上巅峰得到一切，要么坠落谷底失去一切。他见不得有人在自己头上发号施令，哪怕是名义上的也不行。

他要铲除一切障碍，毫不留情。

天完国建立之初，最高领导层能够说得上话的，除了精神领袖彭莹玉、帅哥皇帝徐寿辉之外，还有所谓"四大金刚"：丞相邹普胜，元帅倪文俊，大将赵普胜、傅友德。在这些人中，彭莹玉已经死了，邹普胜退出了权力中心，倪文俊势力被陈友谅收编，只剩下赵普胜和傅友德还坚定地围绕在以徐寿辉为核心的天完统治集团周围。

赵普胜的声望比傅友德要高一些，此人堪称天完国第一猛将，人称双刀赵，勇不可当，战功赫赫。陈友谅决定先拿他开刀。

1359年九月，陈友谅以会师为名招赵普胜前往安庆。赵普胜是个粗人，没什么心机，亲自带着美酒和烧羊肉坐小船就过去了。两舟交会，陈友谅一脸笑容现于船头，赵普胜连忙跨身上前见礼。老赵刚一低头，刀光一闪，脑袋就掉在自己双脚之间。

赵普胜死了，傅友德可不傻，马上脚底抹油，跑去投降了朱元璋。

陈友谅终于扫除了全部障碍，现在，天完国已经没有能和他抗衡的力量了。陈友谅终于把目光投向了徐寿辉。

此时的徐寿辉很郁闷。虽然从起兵以来他就一直是个傀儡，但不管是彭莹玉还是倪文俊，都好歹给他些面子。可是现在到了陈友谅这里，别说面子，连人身自由都没有了——他被软禁了。

徐寿辉不知道，他马上连命都要没了。

1360年，陈友谅攻下了朱元璋的采石矶。然后，他装模作样地邀请徐寿辉去采石城的五通庙和他共同讨论作战计划。

徐寿辉有一种不祥的预感，陈友谅已经很久很久没有和他一起商量什么作战计划了，但他还是惴惴不安地去了。在五通庙门口，他看到了陈友谅似笑非笑的脸和身边杀气腾腾的卫士。

徐寿辉吓得浑身发抖、手脚冰凉，强堆着笑，但笑得比哭还难看。

陈友谅没什么话可以跟徐寿辉说的，他还有一件事情要忙，不过这件事情得等徐寿辉死了才能开始。所以，他简单地摆了摆手，就转过身去了。

徐寿辉还没明白陈友谅这个姿势是什么意思，就眼前一黑什么都不知道了——他的后脑勺被身后的武士用金瓜锤击了。

徐寿辉退场了。他的尸体被拖走，血迹被擦干，很快地上又干干净净了，好像从来没有一个叫徐寿辉的人出现在这里。

陈友谅很满意，他终于可以开始那件他等了很久的事情了，那就是——登基。当年的渔家子、小县吏，终于登上了权力的巅峰。这一刻陈友谅傲视一切，因为他终于得到了他想要得到的一切。

1360年，陈友谅在五通庙登基为帝，定国号为汉，定年号为大义。

大道废，有仁义。智慧出，有大伪。六亲不和有孝慈，国家昏乱有忠臣。

杀倪文俊，杀赵普胜，杀徐寿辉得来的天下，却以"大义"为号。越是标榜自己仁义的人，越是不仁不义之人。越是叫嚣"大义"，越是暴露陈友谅的心虚。

心虚归心虚，实力却是实实在在的。大权在握的陈友谅，论实力已经可以当之无愧地称为天下第一了。现在，陈友谅只需要在地图上抹掉一些碍事的小杂鱼，就能君临天下，履至尊而制六合。

不幸的是，在杂鱼榜上排行第一位的，正是朱元璋。

张士诚的逆袭之路

另一个让朱元璋头痛的人是张士诚。

张士诚的家乡泰州兴化自古以来就是东南沿海最重要的产盐地，张士诚就出生于兴化的一个大盐场：白驹场。长大后，他顺理成章地成为一名盐业工人（盐丁）。

用现在的话说，张士诚成了元王朝最盈利的垄断"国企"——"中盐集团"白驹分公司的正式职工，也算是铁饭碗了。

可惜大元朝的国企待遇实在是太差，非但没有年终奖，连工资都不一定发得出，而且每天的工作量极大，丝毫没有大国企应有的待遇。

张士诚觉得这份工作实在养不活自己，于是喊上自己的三个弟弟张士义、张士德、张士信一起搞起了"三产"：卖私盐。

三足鼎立，淘汰了多少英雄人物

卖私盐的利润非常高,否则也不会有人铤而走险去干这个。但利润高是一回事,能不能盈利是另一回事。张士诚做了几个月私盐贩子后发现一件非常痛苦的事情:收不到回款。

客户收了盐,不给钱,张士诚基本没辙,本来自己就是不法分子,难道还能去报官不成。非但客户欺负他,连"盐警"也勒索他,张士诚的日子过得苦不堪言。

"盐警"队伍里有一个叫邱义的弓箭手,待人尤其刻薄,勒索的份额每次都比别人要多那么一点点,交不上钱就打人,下手也每次都比别人要重那么一点点。

张士诚终于忍无可忍。没饭吃活不下去,活下去也没尊严,这日子干脆不过了!1353年,张士诚纠集兄弟四人和其他志同道合的朋友十三人,拎起挑盐的扁担冲进了邱义的家,将邱义乱棍打死。接着,一不做二不休,哥几个杀进周围的富户家里,有怨报怨有仇报仇,一顿扁担全部打死,然后开仓放粮。

兴化聚集了大批无产阶级,了无牵挂,所谓光脚的不怕穿鞋的,这些人在张士诚的号召下纷纷投入起义的洪流中。没过多久,张士诚就聚集起了上万人的队伍,声势大振。

这就是历史上著名的"十八条扁担起义"。

一开始,谁也没把张士诚放在眼里,以为几个盐工、几条破扁担能兴起多大的风浪。张士诚很快就让这些人受到了教训,三月底,张士诚就把泰州攻陷了,然后带着部队大摇大摆地进了城。

这下,张士诚上了元王朝的问题人物榜了,于是,元王朝使出了他的撒手锏:招安。

这一招对方国珍相当管用,但是对张士诚无效。至少那个时候的张士诚还是个铁骨铮铮的硬汉子。他非但拒绝了招安,还把来招安的人扣了下来,然后继续用兵。

当年五月,张士诚攻陷了高邮。第二年,张士诚在高邮称王,国号大周,改元"天祐",张士诚自称"诚王"。

你都称王了,再不打你就太没面子了。1354年二月,元朝廷任命湖广行省平章政事苟儿为淮南行省平章政事,率兵攻高邮;同年六月,派遣达识贴睦迩攻张士诚;随后又命令江浙行省参知政事佛家闾会同达识贴睦迩攻张士诚。来的人级别一个比一个高,但张士诚给予的招待级别是一样的——全部打回老家。

然后,张士诚再接再厉,扩大了义军在江苏地区的疆土,并牢牢控制了运河,扼断了元朝粮食和赋税北运北京的通道。

如果说之前张士诚称王只是伤了元王朝的面子,现在控制运河那可就关乎帝国的肚子了,恰好这个时候北方红巾军已经被打得差不多了,腾出手来的元王朝开始把目光转向了南方。

1354年九月,张士诚迎来了级别最高的客人:脱脱。而脱脱对张士诚这个人也极为重视,几乎抽调了北方地区全部的元军主力,带来了整整四十万人。

这是元末规模最大的一次军事行动,四十万大军号称百万,浩浩荡荡地开到了高邮城下。

张士诚要说不怕那绝对是假话,他这辈子见过的人加起来都不一定有四十万,他这辈子见过的官儿级别加起来都不一定有脱脱高。再加上和脱脱大军的几次接触都以完败收尾,张士诚心里怕得要死。

可是怕又能怎么样,现在他连投降的余地都没有了,只有拼死抵抗。要是挡不住,就是个死——元朝立国不到百年,当年蒙古兵屠城的事大家都还心有余悸。

在这种破釜沉舟的心理下，高邮守军表现出了惊人的战斗力。张士诚冒着弓弩投石亲自上城墙指挥，守城的官兵轻伤不包扎，重伤不下火线，一次又一次地打退脱脱的攻城部队。这就好比猎狗抓兔子，猎狗跑赢了顶多赚一顿饭，兔子跑输了就是送掉一条命，谁会更卖力一些？

要说脱脱也不是省油的灯，作为元帝国最后的顶梁柱，他的战术绝对过硬。他一边打高邮，一边攻占了六合、盐城和兴化等地，构筑了一条苍蝇都飞不进来的绞杀网。

张士诚在高邮城里无比绝望。他的军队只剩下了几千人，援军进不来，突围出不去。当时的情况是，脱脱的四十万大军就算什么都不干让张士诚砍，也能把高邮守军全部活活累死在战场上。

在这样的情况下，义军内部分成了两个派别，一派主张投降，另一派主张继续死守。毫无疑问，张士诚坚持死守。要知道，从犯不究、首犯必杀可不只是刘基处州剿匪时候的专利，至少，脱脱也明白这一招。张士诚知道，一旦投降，其他人能活命，可是他自己是死路一条。

城里的尸体越来越多，活人越来越少。张士诚觉得部将看自己的眼神都不一样了。自己的脑袋在他们眼里仿佛已经成了一张活命符和一张可以立刻兑现的银票。

然而，上天注定要抛弃大元朝。就在张士诚快要绝望的时候，有一位未曾谋面的"朋友"无私地帮助了他。这个人叫哈麻，其实他并不算是张士诚的朋友，他的身份是权奸、小人，外加脱脱的政敌。看到脱脱带兵在外威风八面，哈麻的郁闷可想而知，于是和所有小人、佞臣一样，哈麻天天在皇帝面前诋毁脱脱，说脱脱带兵打了那么久，什么战绩都没有,钱倒是花了不少,而且还仗着自己有权有势随意任命朝中百官。前三句话说得都挺有道理,唯独第四句话貌似和主题无关,但实际上是最能置脱脱于死地的一句话,因为没有哪个皇帝会喜欢越权办事的权臣。

于是,皇帝怒了,下诏书斥责脱脱吃饱了不干正事儿,还挖朝廷的墙角,并削去了脱脱的兵权,让他立刻滚回北京来领罪。

脱脱眼看着高邮城里没几个能喘气的人了,上面却来了这么一道圣旨,他没有"将在外君命有所不受"的胆气,只好带着不甘交出了大军指挥权。脱脱几乎都想高歌一曲"怒发冲冠,凭栏处,潇潇雨歇。抬望眼,仰天长啸,壮怀激烈。三十功名尘与土,八千里路云和月"了。

张士诚并不知道北京发生了什么,毕竟他其实并不认识哈麻。但张士诚敏锐地发现,元军的阵脚已经乱了,士气已经不如之前高涨了,很快,张士诚得到了消息,脱脱卸任,取代他的是河南行省左丞太不花、中书平章政事月阔察儿和知枢密院事雪雪。

且不管这三个人能力怎么样,临阵换将是打仗的大忌,特别是这四十万大军来自全国各行省,除了脱脱,谁都没有办法统一节度他们。脱脱一走,指挥系统彻底陷入混乱,大军群龙无首,乱成了一锅粥。

高邮城中的张士诚见元军不战而溃,立刻率领城中仅剩的几千名义军杀出城来,大败元军,终于捡回了一条命。

胜利实在来得匪夷所思,张士诚想起来依然惊魂未定。他很感谢他的朋友哈麻,虽然他跟哈麻其实并不认识,但是哈麻的所作所为却比张士诚的任何一个朋友都要让他感动——一个蒙古人,排除万难黑掉了脱脱,解除了高邮之围,这是一种什么样的精神!

所以说国号、年号很重要,张士诚年号天祐,关键的时候有皇天保佑，正如徐寿辉国号天完，没过几天就彻底完蛋了。

张士诚挡住了脱脱的四十万大军，也彻底拯救了南方的广大起义军队伍，而他对反元大业的贡献还不止于此。因为高邮之战而获罪的脱脱回北京后，立刻就被发配到了云南，紧接着，哈麻矫诏赐毒酒，毒死了脱脱。

大元帝国最后的支柱倒了。

张士诚就像意外杀了个大怪的小号一样，经验值嗖嗖往上涨，声望更是如日中天，江浙一带的武装纷纷前来投奔。义军趁势四面出击，不但收复了失地，而且占领了江南的大片土地。

到了1355年冬天，张士诚派自己的三弟张士德率军渡江南下，到次年三月为止，先后攻占了福山港、常熟、嘉定等地。1356年三月，张士诚再率领主力军进驻平江，这些可都是全国最富庶的地方。

从此，张士诚成了全天下最阔绰的人，彻底完成了逆袭，华丽地变身为"高富帅"，以至于后人有"（陈）友谅最桀，（张）士诚最富"的说法。

光脚的人一旦穿上鞋，就再没那股拼劲儿了。逆袭之后的张士诚变得不思进取，只想守着自己的一亩三分地做富家翁。他甚至开始模仿方国珍有事儿没事儿投降一下元王朝——他再也不想跟元王朝硬碰硬了。

不得不说，张士诚是个好人，他减免了江浙地区的税赋，江浙人到现在还在怀念他，但是，在江南三雄逐鹿的格局下，他的这种性格已经让他处于必败的境地了。

可张士诚毕竟是割据一方的大军阀，说他气量小也好，能力差也罢，那都是跟陈友谅和朱元璋比较。在这个江南的格局中，张士诚依然是强大到极致的存在，朱元璋对他也很头疼。

穷人看不起叫花子

陈友谅、张士诚和朱元璋都是苦孩子出身，按理说应该抱成团一起逆袭元帝国才对，可惜，这三位当时的战略却出奇一致：先南后北，先统一南方，再出兵伐元。

当时的江东三足鼎立，无论谁跟谁联合起来，都足以灭掉第三个人。而刚刚打下南京的朱元璋很郁闷地发现，自己就夹在张士诚和陈友谅中间，最有可能成为被灭掉的第三个人。

陈友谅和张士诚也确实都不太喜欢朱元璋，其实最不喜欢朱元璋的人是陈友谅。但是1356年的陈友谅还在忙着抢班夺权，所以最先跟朱元璋产生冲突的是张士诚。

张士诚看不起朱元璋，虽然张士诚自己也是贫苦劳动人民出身，但他好歹是"国企员工"，面对叫花子出身的朱元璋有种天然的优越感。朱元璋打下南京后，就与张士诚的大周政权直接对峙了。常言道，卧榻之侧岂容他人鼾睡，尤其是花子鼾睡，张士诚一万个不乐意。他跟朱元璋打了大大小小有上百战，虽说不分胜负，但是张士诚家大业大不在乎，朱元璋本来兵力就吃紧，实在是跟张士诚耗不起。

所以，当年六月，朱元璋低声下气地给张士诚写了封信，大致内容是咱俩都是穷人，穷人何苦为难穷人，能不能和睦相处呢？

张士诚的拒绝铿锵有力：不能！为了不让朱元璋继续对二人的关系产生幻想，张士诚还用行动进一步强化了他的态度：第二个月，便发兵攻打朱元璋的镇江。

这下朱元璋真的毛了：没招你没惹你，你还没完没了了！老虎不发威，你当我是病猫！朱元璋决计不再容忍了，一下子打出了手里的两张王牌——徐达和常遇春，发誓一定要给张士诚点儿颜色瞧瞧。

徐达和常遇春，这两位不世出的名将也确实没让朱元璋失望，非但守住了镇江，还大败张士诚军。第二年，两人再接再厉又打下了张士诚控制下的常州、长兴、江阴、常熟等地，不仅杀伤无数，还俘虏了张士诚的兵将，就连他的三弟张士德也被俘获。

这才叫偷鸡不成蚀把米。就在这个时候，刘基的老朋友方国珍也正如日中天，率领部队攻占了昆山和太仓，张士诚两面受敌，大周上下人心浮动。

张士诚终于算是可以消停一阵子了，而朱元璋也可以抽出更多的精力面对西方的陈友谅。

1358年，在刘基的规划下，朱元璋已经确定了他的战略方针：先南后北，先陈后张。不过朱元璋对自己的实力有很清醒的认识，知道自己和陈友谅不是在同一个量级上的对手，尤其是水军，在陈友谅的特混编队面前，朱元璋那几艘不成器的小渔船简直就跟玩具一样。

所以朱元璋一直在积蓄实力，寻找战机。

但打仗就跟谈恋爱一样，是两个人的事情，陈友谅岂会巴巴地等着朱元璋积蓄实力？1360年，陈友谅首先发难，带着大军自安庆沿江而下攻打朱元璋。

朱元璋还没彻底反应过来，天完大军已经到达了太平城外。太平是南京的门户，一旦太平沦陷，整个南京城就彻底暴露在陈友谅的面前了。

局势非常不妙，眼下城内守军不满三千，粮草不够三日，与数倍于己的敌军相比力量悬殊，而朱元璋的大军又远在扬子江左，远水解不了近渴。

现在唯一可以倚仗的只有太平守将黑先锋花云了。这个花云之前打滁州的时候露过脸，是一员打起仗来不要命的猛将。一听陈友谅来了，他一咬牙一跺脚，打吧，反正背后就是南京城了，逃也没地儿逃，能拖几天就拖几天吧。

决战的日子到了，西南方向传来"隆隆"的金鼓之声。花云提刀登上城楼，放眼一看，只见陈友谅的无敌舰队乌压压地朝太平城头压过来。花云一面督促守军做好迎战准备，一面派人飞马传报守卫东门的许瑗、王鼎，自己则抖擞精神，准备杀个痛快。

天完军的前锋在城外焦家圩滩头登岸。不一会儿，几十万大军便把太平城围得水泄不通。随着陈友谅一声令下，攻城开始了。密如飞蝗的箭矢铺天盖地地射来，一批批士兵扛着云梯攻城锥冲到城下，城头的滚木礌石像不要钱一样砸下来，没多久就是一片尸山血海。花云本人也早已杀红了眼睛，他深知太平城守不了多久，砍死一个够本，砍死两个赚一个。腰间宝剑砍钝了，就随手捡起一把步兵刀继续砍，不多时便一身鲜血，黑先锋变成了红先锋。攻城战从上午一直持续到傍晚，一天激战后，花云清点人马，发现死伤近千。他不敢怠慢，立即派人将几处崩裂的城墙缺口重新堵上。为了防止敌兵夜间偷袭，他又命令兵丁运来一捆捆松枝、麻秆儿，扎成火把，每隔十来步就点上一把，远远望去，宛如一条火龙在滚动。就这样，双方连续鏖战三日，伤亡都很惨重。但陈友谅的水师有增无减，而城中守军濒临粮尽弹绝。

花云整整拖了三天，他已经尽力了。屋漏偏逢连夜雨，船迟又遇打头风。正赶上黄梅季节,长江上游连日暴雨,江水猛涨,使城墙陡然矮了数尺。

高墙变成了矮墩,陈友谅也懒得攻城了,把大船开到城墙下,甲板就和城垛一样高了,天完军士兵轻轻一跳,就跳进了太平城。

花云提刀左右冲杀,终因众寡悬殊而被缚。陈友谅劝花云投降,花云破口大骂:"你们不是我主公的对手,为什么不赶快投降!"骂后,花云猛然一发力,把绑他的绳子都崩断了,趁势夺下敌刀,又连砍杀了五六人。陈友谅大惊失色,立即命令兵丁蜂拥而上,又将花云缚住,将其绑在战舰的桅杆上,用乱箭射死。花云临死犹骂声不绝,场景极为壮烈。

在陈友谅眼里,花云和太平都不过是个小插曲,打下太平之后,他又继续东进,攻克采石矶。就是在那里,他击杀了徐寿辉,自己当上了皇帝。

这些都是顺理成章的事情,没有任何操作难度。清理完徐寿辉脑浆迸裂的尸体,陈友谅站在采石矶的敌楼上东向而立,极目远眺,在长江的尽头,便是他真正的目标:朱元璋和南京城。

此时此刻的朱元璋也忐忑不安地望着西方。他知道,陈友谅的无敌舰队很快就会出现在石头城的波涛中。

决战已经不可避免。

胜败之间,暗藏了多少谋略算计

大军师的危机应对

花云战死,太平失陷,陈友谅的大军打到了南京城下。坏消息传来,朱元璋的头都大了。

朱元璋赶紧召开紧急军事会议。会上,各路谋士纷纷踊跃发言、献计献策,场面十分活跃。在一番争吵和抗辩中,逐渐形成了以下几种意见:

一是退守钟山,理由是钟山有"王气",打起仗来有天佑。

二是战略撤退,先退出江南,然后"徐图大计"。

三是倾全军之力攻打太平,这样至少能牵制陈友谅。

四是投降。

总而言之就是四个字:放弃南京。

没有任何人相信以朱元璋现在的兵力能和陈友谅的无敌舰队在南京城下进行决战。

在这些吵吵嚷嚷的谋士中,只有刘基保持着沉默,嘴角带着一丝轻蔑的笑,斜着眼地打量着眼前这些跳梁小丑。他实在瞧不起这些人,平日里一个个纸上谈兵、自吹自擂,一副胸藏十万甲兵的样子,可是到了关键时刻,就暴露了草包的本质。

朱元璋也在冷冷地看着手下这帮谋士张牙舞爪、唾沫横飞。这些人实在让他失望,所有人都知道陈友谅的目标不是南京,而是整个江南乃至天下,一旦主动放弃了南京这样一座营造了上千年的堡垒,他还有什么资本跟陈友谅抗衡。

朱元璋明白,即便自己失败了,眼前这些人依然能在陈友谅的帐下混口饭吃。可是自己的下场,却不会比徐寿辉好多少。

众谋士完全没有注意到朱元璋脸上红一阵青一阵的表情,还在自顾自地争论不休。

这时,朱元璋注意到了刘基。在这帮已经被陈友谅吓破了胆的人中,镇定自若的刘基显得十分醒目。

和刘基的目光对视的一瞬间,朱元璋就看到了一丝希望。他相信,这位自己好不容易请来的浙东名士,一定有什么独到的见解。

于是,他对着刘基躬躬身,道:"不知先生可有良谋?"刘基却只是笑而不语。

朱元璋猜得没错,刘基确实对战局有独到的见解。但刘基不想当众说,他的观点和所有人都相左,一旦开口,其他谋士就会群起而攻之。刘基倒不是怕他们,而是不想把宝贵的精力浪费在无意义的口水战上。

朱元璋是个明白人,立刻猜到了刘基的顾虑,于是,他把刘基喊进了会议室边的小房间,把门一关,转身一揖,道:"请先生不吝赐教。"

朱元璋还没抬起头来,就听见刘基用低沉的声音狠狠地说道:"请主公把那些主张弃城和投降的人全部斩首!"朱元璋吓了一跳,感觉刘基跟换了个人似的,从没见过文质彬彬的刘先生如此咬牙切齿。但刘基的话却说到了朱元璋的心坎儿里了,于是他示意刘基说下去。

"陈军势大,我却看出他有可以被击败的地方,我军势孤,我却看出我们有可以打胜仗的优势。"

刘基这句话立刻让朱元璋提起了十二分的兴趣。他虽然一心想要和陈友谅在南京决战,但是一想到自己和陈友谅的实力对比,就觉得简直是以卵击石。一听刘基说自己有获胜的可能性,不由得侧耳倾听。

于是,刘基开始给朱元璋分析:

"兵法云:进而不可御者,冲其虚也。再弱小的军队都有长处,再强大的敌人都有弱点,如果能够用我们的长处去面对对手的弱点,则攻守易置,强弱易势。"看到朱元璋连连点头,刘基继续侃侃而谈,"陈军的强大不可否认,但弱点也不是没有:其一,陈友谅在行军途中匆匆弑杀徐寿辉,僭位称帝,人心未附就急急发兵东来,陈军若是势如破竹还则罢了,一旦有所败绩,陈友谅必然众叛亲离,陈军必然瓦解。其二,陈军远来,士卒疲敝,且不识地形。而我军据守南京,占据地利,因势利导,以逸待劳,未必找不到破陈的机会。"

朱元璋听了刘基的分析,眉头舒展了几分,但还是有所疑虑:"每支军队都会有弱点,即便如此,陈军的兵力确实占了压倒性的优势……"

刘基微微一笑道:"主公撕过布帛没有?再坚韧的布帛,只要找到一个小小的裂口就可以一撕到底。既然我们找到了陈军这一致命弱点,那么我们的战术布置就要围绕这一弱点展开。"

朱元璋点点头,请刘基继续说下去。

"其一,陈军人心浮动,一旦败绩必然兵败如山倒。那么我军就必须军心稳定,即便小规模失利也能稳住阵脚,等待给陈军致命一击的机会,因此,请主公放开府库,不遗余力犒赏将士,只要全军同心同德,人人奋勇,未必不能重创陈军。其二,以弱击强,必须出奇兵才有胜算，最好的打法便是伏击，而陈军远来疲敝，不识地理，且陈友谅骄纵狂傲，这不正是出伏兵的天然良机吗？"

像朱元璋这样身经百战的人当然是一点就透，不会像个二愣子一样追着刘基询问各种细节问题。事实上，刘基刚说完，朱元璋心里就已经浮现出大概的行动计划了。朱元璋心说，当初三请刘基真是太值了。

当朱元璋挽着刘基的手回到大厅的时候，心情已经是一片大好，脸上阴霾一扫而光。大厅里的谋士都是一群擅长察言观色的主儿，自觉地闭了嘴。朱元璋一扫之前的犹豫和踌躇，一一驳斥了各种错误言论后，在地图上指着南京城外的龙湾，自信满满地说道："我军将在此处伏击陈军。"

然而不少人还是有疑问：凭什么认定陈友谅就会在龙湾登陆呢？你让陈友谅去哪儿他就去哪儿？他傻啊？况且陈友谅的优势是水军，他凭什么要放弃水军跟我们打陆战呢？

对于这个问题，朱元璋早有准备，他只是神秘地一笑："这你们就不用管了，我已经准备好了一张牌。"

朱元璋的这张牌，叫作康茂才。

龙湾之战的诈降计

康茂才是一员降将，在攻打南京的战役中投降了朱元璋，之后一直驻防在龙湾，也打过几个胜仗，但没立过大功。在将星云集的朱元璋麾下，他也就是个三线武将，但康茂才在地下战线上的地位却是别人难以企及的。

康茂才和陈友谅曾经有过不浅的交情,即便加入朱元璋的队伍后,康茂才也没有断绝过和陈友谅的联系。不过,这一切都是在朱元璋的认可甚至授意之下进行的——康茂才其实是朱元璋安插在陈友谅身边的双面间谍。

当然,一开始康茂才这个双面间谍并没有发挥多大的作用。朱元璋是个有远见的人,他知道自己和陈友谅必然有决战的那一天,在那一天到来之前,他不敢把这张牌玩得太大。

直到今天,才是朱元璋打出康茂才这张牌的时候。他找到康茂才,要康茂才向陈友谅投降——当然不是真降,而是诈降。康茂才欣然领命。

几天后,陈友谅收到来自康茂才的信。信中,康茂才猛烈控诉了朱元璋对下属如何薄情寡义,尤其是对康茂才这种降将如何刻薄寡恩,然后,康茂才充分肯定了陈友谅大军的实力和正义性。他指出,江东父老日日夜夜盼望陈友谅的大军前来吊民伐罪,解民于倒悬。在陈友谅的无敌舰队面前,朱元璋的渔船小分队根本就是蚍蜉撼大树——可笑不自量。最后,康茂才提出愿意投降陈友谅,作为内应和陈友谅里应外合,大破朱元璋。

陈友谅收到信后心里美滋滋的。有人来投降总归是一件好事,康茂才这样的三线武将虽然军事价值不高,但是政治价值高,他充分表明了朱元璋反动政权不得人心,逆历史潮流而动,而自己则是人心所向。

更何况,大战在即,能有个内应少死几个人、少沉几艘船总是好的。于是陈友谅问送信的人:"康茂才现在驻守哪里?"信使回答说:

"江东桥。"陈友谅对这一片的地形还不是很熟,于是又问了一句:"是座什么桥?"信使回答道:"木桥。"

陈友谅很满意,让信使回去告诉康茂才,到时候他的大军会走江东桥方向,到时候以高喊两声"老康"为信号,康茂才就出马把挡着江面的木桥拆了,然后给陈友谅的舰队带路,沿江直下攻打南京。

当康茂才把回信交给朱元璋的时候,朱元璋终于松了一口气,不由得佩服起刘基来。虽然派康茂才诈降是自己的计谋,但这一切全都仰仗刘基对战局的把握和对敌我双方的透彻分析。

现在,陈友谅的大军已经入套,正在向着自己的伏击圈乘风破浪而来。陈友谅志得意满,他开始考虑消灭朱元璋后怎么再接再厉、多快好省地干掉张士诚了。

而朱元璋的军队正在忙碌地调动着。李善长带领工匠连夜拆除了江东桥,在原来的位置重建了一座石桥,而驻守于龙湾的城防部队则主动放弃阵地,给陈友谅开辟出一片登陆场。冯国胜、常遇春率帐前五翼军三万人,埋伏于石灰山(今南京幕府山)侧;徐达军于南门外集结,杨璟驻兵大胜港(今南京城西南十五里),张德胜、朱虎率领水师出龙江关外(今南京兴中门外)。这些是龙湾伏击作战的主力部队,而朱元璋本人则带着预备队驻扎在西北面的卢龙山(今南京狮子山),作为最后的决战力量。同时,胡大海已经奉命自婺州、衢州出兵信州(今江西上饶),骚扰陈友谅后方。

这一战还未开局,朱元璋就已经稳稳占据了上风。但毕竟两军实力相差太大,就像一个小孩儿想揍大人,再怎么奇谋百出,也不能完全避免被大人一拳打飞的可能性。

跟随朱元璋出征的刘基,脸上依然镇定自若,胸中却免不了有些澎湃。当初辞官时他还以为自己要永远告别战场了，想不到今天又重新回到了这片刀光剑影中。听着金铁相交、马蹄声起，刘基心中再一次点燃了万丈火焰。

等埋伏圈终于形成的时候，一切又归于沉寂。龙湾的夜静悄悄，仿佛从来没人来过。

1360年六月二十三日，陈友谅怀着无比激动、无比紧张的心情率领着他的舰队沿秦淮河一路进攻，到达了江东桥。陈友谅按捺住兴奋喊出了事先约定的接头暗号："老康，老康！"

没人理他，期待中的老康没有出现，只有几只蛐蛐儿还在夜鸣。

陈友谅有点儿尴尬，加重嗓音喊了一遍："老康，老康！"喊完后瞪大了眼睛四处搜索，结果连个人影都没有。

陈友谅有些不祥的预感，借着月光仔细观察着眼前的江东桥。这哪里是木桥，分明是一座坚固的石桥！陈友谅心中一凛，几乎蹿起来："不好，中计了！"

按照一般的套路，他这句话一喊完，就该伏兵四起、箭如飞蝗、呐喊震天，可让陈友谅更加尴尬的是，等他喊完了、蹿完了，这里的午夜还是静悄悄，没有任何伏兵的迹象。周围安安静静，让他刚才的一声惊叫显得更加突兀。

自己唱独角戏似的一惊一乍了半天，饶是陈友谅脸皮厚，也觉得有点儿挂不住了。他想破脑袋也想不明白老康到底在搞什么鬼。要说投降么不见人影，要说诈降么也不见伏兵，莫非他在逗我玩？

陈友谅丈二和尚——摸不着头脑。眼见石桥横江，舰队是没法继续往前走了。陈友谅有点儿懊恼：早知道就不走这条路了。但既然都来了，那就贼不走空，况且总不能再回头重新换条路走吧，那得多丢人？

于是，陈友谅决定，大军就在江东桥附近的龙湾登陆。

正是这个决定把陈友谅送上了不归路。在距离他人生最辉煌的日子整整六天之后，陈友谅开始走下坡路。

其实，朱元璋的这条诈降计算不上天衣无缝，只要陈友谅对康茂才稍微留个心眼，提防一些，他就不可能陷入这样的圈套。为什么陈友谅会对康茂才如此深信不疑呢？正如刘基所分析的，陈友谅太骄傲自大了。在他眼里，朱元璋的部将望风而降是很正常的一件事情，根本没有什么值得怀疑的，反倒是朱元璋的以卵击石、负隅顽抗让他感觉很诧异。这和当年曹操临战接受黄盖诈降其实是一个道理：当一个人的自信无比膨胀的时候，他会变得很容易被欺骗，要是一个本身就对自己不太自信的人，就算你是真心投降他也会百般猜忌。

也正是摸准了陈友谅的极度自负必然导致他智力值下降这个关键点，刘基才敢信心满满地向朱元璋提出诈降计这样在平时成功系数不是特别高的计策，因为他知道，这种计策在什么情况下不太灵光、在什么情况下百试百灵。

军师还会天气预报

被老康莫名其妙放了鸽子，有些恼羞成怒的陈友谅迫不及待地要和朱元璋决战，于是下令全军开赴龙湾，从陆上攻打南京。

陈友谅的舰队确实是当时中国第一流的水军，登陆作战有条不紊，第一批"海军陆战队"通过小船登岸后立刻竖起拒马、栅栏，然后在这些防御工事后布好阵势，建立防线。

朱元璋的主力部队潜伏在卢龙山上，指挥中枢当然不可能设在能直接望见滩头的地方，所以想要了解陈友谅军队动向，只有依靠斥候的探报。

而一批批的探报也着实让朱元璋心悸。本来以为陈军只是一批穷兵黩武的骄兵悍将，可是对方在登陆作战中体现出来的战斗素养却表明，陈友谅虽然狂妄，但着实有狂妄的资本。

是否应该半渡而击，趁陈友谅的军阵还没布好的时候就冲散他？朱元璋转头望望身边的刘基，征求刘基的意见。刘基摇摇头，示意朱元璋再等等。如果现在进攻，陈友谅的主力必定立刻乘坐大舰脱离战场，以朱元璋水军的实力，别说追不上，就是追上了也是干瞪眼。

这必须是一场歼灭战，而不是击溃战。如果不把陈友谅的主力消灭在龙湾，一旦让他回过神来重新组织一次水路并进的进攻，那就连神仙也救不了南京城了。

朱元璋自然明白这个道理，所以刘基也没有必要说破。于是朱元璋又耐着性子坐下来。前方的探报依然络绎不绝，陈友谅的大军像倒口袋一样从大舰上倾倒到龙湾，很快就把滩头填满了。难得的是，陈军的军阵一点儿都没有混乱的迹象。每一队下船的士兵做的第一件事情就是找到自己的位置，防守的防守，行军的行军，进退有度，调度有方。

这个时候已经快到正午了。六月份的南京烈日当空，酷暑难当，身上的铁甲都晒得滚烫滚烫的，将士们有点儿无精打采。朱元璋看在眼里，心想这可不行，本来是以逸待劳，结果搞了半天我们自己先劳顿了，必须要激励一下士气。

可是眼下打伏击呢，低调才是王道，没法搞些慷慨激昂的演讲。这个时候，朱元璋能够做的就是和其他士兵同甘共苦，于是，他命令手下收了为他遮阳的伞盖，也和其他战士一样身披铁甲站立在烈日之下。

子曰：不患寡而患不均。朱元璋这个小小的举动无声地激励了全军将士。这个时候，陈友谅的大军也登陆得差不多了，于是，部将就要求，趁着士气正旺，攻打滩头。

朱元璋征询刘基的意见，刘基越依然摆摆手，道："主公请再忍耐一下，我算定等一会儿必然有暴雨，等暴雨降下的时候我们再趁乱进攻不迟。"

将士们听了，忍不住要上去摸摸刘基的额头，看他是不是中暑了。眼下烈日当空，没有一丝云彩，怎么可能下暴雨？朱元璋也是将信将疑，但他早就听说刘基精通天文——那时候所谓的天文就是星相学和天气预报——虽然将信将疑，但还是下令部将按刘基说的，再等等。

军令如山，众将虽然不太相信刘基有这样通天彻地的能力，但还是按捺住性子继续等待，还时不时拿眼睛偷瞄刘基。

刘基心里其实也有点儿小紧张，天文本来是他从小研究的领域，再加上他对江南地区气候的常年总结，他有九成把握午后必有大雷雨。但刘基毕竟是人不是神，电影里的牛人往往对未来做出了出人意料的预测后还能镇定自若，那是因为他们知道编剧已经替他们安排好了剧情。而刘基不认识编剧和导演，他也不知道老天会不会突然抽风不按常理出牌——借助现代科技的天气预报都有不准的时候，更不用说古代那种纯凭前人经验的预测。在这样重大的场合做出这样重要的预测，说刘基不紧张绝对是假的。

但刘基他愿意搏一搏,地利、人和都有了,只需要天时,就有十成的把握让陈友谅有来无回。

事实证明,刘基的天文没有白学,没过多久,江边起了大风,很快,从不知何处飘来的一片乌云遮蔽了天空。江浙地区午后的雷阵雨来得往往极为猛烈,天越来越黑,风越来越大,大有"黑云压城城欲摧"之势。

众人看刘基的眼神瞬间从疑虑变成了崇敬。懂天文是一个顶级谋士才有的配置,几百年才能出一个,居然让他们遇到了。一瞬间,朱元璋的军队士气大振。

没让大家等多久,只听一声暴雷响,几乎就在一瞬间,大雨倾泻而下。豆大的雨点从天上砸下来,砸到盾牌上都能打出一个几寸高的水泡,雨点连成雨幕,伴随着狂风黑云、电闪雷鸣,背后的长江也开始卷起波涛。

陈军猝不及防,被大雨砸得眼睛都睁不开。几米开外就没有了能见度,看不见旗号也听不见号令,一个个被狂风骤雨打得盔歪甲斜,顿时阵脚大乱。

等的就是这个时候!

刘基朝朱元璋坚定地点点头,朱元璋令旗一挥,陈友谅等了半天的"伏兵四起、箭如飞蝗、呐喊震天"的场景终于出现了,伴随着电闪雷鸣,暴雨如注,更加令人肝胆俱裂。

龙湾是一个口袋地形,本来就适合打伏击,而陈军又在突如其来的暴雨面前乱了阵脚,对于占据了天时、地利的朱元璋来说,这场战斗已经没有任何悬念了。尽管陈友谅奋力组织起了抵抗,但依然挽回不了节节败退的命运。

夏日午后的雷雨来得快去得也快,老天像是瞬间用光了库存,没过多久,雨就停了,风也小了,乌云也散了。陈友谅到底身经百战,立刻重新着手组织阵形,传令兵马不停蹄地在各部兵马之间飞奔,军官们拼了命一样吼着军令,维持阵形,排在最后的督战队也大刀出鞘,毫不留情地斩杀临阵脱逃者。

战场又重新陷入了胶着。可惜陈友谅已经是强弩之末,而朱元璋还留了后手。

朱元璋再次挥了挥令旗,号角声起,张德胜、朱虎的水师出现在了陈友谅大军后方的江面上。

前后夹击之下,陈军彻底乱了,连督战队的鬼头刀都没用了,陈军丢盔卸甲,一心只想跑上船。现在,也只有高大的战船能给他们安全感了。可是登陆的时候大军是分批分次上岸的,小船就这么多,后军抢到了小船,拼命要往大船上划,前军哪里肯,凭什么打仗的时候冲在前面,跑路的时候要被落在后面?于是也拼了命地往小船上扒拉,扒不上就动刀子,场面瞬间乱作一团。有人被砍死,有人被淹死,有人被踩死,厮杀变成了大屠杀。

陈友谅是何等人也?他能够爬上今天的位置,靠的就是一大优点:识时务。他一观战局就知道已经无法挽回了,于是当机立断,带着亲兵卫队冲到江边,夺下一条小船,玩了命地逃回了大船。

陈友谅一回旗舰,整个舰队就起锚准备突围了。听到斥候的探报,朱元璋有点儿着急,此战的目标是尽可能多地歼灭陈军有生力量,要是让他们跑了,那可是遗患无穷,于是急急忙忙调动预备队,也就是自己这支队伍,准备掩杀过去。

看着朱元璋心急火燎的样子,刘基却笑笑,道:"主公不必着急,现在正是退潮之时,陈友谅的大船必然搁浅,这十万大军一个都跑不了。"

不出刘基所料,潮水退去后,陈友谅引以为傲的超级战舰都成了一堆漂不起来的废木头。最后,除了陈友谅和一批高级军官在各自亲兵卫队的护卫下乘坐小船离开,其他人全都成了活靶子。

此战,陈友谅乘兴而来败兴而归,带着十万大军、数百艘巨舰而来,只带着数千亲兵、几十艘小船回去。而朱元璋缴获了陈友谅的主力战舰百余艘,俘虏了陈军两万余人,南京城华丽地保住了。

最后打扫战场的时候,有人从陈友谅的旗舰上找到了康茂才写给他的信,陈友谅还当宝贝似的锁在箱子里。

朱元璋拿到这封信后哈哈大笑,对身边诸将说道:"陈友谅这个呆鸟,自以为深谋远虑,哪里知道我有刘军师神机妙算,哈哈!"众将也跟着哈哈大笑。

龙湾决战对于朱元璋集团来说意义非凡:此战非但动摇了陈友谅的根基,而且震慑了张士诚,使得张士诚不敢轻举妄动,为朱元璋施行刘基提出的"先陈后张"战略奠定了坚实的基础。

而这一战中,刘基凭借出色的谋略水平、丰富的天文地理知识和对人性的精妙把握,为朱元璋屡献奇策,可以说是此战最大的功臣。虽然从上陈《时务十八策》之后朱元璋就十分重用刘基,但是这一战真正让大家见识到了刘基的谋略水平,无论是战前对时局的分析、作战计划的制订,还是战斗当中对天文地理的把握,刘基都无愧于"天下第一谋士"之名。

以彼之道还施彼身

战前刘基就曾分析过陈友谅的军队是一盘散沙：若是打了胜仗，必然人人奋勇向前；若是打了败仗，则必定分崩离析。事实证明，刘基的分析丝毫不差。

在陈友谅军中有一员骁勇善战的将领名叫张志雄，原本是双刀赵普胜的手下，是一员难得的虎将。但是，陈友谅为了自己的权力杀死赵普胜的行为深深刺痛了他的心，所以赵普胜死后，这员猛将就开始了磨洋工生涯，一磨就是一整年。龙湾决战之后，他毫不犹豫地、英勇地成了俘虏。作为一员高级别的俘虏，他受到了朱元璋的亲切接见，怀着对陈友谅的憎恨，以及希望在新领导面前立功的渴望，他向朱元璋透露了一个重要的信息：陈友谅在东征的时候带走了安庆所有的精锐部队，安庆现在的守卫非常空虚。

安庆自古以来都是南京的门户，朱元璋一听，这简直是天降大礼，立刻命人带兵进军安庆，果然没费多少力气便把安庆打了下来，而此时，胡大海的军队也已经攻克了信州。大伤元气的陈友谅只剩下了挨揍的份儿。

陈友谅忍气吞声可不是因为脾气好，而是实在伤筋动骨，没辙了。但每次想到自己居然打了这么窝囊的一场败仗，陈友谅都能气得直喷气。尽管如此，陈友谅打心底里还是没把朱元璋当回事，他觉得自己的失败都是因为中了康茂才的诡计。

像陈友谅这种人永远不会接受这样的事实：他之所以惨败，是因为有人已经把他的弱点摸得清清楚楚，并且巧妙地利用了他的弱点。

因此，他能失败第一次，也将失败第二次。

无论如何，龙湾之战让陈友谅消停了一年。一年之后，恢复了元气的陈友谅新仇旧恨涌上心头，又不淡定了。1361年七月，陈友谅派遣大将张定边和陈明道分别攻打一年前沦陷的安庆、信州。

拿了我的给我还回来，吃了我的给我吐出来。这是陈友谅的人生哲学，两年后，陈友谅会在这一条人生哲学上跌一个让他永世不得翻身的跟头。

张定边，沔阳人，渔民出身，陈友谅手下第一猛将，面对由非著名将领镇守的安庆，他表示毫无压力。一战下来，陈友谅又可以喜滋滋地把安庆画进自己的地图里了。

陈明道，另一位非著名将领，跟张定边相比充其量也就是路人甲水平，能力差远了。他在信州守军和胡大海的大军前后夹击之下全军覆没，自己也投降了朱元璋。

朱元璋几天之内就听到了一个好消息和一个坏消息，小心脏"咯噔咯噔"的。对于朱元璋来说，信州的战略地位远没有安庆重要，可是安庆却丢了。朱元璋暴跳如雷，一心要杀了从安庆跑回来的败将。

还是刘基比较清醒，立刻劝住了朱元璋："主公，现在与其纠结安庆的败将，不如想想主意怎么应对陈友谅。"

这话在理，安庆守将本来就不是张定边的对手，现在再砍人脑袋也于事无补。朱元璋何尝不明白这个道理，只是一时激动，被刘基一劝也就冷静下来了，于是向刘基请教应对陈友谅的策略。

刘基给朱元璋分析：陈友谅锤杀徐寿辉自己登基当皇帝不到六天就大败而归，还损失了十万大军、两百艘战船，本来就有很多天完政权的旧部不服陈友谅，外加陈友谅本人心黑手狠，这个时候，应该是陈汉政权内部矛盾最激烈、人心最涣散的时候。而朱元璋经过一整年的休整，已经基本上消化了龙湾大捷带来的降兵、舰船和地盘，现在正是进兵陈汉，与陈友谅一决高下的时候。

朱元璋听了很动心，而降将陈明道的描述也进一步证实了陈汉政权内部将士离心、军心涣散的现状。

最后，刘基又补充了一句："属下昨夜夜观天象，金星在前，火星在后，这是出师得胜的征兆！"刘基是不是真的夜观天象、是不是真的相信这样的天象能够带来好兆头已经不重要了，重要的是，这个时候刘基对于天文的造诣已经得到了众人的广泛认可，朱元璋也深信不疑。于是，他终于下了决心，举大军亲征，先下安庆，跟陈友谅面对面地干一架。

朱元璋的舰队主要来自陈友谅遗弃在龙湾的大舰，正所谓"没有枪没有炮，敌人给我们造"，朱元璋和刘基乘坐着陈友谅的船，行驶在原本属于陈友谅的长江之上，还打着"吊民伐罪，纳顺招降"的旗号，这一切，一年前都只属于陈友谅。

是可忍孰不可忍。

在安庆，陈友谅再次发挥自己识时务的优点。他还真忍住了，一看势头不对，留下张定边镇守安庆，自己脚底抹油跑到了江州。

要说张定边当真不愧为陈汉第一猛将，虽然老板跑了，他却一点儿都不含糊。朱元璋水陆并进，打了整整一个通宵，硬是没有把安庆打下来。

一宿没睡的朱元璋算是理解之前安庆那些败将的苦衷了，遇到这样一个猛人跟你死磕，确实谁都没辙。他打算休息休息，中午接着打。

刘基也是一宿没睡，但他琢磨明白了一个道理，于是大清早就赶来找朱元璋，献计献策道："安庆的战略位置虽然重要，但陈友谅的老巢是江州。安庆城也不是我们攻打江州的必经之路，为什么要在这里死磕呢？我们为什么不绕过安庆直接打江州？"

刘基这话一语惊醒梦中人，朱元璋现在脑子里只有安庆和安庆城里的张定边，几乎把自己真正的目标给忘了。反应过来的朱元璋连声叫好，立刻命令主力移师江州，同时让部将仇成继续在安庆城下装模作样，一方面麻痹江州守军，一方面也牵制张定边。

江州就是现在的九江。这里"陆通五岭，势拒三江"，地势极为险要，一向是兵家必争之地。陈友谅憋着一肚子的气，正好借着江州的地势打算跟朱元璋来个硬碰硬的死战。为了保险起见，他派出傅友德、丁普郎驻守小孤山，建立抵挡朱元璋的第一道防线。

傅友德、丁普郎是两员老资历的将领，当年和邹普胜、赵普胜并称天完国四大猛将，是陈友谅手下除了张定边外最能打仗的将领了。陈友谅把他们布置在第一线，可见对小孤山防线的重视程度。

听说了陈友谅的安排，朱元璋也摩拳擦掌准备大战三百回合了，可是让他大跌眼镜的事情发生了：大战前夕，傅友德、丁普郎居然率军来投降了！

这两人都是把脑袋别在裤腰上跟着徐寿辉打天下的狠角色，当然不是两面三刀的反骨仔，也不是贪生怕死之徒，但是陈友谅杀倪文俊、杀赵普胜、杀徐寿辉，而对他们这些遗老虽然留着命，却百般提防，不由得让两人心灰意懒。他们不怕死，但是他们不想为陈友谅这种人死，更不想死在陈友谅的刀下。

这对朱元璋来说简直是一份人才大礼包。看着朱元璋欣喜若狂的样子，刘基笑而不语，这些早就在他的意料之中。他知道，就算丁普郎、傅友德二人不主动投降,他们也不会有太强的战斗欲望和战斗力了。

有了这两个老将,接下来的路就好走多了。朱元璋让二人为先导,一路上碰到拦路的守军两位老将冲上去劈头盖脸就是一顿臭骂,内容无非是老子都投降了你个小乌龟蛋子还充什么英雄,陈友谅这个老乌龟蛋子值得你替他玩命吗!众人一想也是,有了两位老将做榜样,自己还逞什么能啊,于是纷纷望风而降。

朱元璋的舰队没花多少力气便打到了江州城下。陈友谅在敌楼上眼看着自己熟悉的战舰跑来打自己,恨得牙痒痒。"来吧,朱元璋,江州城城高堑深,我看你怎么进来!"

陈友谅发狠自有他的资本,瘦死的骆驼比马大,江州城经过他多年经营,不是一天两天就能打下来的。朱元璋强攻了两天,损兵折将,却没有丝毫斩获。

朱元璋气狠狠地站在船头,咬牙切齿地盯着江州城楼。城墙上陈友谅也咬牙切齿地盯着这支本属于自己的舰队。两个宿敌相隔几百步,大眼瞪小眼。

刘基一会儿看看陈友谅身前的城楼,一会儿看看朱元璋脚下的大舰。他突然想起了同样背靠长江的太平城。

当初陈友谅趁着涨水从船上直接跳进太平城墙,这何尝不是一种攻城的思路?的确,江州城墙高,江水水位低,但这没关系,只要让船变得更高就行。

聪明人之所以称为聪明人,就在于他们能从历史中吸取经验,而且触类旁通,举一反三。

朱元璋采纳了刘基的建议,根据城墙高度偷偷在舰尾搭建了天桥,趁着夜色靠近城墙，船上的士兵直接就能从天桥上跳进城墙里。

大军进了城，那这城等于就算失守了，陈友谅怎么也没想到自己当初灵机一动想出来的主意居然会被刘基复制还加以了改进。江州城里没有花云这样的猛将，面对神兵天降般的攻城大军，守军没有丝毫还手之力。

没多久，江州城破，陈友谅带着妻子和一肚子委屈仓皇逃到了武昌。他怎么都想不明白，自己怎么每次都会被朱元璋的奸计害得跑路。

而与此同时，听说了江州之围的张定边急率大军驰援陈友谅，仇成乘虚而入，重新收复了安庆。

相继攻克了安庆和江州后，朱元璋势力大盛，四面出击，控制了江西大部分区域，只剩下了江西首府：龙兴（南昌）。

龙兴守将是陈汉的丞相胡延瑞，一直很受陈友谅器重，所以他也沾染了陈友谅的不少优点，比如识时务，他看着地图上姓陈的地盘越来越少，投降的心思越来越重。

然而陈友谅的这一优点毕竟没有普及到每个人头上，龙兴城内还有不那么识时务的人，这让胡延瑞很为难。为了安抚主战派，胡延瑞派人给朱元璋写信，提出了有条件投降。具体条件就是他可以献出龙兴城，但朱元璋不能拆散他的旧部，不能遣散他的军队，更不能解除他的兵权。

这要求有点儿苛刻了，朱元璋勃然大怒：都兵临城下了还敢谈这种条件，见过找死的，没见过这么想死的。

刘基把朱元璋的愤怒看在眼里，也觉得胡延瑞提的要求过分了，但现在出兵在外，一时之间接收了这么多地盘还来不及消化，能不打仗尽量不打仗，更何况龙兴城防坚固，打起来不是一天两天的事情，万一中途后院起火就糟了。

于是,刘基轻轻踢了朱元璋一脚,眼神连连示意,朱元璋立刻会意。

要不怎么说朱元璋也是个牛人,刘基很多话根本不用点透,朱元璋就心知肚明了。只有这样的统帅才能跟刘基这样层次的谋士合拍,否则刘基的时间精力就只能花在给领导解释自己的计谋策略上了。

朱元璋同意了胡延瑞的条件,这下龙兴城的主战派也无话可说了。因为他们倒不是有多么忠于陈友谅,只是不信任朱元璋,而朱元璋的所作所为已经彻底博得了他们的信任。

此后,江西省一直在负隅顽抗的建昌、吉安、南康等郡县也纷纷闻风而降。

江西省从此姓朱了。

最悲不过生离死别

1361年八月,在刘基陪同朱元璋西征陈友谅的第二个月,一个噩耗传来:刘基的母亲富氏去世了。

刘基的上半生一直奔忙,而且郁郁不得志,没有机会尽孝,现在跟着朱元璋眼瞅着日子有了奔头,老太太却没能享到福就撒手走了。

子欲养而亲不在,人世间最大的悲哀莫过于此。

刘基得到这个消息后感觉天塌地陷,急急忙忙收拾起行囊,然后找朱元璋请假去了。

刘基的假条让朱元璋十分为难。那个时代也没有舍小家为大家这样的说法，让刘基放着病死的老娘不管留下来帮他在江西杀人放火，这种话实在说不出口。可是如果真就这么让刘基走了，那以后谁来给他出谋划策？

千军易得，一将难求。不管在哪个年代，最贵的都是人才。尤其是在朱元璋整体军事实力不如陈友谅的情况下，定奇谋、出奇兵成了制胜的唯一法宝，而刘基这样的顶级谋士就是最重要的筹码。

不准假就是不让人尽孝，准假就有可能打败仗。思前想后，朱元璋觉得还是不能准假。当然，一定要说得足够艺术，足够隐晦，足够不显山不露水。于是，朱元璋专门给刘基写了一封长长的信，翻译过来大概是这样的：

今天听说令堂辞世了，享年八十多岁。先生你是不是要来跟我请假回家啊？先生你现在是我的骨干精英，我的大事还没做成，能不能缓两天再走？当然呢，按照道理我是不该阻拦先生请假的，为什么呢？因为我本人用忠孝节义来教育部将和老百姓，我怎么可以阻碍先生回家行孝呢？

而且，东汉末年，曹操掳走了徐庶的母亲，徐庶要求离开刘备，要去曹操那里和自己的家人团聚，刘备也是允许了的。

但是，首先，你老娘跟徐庶老娘不一样，徐庶老娘是被掳走了，如果你老娘被掳走了，我肯定也二话不说就放你回去，可你老娘是死了，你赶回去除了出席葬礼做孝子外，又有什么用呢？还不如多吃多睡，保养好身体，帮助我成功。毕竟我这里的工作实在是太重要了，一刻都离不开你，等到我们打完这一仗，我一定派遣高级官吏跟你一起回家，让你母亲也在身后风风光光一把，你看怎么样？

话都说到这份上了，于情于理，刘基都没有什么可说的了。于是，朱元璋终于留下了刘基，也留下了胜利。

在刘基的运筹帷幄下，第二年二月，江西几乎都投降了，陈友谅也跑路了。刘基一看局势差不多稳定下来，就再一次向朱元璋请假。

这次朱元璋没有什么话说了，只好批准了刘基的假条。临走之前，朱元璋巴巴地握着刘基的手，一副欲言又止的样子。刘基明白朱元璋的心思，于是对朱元璋说道：经此一役，陈友谅暂时掀不起什么风浪，张士诚也被我们的军威吓得够呛，能消停好一会儿了。现在唯一值得担心的是龙兴的降兵和浙江的苗兵，这帮家伙都不是自己人，同床异梦，一旦造反麻烦就大了。主公只要处理好这两个老大难，暂时不会有问题。

归心似箭的刘基并没有注意到朱元璋心不在焉的眼神，该交代的都交代完了，他急匆匆地踏上了返乡之路。

很可惜，刘基的这番话没有被朱元璋放在心上。就在刘基走后没几天，他所担心的事情便一一应验。

首先是苗兵叛乱。

说起苗人，大家首先想到的肯定是武侠小说中神秘莫测的苗疆。的确，所谓苗兵就是来自西南边疆的少数民族雇佣兵。其自古就给力，身体素质过硬，打起仗来玩命，三国时代蜀国最精锐的部队"无当飞军"就是由这些苗人雇佣兵组成。在山地地形下，别说是文弱的汉人，就算是魏国最彪悍的鲜卑族武士，在"无当飞军"面前也基本白给。

蒙古人虽然也是骁勇善战的少数民族，但蒙古骑兵只有在北方平坦干燥的大平原地区才有嘚瑟的资本，一到地形复杂、气候潮湿的长江以南地区，就失去了战斗力。因而，从小在山地丛林长大，视蛇虫瘴气为无物的苗兵就成了弥补元帝国在南方地区的重要军事力量。

可是，这群苗兵只是一群雇佣兵，和所有雇佣兵一样，他们对任何人都没有忠诚可言，这样的国之利器，用好了就让敌人脑袋搬家，用不好就是自己脑袋落地。

很可惜，元帝国驾驭不了这帮人。1362年，他们已经投降朱元璋好几年了，成了朱元璋在浙江地区一支重要的武装力量。

更可惜的是，朱元璋也驾驭不了这帮人。1362年二月，朱元璋在江西还没坐稳，镇守金华的苗军大将蒋英、刘震、李福便发动了叛乱。

金华的最高军事长官是刘基的老朋友胡大海。前面说过，他是个骁勇善战的猛将。苗人虽然彪悍，但是想袭杀胡大海，还是要费一番心思的。

蒋英不愧是苗兵头子，智商比普通苗兵要高出那么一点点，他想出了一个办法。

二月初七，蒋英邀请胡大海去八咏楼观看一场射箭比赛。胡大海不知是计，跟着蒋英就去了，走到半路上，突然一个叫钟矮子的苗兵斜插过来，抱住了胡大海的马头，哭诉说蒋英要杀自己。所有人的注意力都被钟矮子吸引过去，连蒋英突然抽出铁锤的动作都没有在意，以为是他恼羞成怒要锤杀钟矮子。

可是蒋英的铁锤没有挥向钟矮子，而是挥向了胡大海。胡大海回过头来刚要问是怎么回事，就被迎面击来的铁锤打碎了头颅，横尸马前。

紧接着，叛军相继杀死了胡大海的儿子胡关注和副官（郎中）王恺，控制了整个金华城。

当时的刘基正在返乡途中，刚好走到衢州郊区。

蒋英一面囚禁了所有金华的官吏，防止走漏消息，一面通知其他各地的苗兵将领一起起事。

幸好，有一个叫李斌的典史偷偷溜了出来。所谓典史，就是管理监狱的基层人员。李斌因为工作的关系也没少跟各种鸡鸣狗盗之辈打交道，特别机灵。他非但从蒋英眼皮下溜走了，还偷偷溜进胡大海的办公室，偷走了金华军队的兵符，然后又溜出城，一溜烟儿地跑到了严州。

当时驻扎在严州的是江浙行省右丞李文忠。李文忠是朱元璋军中一等一的牛人，十几岁的时候就随军东征西讨，砍人无数，十九岁那年在池州大破徐寿辉的天完军，威震天下。李文忠一听说小小的蒋英敢在自己的后院放火，还杀了昔日的老战友胡大海，气得不轻，果断出兵攻打金华。胡大海的养子胡德济听说养父被害，激动得哇哇叫，也亲自率军过来替父报仇。

前面说了，苗兵本质上是一群雇佣兵，雇佣兵的特点就是算计得比谁都精明。谁都知道李文忠这种狠货惹不起，于是他们在金华大肆劫掠了一番后，弃城投奔张士诚去了。

花开两头，各表一枝。且不说李文忠轻而易举平定了金华叛乱，在金华隔壁的处州，苗将李佑之收到蒋英的密信，又听说胡大海死了，于是也跟着起兵造反。

处州的最高军事长官是刘基的另一个好朋友孙炎。仗着手里的苗兵，李佑之很快控制了处州城，活捉了孙炎和朱元璋的侄子朱文刚。这个李佑之的智商比蒋英还要高上那么一点点，他知道孙炎是个人才，很希望能够劝降他，于是单独把孙炎关了起来，好酒好肉伺候着。

但是孙炎很不给他面子，他一脚踢翻李佑之亲手送来的酒肉，指着李佑之的鼻子破口大骂：瞎了你的眼，老子落到你手里就没想过要活着出去，你们这帮忘恩负义的狗贼，迟早把你们剁成肉酱，拿去喂狗！

李佑之的忍耐是非常有限的，被孙炎一骂立刻怒从心头起，恶向胆边生，要一刀剁了孙炎。可他强忍住没有下手，而是要孙炎把上衣脱了——敢情他是看中了孙炎身上的那件衣服，觉得一刀把衣服切了太可惜，想留着自己穿。

孙炎彻底抓狂了："休想！我身上这件紫绮是主公亲手所赐，我死也要穿在身上！"李佑之心想这种情况下扒人家的衣服实在有点儿不像话，于是忍着心痛，把孙炎连衣服带人一刀给砍了。

这个时候，刘基刚刚进入衢州城。

危难之时力挽狂澜

人要倒了霉，喝水都塞牙。江浙的乱局还没完，张士诚又来横插一脚。

张士诚充其量就是个暴发户，没什么大格局，用刘基的话说也就是个"守土之贼"而已。但器小归器小，和所有商人一样，张士诚秉承"有便宜不占王八蛋"的商界古训，看到江浙大乱，张士诚动了浑水摸鱼的心思。再加上降将蒋英等人不断地唆使，1362年三月，张士诚决定：派自己的弟弟张士信攻打诸全州（就是现在的诸暨），捡现成便宜去。

诸全州在已经被李佑之控制的处州北面，一旦攻克了诸全州，张士诚就能顺势接收处州,而朱元璋在浙江的地盘会被切割蚕食得只剩下衢州、金华两地。

一时之间,人心惶惶。墙倒众人推,衢州的苗兵得到消息后也骚动起来,叛乱一触即发。

衢州的守将叫夏毅,眼看比自己厉害无数倍的胡大海和孙炎都死于非命,夏毅急得团团转。这时候,他突然听说朱元璋的首席谋士刘基正好在自己的境内,激动得差点儿跳起来。真是天降幸运大礼包,有刘基这样的顶级高手加盟,还用怕苗兵这种不入流的敌人吗?

夏毅立刻亲自前往驿馆邀请刘基。而刘基也早就听说了金华、处州两地的叛乱,也得知了胡大海和孙炎的死讯。当初两人来青田请自己出山的场景还历历在目,胡大海的粗豪憨直、孙炎的精明睿智浮现在他的眼前,此时却阴阳两相隔。

先是自己的母亲,然后是胡大海和孙炎(此时此刻,刘基的另一位朋友叶琛也在洪都被杀害,但刘基暂时还没得到消息),征战半生,刘基第一次如此密集地面对自己亲友的死亡,隐隐一阵心痛。

除了失去朋友的悲伤,刘基心中也有另一层担忧:一旦朱元璋的浙东大后方被张士诚夺得,那么朱元璋就要面临一个两难抉择:如果收复失地,就必须要和张士诚开战,这等于破坏了刘基一开始就定下的"先陈后张"的布局,可如果不收复失地,失去了战略纵深的朱元璋很难继续和陈友谅抗衡。

避免这种两难抉择的唯一方法,就是稳住江浙。

于公于私,刘基都没有理由拒绝夏毅,所以他留在了衢州。而回家尽孝的事情,只能再往后推一推了。

夏毅把刘基请到上座,召集文武诸将详细汇报了浙东地区的军情。

刘基在江浙待了大半辈子,又在这里打过仗,本来就很熟悉本地的形势,又仔细听取了汇报之后,刘基花了整整一个通宵时间,拟定了大概的战略方针。

首先是要稳定衢州的局势。

刘基认为,衢州的苗兵动向和处州、诸全州的战局息息相关。一方面,衢州的苗兵时刻在观望处州和诸全州的动向;另一方面,衢州的动向也会影响到处州和诸全州的战局。

因此,刘基一面以个人名义向衢州各地属县发文件,要求各级官吏务必保持镇定,采取绥靖政策尽可能防止事态恶化,一面写信给朱元璋,叫他火速来把处州的事情摆平。

收到信后,朱元璋立刻命令大将邵荣带兵征伐处州。这个消息等于给衢州吃了一颗定心丸,夏毅小小地松了一口气。但刘基不敢有丝毫懈怠,他知道,真正决定时局的,还是诸全州的攻防战。

诸全州的守将叫谢再兴,也是个牛人,在张士信的狂轰滥炸之下居然坚守了整整一个月,还忙里偷闲伏击了张士信一把,生擒了数千人。

张士信跟着老哥作威作福惯了,哪里受过这样的憋屈,气得哇哇直叫,重新集结绍兴各地兵力,还从杭州拉来了一大批外援,要跟谢再兴玩命。

守城跟攻城不一样。攻城的人,虽然风险大、死亡率高,但是兵员补给是源源不断的,而守城的人,虽然平时可以躲在城墙后面偷着乐,但打起仗来死一个少一个。很多时候城墙没塌、城门没破,守城的人先死光了。

经历过高邮守卫战的张士信深知这一点,处于围城中的谢再兴当然更加明白这个道理。他只能向李文忠求援，可李文忠的军队也是捉襟见肘，爱莫能助。

局势到了最危险的时候，刘基全部看在眼里。

但智者和普通人的差距就在于，普通人看到的是敌人的强大、自己的弱小，他们的心中只有恐惧。而智者看到的却是敌人强大背后的弱点、自己弱小深处的强大。刘基看陈友谅是如此，看张士诚依然如此。

当所有人看到的都是张士信志在必得的攻城大军，刘基却看到了张士诚内心的真正弱点：他是来打秋风、捡便宜，来浑水摸鱼的，不是来和朱元璋正面冲突的。如果要和朱元璋翻脸，早在龙湾之战的时候张士诚就该翻脸了。张士诚并不害怕朱元璋，但他不想和朱元璋决战，他只想守着自己的一亩三分地当个土财主。有便宜就捞，捞不到拉倒。

避实就虚，避开敌人最强大的锋芒，攻打其最薄弱的环节，这是刘基用兵的一贯方针，而张士诚的薄弱环节就是他的这种"守成"心态。

于是，刘基命人到处张贴告示，声称朱元璋已经派了大将徐达、邵荣率大军主力向江浙进发，其实朱元璋只派了邵荣来收复处州。但是徐达是朱元璋的头号王牌，因此，派邵荣和派徐达前来所传递的信号是不一样的，再加上刘基"稍稍"夸大了一些军队的数量，一种决战前的萧瑟感油然而生。

为了防止张士诚消息闭塞，刘基特地派人千方百计地将这个信息直接"泄露"给张士诚。

不出刘基所料，张士诚蔫了。他现在是江南这帮军阀里最有钱的，占据着全中国最富庶的地区，富得流油。相比之下，穷得"治安基本靠狗，交通基本靠走，取暖基本靠抖，娱乐基本靠手"的浙东山区根本算不上香馍馍，犯不着为了这种地方跟朱元璋的主力决战。

但是，毕竟所谓的徐达大军还只是个传言，在得到确切消息之前张士诚也不想让自己显得太怂，所以张士诚并没有下达撤军的命令。

可前线诸将已经从张士诚的军令中看出了摇摆不定的态度，更重要的是，张士信比张士诚更加不愿面对天下第一名将徐达。

将心动摇，则军心必乱。

李文忠是何等人物，通过斥候的侦察报告，他敏锐地嗅到了这一新动向。战机转瞬即逝，现在就是最好的机会！更令李文忠高兴的是，从江西赶来为父亲胡大海报仇的胡德济也恰好在这个时候赶到。手里有了兵力的李文忠悄悄接近张士信大军的营地，三更半夜的时候突然杀进大营，一时之间鼓角雷鸣，杀声震天，张士信以为传说中的徐达大军到了，立刻兵败如山倒。诸全州城中的谢再兴趁势杀出，张士信一败涂地，士卒死伤无数。诸全州自动解围。

张士信的军队退去，衢州的苗兵立刻消停了，到了四月份，邵荣的援军也及时赶到了。刘基辞别了衢州，前往处州和邵荣会合，商讨平乱事宜。同时参与平定处州的还有胡深率领的一支军队。而因为张士信的败退，李文忠也闲了下来，于是一起参与围攻处州。

这一战没有丝毫悬念，三路大军连围都懒得围，冲开处州城东北大门，一路杀进城，镇压了作乱的苗兵。李佑之自杀身亡。

为了防止江浙再次发生动乱，朱元璋任命王佑和耿天璧一起镇守处州，并委任胡深全权负责处州的军政民大事。

自此，江浙的苗兵叛乱终于平息。靠着谢再兴的拼死守城、李文忠的运筹帷幄和刘基的神机妙算，朱元璋度过了这场危机，浙江的局势化险为夷。

而刘基也终于可以回家了。此时，离刘基母亲过世已经过去八个月了。

料敌于先胜过硬扛

刘基在母亲的灵柩前守了整整一个晚上，虽说忠孝不能两全，但是作为一个儿子，他觉得自己有愧于母亲。

第二天，朱元璋派来了礼官，在老夫人灵前摆了三牲祭礼，宣读了祭文，叩拜祭奠。全家人向礼官回拜，并向北遥拜，答谢朱元璋的恩情。

出殡这天，老夫人的排场异常大，刘氏本来就是当地的士族，再加上朱元璋对刘基的敬重，浙东各地都派来了代表为老夫人送葬。

令刘基稍稍有点儿诧异的是，连他的"老朋友"方国珍都派遣使者来参加了葬礼。

送走了老太太，刘基开始了三年的守孝。按照儒家古礼，父母去世后子女要守孝三年，因为孩子学会走路之前，有整整三年时间是在父母的怀抱中度过的。

普通人在这三年中不能有任何娱乐活动和交际活动，而如果是官员，则要停下手头一切工作，立刻请假回家，这叫作"丁忧"。

那么，能不能随机应变，把守孝时间缩短呢？答案是：尽量不要。孔子的弟子宰予曾经问孔子说："老师啊，守孝三年时间实在是太久了,能不能短一点儿?"孔子当时反问他:"父母去世后三年之内你吃香的喝辣的心里能过意得去吗?"这当然是个反问句,可是宰予却不知好歹,厚着脸皮回答说:"能啊。"老夫子脾气再好也被气得够呛,强忍住踹宰予一脚的冲动,拂袖而去:"你要是觉得心安理得,那随便你!"私下里,孔子到处跟人抱怨:"宰予真不是个东西。"

朱元璋以忠孝治国,当然明白这个典故,但是,他实在无法离开刘基整整三年。

刘基离开的这段日子里发生了很多事情。先是江浙苗兵叛乱,幸好刘基就在当地,给镇压了下来。然后,是洪都守将叛乱。

当初洪都守将胡延瑞提出了苛刻的投降条件,在刘基的暗示下,朱元璋全盘同意了。其实刘基还布有后招,但是走得匆忙,来不及把后招落实,只能提醒朱元璋小心洪都降将,偏偏朱元璋没放在心上,果然,刘基一走,这帮人立刻起兵造反,杀死了洪都太守——刘基的另一个好朋友——叶琛。幸亏当时徐达的大军就在附近,及早回援,重新打下了洪都,镇压了叛变。

而经过这件事情,朱元璋才彻底重视起洪都的防务。他撤换了全部降将,命令侄子朱文正为大都督、邓愈为副将,镇守洪都。

刘基走前的两个担忧全部应验,朱元璋越来越觉得自己离不开刘基。他不停地给刘基写信,既问寒问暖,也询问军国大事,但字里行间透露的都是让刘基快点儿回来的意思。

刘基也会在回信里帮他分析形势,提出应对策略。例如,在徐达出征武昌时,刘基就建议朱元璋兵贵神速,一定要趁陈友谅立足未稳在两个月内攻克武昌,否则就难了。结果,徐达因为镇压洪都叛乱延误了时日,给了陈友谅喘息的时间,果然,再也无法攻克武昌了,朱元璋不得不令他返回南京。

许多事态的发展都证明了刘基的算无遗策，朱元璋愈发希望刘基能够回来。

刘基何尝不知道朱元璋的心理，但是正如孔子所说，守孝三年不单单是礼节那么简单，更是一种追求内心安宁的方式，刘基自觉亏欠母亲的实在太多，他想要多陪陪母亲。

其实刘基在丁忧期间也并没有闲着，他没有停止过为朱元璋的大业奔忙。处州地区守备薄弱，民风又彪悍，胡深一个人搞不定，刘基便帮他出谋划策，亲自参与防务体系的规划和建立。同时还利用自己的声望给一些不愿意投降朱元璋的当地义军和知识分子做思想工作。

在丁忧的这段时间里，刘基连续组织了好几次朱元璋集团的企业招聘宣讲会，向大家展示朱元璋集团的广阔前景和优渥待遇，鼓励大家投奔朱元璋，成为一名光荣的朱氏集团员工。

在刘基的努力下，处州一代的不稳定因素几乎被消除殆尽。有了稳固的大后方，朱元璋才有心力对付眼下最大的敌人：陈友谅。

1363年正月，刘基再一次收到朱元璋催促他回南京的信。这一次，刘基发现自己再也没有理由拒绝朱元璋了，因为朱元璋告诉他，他要准备跟陈友谅进行最后的决战了。

这一战，有他无我，朱元璋不敢有丝毫的懈怠。

这些战略都是刘基给朱元璋制定的。他当然知道，现在的确已经到和陈友谅大决战的最佳时机了，作为这一战略的制定者，他没有理由缺席这场关乎一切的决战。

于是，正月里，刚刚过完年的刘基辞别了父老乡亲，辞别了母亲的牌位和陵寝，重新踏上了回南京的路。

他真正的守孝时间只有九个月。没有刘基在身边，这是朱元璋能够忍受的最长时限。

刘基回青田的时候就因为苗兵叛乱被阻隔数月，而回南京的路也不好走。张士诚和朱元璋之间虽然大仗不起，但是小冲突、相互之间各种游击战、侵袭战从来没有停止过。刘基一路上秉着少惹麻烦多赶路的原则，对于这种动乱地区能躲多远就躲多远。

但也有躲不开的。刘基路过建德的时候，发现这里打得挺热闹，看阵势双方都下了点儿本钱。而守备建德的，又恰好是刘基的老相识李文忠。于是，拗不过李文忠的邀请，刘基还是留了下来，帮助抵御张士诚。

经过诸全州一战，现在的李文忠阔了，手里要兵有兵，要将有将，不想窝在建德城里做缩头乌龟，于是找来刘基讨论主动出击的策略。

刘基却摆摆手道："急什么，等三天之后他们退兵了，我们再追击也不迟。"

"哦……嗯？"李文忠有点儿晕，"三天之后？张士诚退兵？谁跟你说的？"

刘基做出一副神秘神秘莫测的样子，笑而不语。李文忠急了："不是不相信先生的神机妙算，可这也忒悬乎了，总得先给个理由，否则我怎么跟将士们解释啊？"

这也是人之常情，于是刘基先便问李文忠："敌军主将是谁？"

"是个之前没听说过名字的将领，估计也就是路人甲级别的，但也不排除是从其他战区调过来的将领，我这里掌握的情报不多。"李文忠老实地回答。

"不用猜了,我看敌军军容不整、士气不高,主帅肯定是个路人甲。让一个路人甲带兵,可见张士诚根本没把这场战斗当回事。连主帅都没当回事,这群人能有多大的劲头攻城?"

李文忠点点头,敌人虽然人数众多,但确实战斗欲望一直不是很旺盛。"但凭什么就认为他们三天后会退兵呢?"李文忠还是有疑问。

刘基笑道:"本来是不会退的,但现在他们看到百姓都在帮着拼死守城,知道攻城无望,就肯定会退兵了。"

"啊?"李文忠有些凌乱。建德城的防务都是他的军队一手承担的,根本没有老百姓帮助守城。因为朱元璋在江浙的根基不深,而张士诚的名声本来也不坏,所以老百姓很少参与到张、朱二人的战斗中去,况且,没受过训练的老百姓上了城墙非但起不了作用,反而会碍手碍脚。

你哪只眼睛看到老百姓在帮忙守城了?李文忠心说。

这本来就是刘基故意抖的包袱,李文忠的这些心理活动自然瞒不过刘基:"以守军现在的实力的确根本不需要老百姓帮忙,但是,如果我们能找些老百姓做出一副拼命守城、与城池共存亡的架势来……"

李文忠也是一代名将,自然一点就透,当下一拍脑门就明白了:"先生是要找人来作秀啊,明白,明白!哈哈!"

当天,张士诚的军队就看到建德城的老百姓披着简单的盔甲,举着土制的长矛出现在了城楼上。虽然跟职业士兵比起来,这些"老百姓"弓弦也拉不满,长矛也端不直,但从他们的眼神中,能看到一种"城在人在,城破人亡"的决心,演技都不错。

第一天,敌人没动静。第二天,敌人没动静。第三天,敌人还是没动静。李文忠靠在城楼上观望敌阵,郁闷地发现对面依然旌旗猎猎,战鼓阵阵，正要找刘基质问一番，却看到刘基哈哈大笑起来："他们果然不战自退了，还真是准时啊！"

李文忠不信："你在逗我玩吧？"刘基知道李文忠肯定不信："你自己带兵出去看看就知道了。"

李文忠将信将疑地带兵冲入敌营，却见果然是一座空营，只有几个老弱兵丁在击鼓。

真是神了！李文忠就像小孩缠着魔术师一样缠着刘基，问他是怎么知道敌人已经退兵了的。刘基回答说："我听他们鼓声微弱，看他们旌旗散乱，就可料定他们已经走了。"

看到李文忠的瞳孔里已经闪起了崇拜的光，刘基又语重心长地补充了一句："带兵的人，防守的时候一定要学会用民心，进攻的时候一定要会听鼓点、看旌旗，这是前人告诉我们的经验啊！"

这下，李文忠彻底服了。

刘基在建德不能逗留太久，张士诚的军队一退，他就继续出发去南京了，朱元璋还等着跟他探讨与陈友谅的最后决战呢。

看着刘基远去的背影，李文忠对即将到来的大决战充满了希望。

鄱阳决战，借助了多少地利人和

天子是用来掣肘的

......

就在朱元璋如日中天的时候，北方的红巾军正统皇帝韩林儿的日子却越过越衰。经过1358年的几轮严打，韩宋政权基本上是被历史扫进了回收站。

没过几年，韩林儿发现自己就要被彻底删除了，因为张士诚要来清空回收站了。

1363年，已经投降了元王朝的张士诚派遣大将吕珍率军十万攻打安丰，名义上是替元王朝征讨逆贼，实际上是趁火打劫捞现成便宜去了。

自从高邮围城之后，张士诚除了四处捞便宜就没怎么干过正事儿。

韩林儿苦不堪言。本来就已经被元王朝打得只剩下半口气儿，哪里还挡得住张士诚的精锐部队，半个月后，孤城安丰就陷入了弹尽粮绝的境地。

没有了粮食，就只能吃人了。现成的死人吃光了，连几个月前埋入地下腐烂了一半的尸体也被挖出来吃了。到后来连尸体都没得吃了，有人甚至发明了挖出井底的泥巴捏成丸子，用人油炸着吃这种"烹饪"方式。

人要绝望到何种境地才能激发出如此恐怖的想象力？

年少的韩林儿从没见过如此惨状，在自己的房间里日夜号哭。当年和韩山童一起创业的刘福通也没有任何办法,他唯一能够想到的只有南方的朱元璋。

此刻的朱元璋正在积极准备与陈友谅决战,收到刘福通的求援信后,他十分震惊。

虽然朱元璋跟韩林儿没有直接的联系,但至少在名义上,朱元璋还是隶属于红巾军系统,是韩林儿的臣属。而且,在他渡江发展地盘,然后又跟陈友谅、张士诚二人死磕的这几年中,韩宋一直是朱元璋在北方的坚实屏障,一旦安丰沦陷,张士诚就坐拥了淮河南北之地,对朱元璋的威胁巨大。

不管是从名义上还是从实际战略价值上,朱元璋都觉得自己应该出兵救援安丰。

刚刚结束丁忧回到南京的刘基旗帜鲜明地反对救援安丰。他回南京本来是来跟陈友谅决战的,可不是来替韩林儿跟张士诚玩命的。所以,在其他谋臣保持沉默的情况下,刘基一一反驳了朱元璋的出兵理由。

刘基首先再一次提出,张士诚是个"器小"的人,只求自保,不会有大作为,他此番攻打安丰就是单纯想扩大地盘,而不是为了实现对朱元璋的战略包围。

接着,他再次强调,陈友谅才是那个最穷凶极恶的敌人,当前的主要矛盾是背水一战的朱元璋和复仇心切的陈友谅之间的矛盾,这是不可调和的、无法避免的。他指出,一定要坚持"先陈后张,先南后北"的基本策略不动摇,因为事实证明,两线作战、四处树敌的人必将被历史的车轮碾作齑粉。更何况陈友谅本来就已经虎视眈眈了,他必然会趁这个时候兴兵来犯!

最后，面对一小撮不明真相的将领（包括朱元璋）提出的"韩林儿是我们名义上的皇帝，岂能见死不救"的疑问，刘基分析道：既然韩林儿是我们"名义上"的皇帝，那我们"名义上"去救他一下就行了，何必真刀真枪地干？

刘基说得天花乱坠，但朱元璋罕见地固执，当场否决了刘基的建议，坚持己见，决定出兵安丰。

这次，刘基也发狠了。

连三年守孝都没守完就巴巴跑回来南京，只为跟陈友谅决一死战，为了这一天我布局了这么多年，不能让一个小小的韩林儿毁掉一切！

他死死拉住朱元璋的衣角，说出了一句本不该放到台面上来说的话："主公不能出兵！即使安丰丢了，只要韩林儿一死，对我们利大于弊啊！"

朱元璋站住了脚步。虽然他一直没把韩林儿当盘菜，但刘基的话还是震惊了他。

看到朱元璋迟疑，刘基继续说道："主公想没想过韩林儿这个皇帝一开始的作用？"

只一句话，朱元璋有些开窍了。

元末红巾军最初分为东、西二系，西系的开山祖师是彭莹玉，推徐寿辉为首领，就是天完政权。东系是以韩山童、刘福通为首。韩山童死后，刘福通又物色了韩林儿，建国曰宋，号小明王。因两系的反元目标相同，便合二为一，同尊小明王。

但是，宋和天完的红巾军主力本来并没有互相协调的军事行动，还是"各有其众，各战其地"。而徐寿辉被杀后，西系的红巾军主力为陈友谅所拥有。陈友谅根本没把自己当作红巾军看，所以眼里完全没有韩林儿，韩林儿对其毫无统束之力。而朱元璋另外的敌人张士诚、方国珍不属于红巾军范畴，小明王的存在也并无意义。

"韩林儿本是红巾军的精神领袖。现在徐寿辉已死，淮河地区的红巾军全军覆没，除了你，天下再无响亮的红巾军旗号，那还要这个韩林儿有什么用！"

该说的不该说的，刘基都说了，1363年的朱元璋在政治上还是一个初出茅庐的小青年。刘基发现讨论战术战略的时候，朱元璋往往一点就透，但是一提起政治，这个人就有点儿愚钝。他研究过朱元璋的发家史，他相信如果自己早几年追随朱元璋，他绝不会允许郭子兴这样的人在朱元璋头上作威作福。

乱世之中，有枪便是草头王，枪杆子里出政权。皇帝有什么用，无非代表了一种话语权而已，用皇帝的名义来挟持各路诸侯，是历代枭雄最得意的公关手段。可是，现在连诸侯都没有了，要皇帝还有什么用？

朱元璋看着刘基，很无语。的确，刘基说的每一句话都让人无从反驳。跟后来那个杀戮无度的洪武皇帝相比，1363年的朱元璋还是一个讲义气重感情的人（这一点从他对待义父郭子兴的态度上就可以看出来）。

"韩林儿可以不救，安丰不能不保。"朱元璋最终还是撂下一句话，走了。

刘基顿时明白了，说什么都没用了。他甚至已经猜到了朱元璋的心理，他确实不想背上害死韩林儿的骂名，也不想自己的北方暴露在张士诚的锋芒下，但是朱元璋真正愤怒的是这几年来张士诚一直像赶不走的绿头苍蝇一样在耳边嗡嗡叫，咬不死人，却能烦死人。

朱元璋对张士诚已经同样忍无可忍了。

1363年三月，朱元璋以徐达、常遇春为先锋，亲率大军救援安丰。

朱元璋倾巢而出，南京空虚。刘基时刻关注着身在武昌的陈友谅，让人意外的是，陈友谅居然丝毫没有动静。所有人似乎都松了一口气，只有刘基越想越心惊。

陈友谅不是一个优柔寡断的人，他不会错过战机。他之所以等待，是在等待更好的战机。陈友谅就像一个引弓不发的杀手，弓拉得越满，箭的杀伤力越大。

而在北线战场上，朱元璋发现自己悲剧了。

等大军赶到安丰的时候，安丰城已经破了，更令人哭笑不得的是，击溃了吕珍的大军后，韩林儿被救了回来。

该来的不来，该走的不走，咋什么破事儿都让我碰上了？抓狂中的朱元璋把气都撒到了张士诚的身上：如果不是你这个私盐贩子上蹿下跳，我怎么会遇到这么尴尬的事情！盛怒之下，朱元璋做出了这一个月来第二个错误的决策：进攻庐州。

庐州就是今天的安徽合肥，攻下了庐州，朱元璋就可以打开通往张士诚老巢的一条通道，扼住张士诚的咽喉。如此重要的地方，张士诚自然会派遣重兵把守。

朱元璋再次被自己的情绪控制，至于先陈后张的策略，已经被彻底抛在了脑后。

这一次，连徐达都开始反对了。真正的敌人是陈友谅，而不是张士诚。如果说救援安丰还勉强有理由，那打庐州就纯粹是胡搅蛮缠了。但心烦意乱的朱元璋根本听不进去这些。他出兵这么久陈友谅都没有动静，他相信，陈友谅已经被自己打怕了，此刻正躲在武昌看着地图畏首畏尾地犹豫要不要出兵。

"等陈友谅这个窝囊废回过神来，我早就打下庐州回南京了。"朱元璋是这么想的。

无敌舰队遇上克星

......

此时此刻，"窝囊废"陈友谅的无敌舰队刚刚从武昌起锚。

陈友谅不是一个特别能沉得住气的人，但是朱元璋大军开赴安丰的时候，他忍了。安丰的泥潭不够深，他要等朱元璋陷进更深的泥潭不能自拔，然后，给朱元璋最致命的一击。

庐州就是陈友谅等待的那个泥潭。当朱元璋的大军在庐州城外垒砌尸墙的时候，陈友谅已经坐上了他的旗舰，身边是两百余艘超级战舰，展开后密密麻麻充斥了整个江面。

这些大舰都是龙湾之战后重新打造的，高达十几米，分为三层，可以搭载两三千名士兵。一般的战船装载的都是步兵，陈友谅的大舰却非同凡响，每一层都有马棚，骑兵可以在甲板上纵横驰骋。在空军还没出现、水战以接舷为主要战术的时代，陈友谅的"跑马母舰"是绝对无敌的存在。

陈友谅面无表情地端坐在吨位最大的那艘"跑马母舰"指挥舱的龙椅上。自从龙湾之战后，他已经受够了从巅峰到谷底的屈辱，所以这次出征，他连后路都没给自己留，非但征集了领地内几乎所有的壮丁，凑足了实打实的六十万大军，而且连文武百官和自己的妻子、孩子都随军同行了。他就像一个红了眼的赌棍,把所有筹码都往上一扔,输了就一无所有,赢了就拥有一切。

1363年四月,陈友谅的大军来到了洪都城下。这座城市曾是他的骄傲,但一年前,它背叛了陈友谅,今天,陈友谅要把它夺回来。

自从上回叛乱后,朱元璋把洪都的守将换成了朱文正和邓愈。

邓愈是一代名将,在太平—南京战役、安庆—江州战役中屡建奇功。有这样一位将胆在,洪都城的守军感觉稍微有了点儿底气。

朱文正是朱元璋的侄子,跟邓愈比起来,朱文正简直是一块渣。自从来到洪都这个灯红酒绿的大城市,纨绔子弟朱文正天天吃喝嫖赌,不务正业,太守办公室里根本找不到他,因为他不是在妓院,就是在去妓院的路上。

可谁都没想到的是,最后决定洪都命运的居然是朱文正这块渣。

收到前线军情之后,朱文正突然收起了花花公子的模样,从妓院回到自己的办公室,召开了紧急军事会议,以一个最高长官的身份用坚定的口吻对每一个将士说:"城亡人亡,我等誓死保卫洪都城!"

紧接着,朱文正立刻分配兵力防守各个城门。洪都城城门多、守军少,但朱文正分配起来却有条不紊,最后居然还给自己留下了上千人的预备队。

朱文正突然之间的华丽大变身让洪都诸将目瞪口呆,他们甚至怀疑朱文正是不是还有个双胞胎兄弟:一个负责吃喝嫖赌,一个负责运筹帷幄。

但不管眼前这个人是朱文正本人还是他的隐形兄弟,在朱文正坚毅的眼神中,大家看到了希望。

四月二十四日,陈友谅发动了进攻,他的目标是抚州门。陈友谅的选择倒是没错，这里地势开阔，非常适合大部队展开，能最大限度地发挥人数优势，可惜的是，防守抚州门的人是邓愈。

邓愈一点儿也没跟陈友谅客气，滚木礌石不要钱一样往陈友谅头上招呼。陈友谅的大军是临时组建的，没经受过良好的训练，连装备都是些临时拼凑的皮甲竹盾，对从天而降的大家伙没有丝毫抵抗力，不给砸死也砸晕过去。几天下来，城下尸体堆成了山，也没人能够登上城头一步。

六十万活人不能让一堵城墙堵死，既然攀不上墙头，就改成挖墙脚。

四月二十七日，在重盾方阵的掩护下，一队五大三粗的士兵手持砍刀接近城墙根，冲着城墙一顿猛砍。城墙上的守军看傻了眼，有力气不去砍人，干什么跟城墙过不去？心里这么想着，手里却不敢松懈，强弓硬弩往"挖墙脚大军"头上送去利箭。挖墙脚的人多了，搭云梯爬城墙的人自然就少了，墙头上的守军没有了压力，一个个探出身去，"嗖嗖"放冷箭放得别提多过瘾了。

快乐的日子总是短暂的，没过多久，守军就发现城墙真的被凿开了！常言道"只要锄头挥得好，没有墙脚挖不倒"，今日方知，古人诚不我欺！汉军非但挖开了抚州门的墙脚，还挖了有十丈那么宽的洞！

陈友谅一阵兴奋，按照历史常识，大军冲破了城墙，几乎这座城市也就离被攻陷不远了。可是接下来发生的一件事情让陈友谅泪流满面，感叹自己生错了时代。

邓愈及时调来了一支装备秘密武器的部队堵住了空缺，一阵震耳欲聋的"砰砰"声过后，第一批挖墙脚的工人应声倒地，抽抽了几下，就没气儿了。

后面的汉军面带恐惧地看着眼前这支部队和他们手中的秘密武器——火铳。

火铳这种武器其实在元朝的时候就已经登上了历史舞台，但由于射速慢、射程短、精度低等缺点，一直没有被大规模列装部队。不过，用来防守一段十余丈的墙洞已经足够了。

汉军中绝大多数人都没见过这种会发火冒烟的铁管，在巨大的枪声震慑下，攻势稍稍有所减缓，趁着这个档口，邓愈在断城后面建起了一道栅栏。

邓愈也知道，这道栅栏支撑不了多久，于是又组织施工队以这道栅栏为依托，临时砌起了一堵城墙。陈友谅当然不能让邓愈这么安心地筑墙，在他的亲自督战下，汉军像洪水一样冲向这个缺口。

朱文正也意识到了邓愈的施工队现在是全洪都城的命脉，关键的时刻派出了预备队，终于让邓愈安心地修完了城墙。

陈友谅重新解读了"挖墙脚"这个俗语，而邓愈则向陈友谅阐释了什么叫作"亡羊补牢，为时未晚"。眼看着人死了不少，挖开的城墙却又被补了起来，汉军失去了再挖一遍的勇气，终于在第二天清晨撤军。

抚州门保住了。

出师不利。这一战对汉军士气的打击是巨大的，就好像你怀揣价值六十万美元的无敌板砖气势汹汹地去找人报仇，却在高速路口被堵了整整三天，你说窝火不窝火。

可再窝火也得接着往下走啊。休息了几天之后，陈友谅放弃了抚州门，把新目标锁定了新城门。

惹不起我还躲不起吗？陈友谅是这么想的。可惜他想错了，因为新城门的守将薛显是个更惹不起的主儿。

薛显,安徽砀山人,原来是义军统帅赵均用(就是在滁州城绑架郭子兴的那个)的部将,赵均用死后投降了朱元璋,一直担任朱元璋的亲兵队长,跟随朱元璋全程参加了安庆—江州会战,洪都叛乱后被留在洪都坐镇。

这样的猛人,惹得起吗?

五月初六,汉军主力开到新城门外,还没来得及摆出攻城阵形,新城门居然开了,城里杀出一队骑兵,冲锋到汉军阵前一通乱砍,砍死了陈友谅部将刘进昭,生擒活捉了赵祥,然后又仗着马力快马加鞭就冲回城了。

汉军目瞪口呆,不少人还没反应过来就被马刀砍死了,圆睁着难以置信的大眼死不瞑目。

惹不起,真心惹不起。陈友谅本身就是个不按常理出牌的人,但是在薛显面前,他简直像个小学生一样循规蹈矩。横的怕愣的,愣的怕不要命的。陈友谅算是怕了他了,从那以后,就没敢对新城门发起猛攻。

六月十四日,陈友谅决定从洪都的沿江一侧进攻,放着强大的水军干什么不用啊。

可惜,陈友谅又打错算盘了。安庆—江州会战后,朱元璋重修了沿江一带重要城市的城防,吸取了太平和江州沦陷的教训,洪都城的城墙往内侧挪了不少,确保没人能从战舰上直接跳进城里。

所以,汉军只能乘坐小船去冲击江边唯一的水门。而守军早就准备好了长矛,汉军一来,直接就拿长矛往死里捅。本来也不是什么大不了的战术,汉军本能地抓住了伸出来了长矛,却听见"滋"的一声响，然后传来一股烤肉的香气，紧接着手掌一阵剧痛——原来守军的长矛已经被烧得滚烫了。

正是在这一系列战术之下，陈友谅打死都没能打开水门。他没辙了，只能移师土步门。在那里，陈友谅倒是小有收获，一箭射死了守将赵德胜。可惜没用，守军见到主将英勇殉国，反而更加斗志高昂，硬是没让汉军染指城墙半步。

陈友谅真的绝望了，本来在他的计划中，六十万人打下洪都还不是分分钟的事情。可结果跟他预料的正好相反，在突然变身为钢铁战士的前花花公子朱文正和一直以来发挥稳定的一代名将邓愈的通力合作下，洪都成了一台绞肉机，陈友谅留下了无数具尸体，却什么也带不走。

洪都城下一堵就是八十五天。

六十万人滞留八十五天，这是个什么概念？六十万人，既是六十万把刀，更是六十万张嘴，六十万人同时趴在鄱阳湖边喝水，能把鄱阳湖喝干一小半；六十万人同时吃饭能把鄱阳湖平原一年的产粮吃得干干净净！别人都以为统帅百万大军是件威风凛凛的事情，那是因为他们没看到百万大军留下的账单。

陈友谅没有意识到，这一切都是自己造成的，因为他犯了一个无可挽回的错误——其实他根本没有必要在洪都死磕。洪都的守军自保有余出击不足，他完全可以绕开洪都直取南京，到时候主力被陷在庐州的朱元璋就只有挨打的份儿。等打下了南京，再把朱元璋部各个击破就不是难事了。

可是陈友谅太自信了。手里有了无敌舰队和六十万大军后，他瞬间把一切失败都抛在了脑后，从而放弃了斩首行动，一心想要稳扎稳打,从洪都开始一口一口吃掉朱元璋的每一寸土地。当然,还有一个他说不出口的理由:拿了我的给我还回来,吃了我的给我吐出来。凡是背叛过我的,我一定要让你受到加倍的惩罚。

八十五天,除了换回一堆让陈友谅难以承受的账单,更给了朱元璋足够从任何一个泥潭中抽身的时间,眼看着几乎是天赐的良机正在从指缝里溜走,陈友谅急红了眼,像头狂怒的野兽一样在洪都城下嘶吼,却拿这座城市一点儿办法也没有。

战场上宿命般相遇

1363年七月初六,朱元璋率领二十三万大军出发前往洪都。

一个月前,一个叫作张子明的人来到他面前,把朱文正的亲笔求援信交给朱元璋。信上,朱文正详细描述了洪都保卫战的种种惨状,但他没有说你赶紧来救我,再不来大家一起完蛋之类动摇军心的话,反而告诉朱元璋,陈友谅这两个月伤亡惨重,粮草供应不上,只要援军一到,就能破陈汉大军。

但朱元璋的主力此刻正在庐州跟张士诚耗着,要把这支部队撤回来,同时再集结其他地区的精锐部队,至少需要一个月。

"你告诉文正,再坚持一个月,一个月后,大军一定如期赶到。"经过一番斟酌后,朱元璋说出了这句话。

在六十万大军面前再坚守孤城一个月,不是两片嘴皮子上下一碰那么容易的。他后悔之前没有听刘基的劝谏,但后悔已经来不及了,此时此刻,他只能把接下来的命运寄托在朱文正的洪都城和眼前这个信使的身上。看着朱元璋信任的目光,张子明重重地行了一个军礼。

"无论如何,我会把这个口信带到。"张子明的眼中闪过一丝决绝。

张子明的确履行了自己的诺言,以一种极为惨烈的方式:回洪都的途中,张子明被陈友谅活捉了。他假意投降陈友谅,陈友谅得意扬扬地把张子明拉到城下,想让他喊话劝降。张子明定了定神,喊出了那句寄托着朱元璋全部希望的口信:

请诸位再坚守一个月,主公的大军马上就要到了!

说罢,张子明一脸嘲弄地看着陈友谅,看着陈友谅脸上交织着愤怒与不可思议的神色。

恼羞成怒的陈友谅一刀劈死了张子明,但已经来不及了,洪都城里的守军已经看到了希望,虽然希望远在一个月之外,但总比无穷无尽的绝望要好。

已经差不多快蔫下去的洪都城再次爆发出了无敌的小宇宙。

洪都城下堆起了更多的尸体,但陈友谅无法撼动这座城池半分。

而南京这边,战争总动员的工作也在有条不紊地展开。徐达的大军不是一天两天能够撤回来的,朱元璋等得有些烦躁,有谋士给朱元璋出主意,说大军集结好之前先派一支军马过去驰援洪都。朱元璋又是担心洪都又是担心侄子朱文正的安危,心中有些犹豫,便去咨询刘基。

"哪个不长眼的家伙出的主意!"刘基一听就火了。别让我知道名字,就这点儿智商还敢来南京混饭吃?"主公!陈友谅起倾国之兵六十万大军,我们这边满打满算也不过三十万,还要分出十万来防备张士诚,现在再把二十万拆开,这仗还打不打?对于洪都,送上几万人马等于是给陈友谅下酒,对于最后的决战,少了几万人马就是少了十分气势,这种事情根本毫无意义而且得不偿失。"

朱元璋本来也只是在犹豫,经刘基一说,心里就敞亮了,再也不提分兵的事情。

一直熬到七月份,各路精锐相继在南京集结完毕。李善长督造的战船军器也相继完工,而这个时候,刘基也找到朱元璋,汇报了自己的最新科研成果:长江水位会下降一段时间,到时候陈友谅的巨舰灵活性就会受限制。

现在,是决战的最好时刻。

1363年七月初六,朱元璋的舰队也起锚了。他比陈友谅晚了三个月,可是愚蠢的陈友谅把这三个月的黄金时间浪费在了洪都城上。

天予不取,反受其咎。

现在,朱元璋把一切都准备好了,他相信,这是老天的眷顾。而老天,还将继续眷顾他。

七月十六日,朱元璋的舰队抵达鄱阳湖口。朱元璋首先派兵守住泾江口(今安徽宿松南),另派一支军马屯于南湖嘴(今江西湖口西北),切断陈友谅的归路;又派兵扼守武阳渡(今江西南昌县东),防止陈军逃跑;而朱元璋本人则亲率水师由松门(今江西都昌南)进入鄱阳湖。

就在鄱阳湖一决生死吧,陈友谅!

陈友谅看懂了朱元璋的信号,他丝毫不在意朱元璋断了自己的后路。一个把自己老婆、孩子都带在身边出来打仗的人,本来就没给自己留后路,还在乎有人断后路吗?

七月十九日,朱文正从不安的睡梦中醒来,发现洪都城外空空如也,陈友谅的大军已经撤走,现场只剩下六十万大军留下的生活垃圾和一些还在打转的锅碗瓢盆。

若不是沉重的甲胄支撑着身体,朱文正几乎要像泥一样软在地上。结束了,洪都的地狱终于结束。

而对于朱元璋和陈友谅来说,这才刚刚开始。

在听说朱元璋把大军开到了鄱阳湖,还断了自己后路之后,陈友谅嘴角冷冷一笑。

在这鄱阳湖上,今天就让我们了结这一切吧。

七月二十日,朱元璋水军与陈友谅水军分别来到了鄱阳湖,在康郎山相遇,两支军队都走了三个月的弯路,但无论如何,他们相遇在了一起,在这个宿命的战场上。

朱元璋在自己的水寨里远远望着陈友谅的舰队。

朱元璋舰队中的主力战舰大都是龙湾之战的时候缴获的。而"龙湾级"吨位的战舰在陈友谅的眼中是属于已经被淘汰的级别了。尽管隔着这么远的距离,朱元璋一方的士兵要抬起头才能看清楚大舰的全貌,再加上陈友谅还把本来就够大的大舰又排布在一起,展开数十里,"望之如山",气势夺人。人比人得死,货比货得扔,朱元璋军立刻就淡定不下来了。

这仗没法打了!除非非洲食人蚁再世,否则蚂蚁还能咬死大象不成。但刘基告诉朱元璋,蚂蚁固然咬不死大象,可是大象也踩不死蚂蚁,蚂蚁生生不息,可大象总有被耗死的一天。

而朱元璋麾下的第一号牛人徐达就是一只让大象无比头痛的兵蚁。

七月二十一日,鄱阳湖水战拉开序幕,徐达率先发起了进攻。徐达利用陈友谅战船巨大、进退不便的缺点，驾着快船以迅雷不及掩耳之势出现在陈军舰队的四方。

徐达的快船上装备了当时最先进的火器，大小火炮、火铳、火箭、火蒺藜、大小火枪、神机箭等一应俱全，这些火器对于木舰的杀伤力是极强的。经过数轮齐射把陈军轰了个灰头土脸后，徐达令旗一挥，快船分成十几个小分队从不同的方向缠上了眼前的巨舰。

这种战术已经不像蚂蚁了，而是像草原上的狼群。发现巨大的猎物后，狼群会在头狼的指挥下从四面八方包抄猎物，再凶猛的猎物也有顾此失彼的时候，只要一口被咬中，猎物就会乱了方寸，然后被更多的恶狼死死咬住，最后流血而死。

徐达的快船比狼更灵活，而陈军的巨舰比草原上任何巨兽都要笨重，徐达很快就顺利完成接舷，登上了其中一艘巨舰，紧接着，更多的快船靠上了大舰。

脚踏实地之后，没有人是徐达的对手，他把抵抗的陈军一一砍死，又把放弃抵抗的陈军一一扔进鄱阳湖喂王八后，缴获了这艘巨舰。

这是朱元璋一方当日最大的战绩。

一生都投身于水军建设事业的陈友谅也真不是吃素的，很快就组织起了有效的反击。

陈友谅的策略也很简单，当猎物大到一定程度的时候，狼群的骚扰就是被分化、被稀释。所以，他命令巨舰紧密布阵，船与船之间只留出极小的缝隙，确保快船挤不进来，两舷之间还能相互照应，然后齐头并进，像一座水上长城一样排山倒海地朝徐达的快船冲来。

狼群再狠，毕竟不是非洲食人蚁群，徐达赶紧撤退，退入第二道防线。

第二道防线由朱元璋麾下第一号水军头领俞通海指挥。在将星云集的鄱阳湖上，俞通海只是个小角色，可惜，这一刻天不佑陈友谅，就在陈军舰队逼近俞通海防线的时候，方向突然转变为逆风，陈军的势头为之一顿，而俞通海则把握住了这个千载难逢的机会，一声令下，万炮齐发，上百发实心铁炮顺着风头呼啸着朝陈军砸去，一下子砸烂陈军前锋二十余艘战舰。

这一仗从早晨打到傍晚，直到双方鸣金收兵，战斗才告一段落。

这一战别看朱元璋打得欢，在陈友谅面前，其实他也并没有占到多大便宜，陈友谅水军虽然打得中规中矩，无甚亮点，但稳中求胜，步步为营，一炮一个坑，一样压得朱元璋抬不起头来。

最倒霉的是，朱元璋的旗舰还在战斗过程中搁浅了，朱元璋的这条小命儿差点就交待在了鄱阳湖会战的第一天。

自作聪明的陈友谅

第一天的战斗互有伤亡，两边打了个平局。不过这对朱元璋来说算是个好消息。就好比一个干瘦的眼镜男和一个五大三粗的职业格斗选手打了个平手，对眼镜男朱元璋来说，这已经是不小的胜利了，但对职业格斗家陈友谅来说，却是一场耻辱的失败。

当晚的作战会议上，陈友谅气势汹汹地盯着手下的将领。将领们低着头不敢说话，事实上他们已经尽力了，可是这六十万临时凑齐的部队无论从战术素养还是训练水平都没法跟葬送在龙湾的那支精锐部队相提并论，这也是不得不面对的事实。更何况，陈军劳师远征八十多天，在洪都脚下血流成河，而朱元璋的精锐却是以逸待劳，正是锐气最盛的时候。

当然，这样的话没人敢跟陈友谅说。陈友谅是个迷信绝对力量的人，在他眼里，眼前这二十几万连大船都造不起的叫花子，有什么资格挡在自己的六十万大军和全天下战斗力最强的无敌舰队面前？

陈友谅把今天没有取胜的原因归结为朱元璋狼群战术的骚扰。而经过一天的实战，他自以为找到了应付狼群战术的最佳方法：连锁战船。

狼群能耗死一头水牛，但是啃不动一座大山。陈友谅用铁索把战船全部锁在一起，船与船之间再铺上甲板，整个舰队就变成了一座浮动堡垒。朱元璋手里的快船再多，也不足以对其形成合围之势，而且一旦人有在战船的任何一个地方接舷，舰队的骑兵就会火速赶来营救。

那一刻，陈友谅觉得自己简直是个天才。望着自己的杰作，他心里美滋滋的。

可惜，他不知道一千多年前，就在离此地几百公里的地方，也曾有一个枭雄美滋滋地打量着自己的浮动堡垒。他的战船也被锁在了一起，他的甲板上也能跑马。他也和陈友谅一样，自我感觉良好。

那个枭雄叫曹操，那个地方叫赤壁。

拜《三国演义》所赐，我们都知道那场战役最后的结果。可惜的是，陈友谅工作太忙了，放松了学习文化知识。以史为鉴可以知兴替，陈友谅身为一名领导，非但没有认真学习《后汉书》《三国志》《资治通鉴》等重要史书，连当时新出版的小说《三国演义》都没来得及去翻一翻。

没文化真可怕，陈友谅马上就会尝到恶果。

七月二十二日，经过一天的中场休息，双方参赛选手再一次出现在鄱阳湖大竞技场上。看到陈军连环战船的瞬间，朱元璋"嘶"的一声倒吸一口冷气，牙齿都直打战。

陈友谅的浮动堡垒实在是太大了，像一座山一样缓缓地压过来。朱元璋手底下的那几条船已经小到看不见了，就连徐达、常遇春这种鬼见了都要怕三分的超级猛人，都只能傻愣愣地看着，找不到下口的地方。

刘基也在朱元璋的旗舰上。这一战他全程陪同朱元璋，随时提供战术咨询。看着陈友谅的浮动堡垒，身边其他人早已目瞪口呆，刘基也一脸凝重。在敌强我弱的情况下，想要以弱胜强，唯一的方法就是借势。龙湾之战，朱元璋借的是地势，而今已经没有地势可借，但总会有别的势。

刘基立刻想到了那场陈友谅没有想到的战役：赤壁。

是的，可以借火势。

刘基的表情轻松了下来。

战场上的情况现在是一边倒，朱元璋方面已经连续发起了三波进攻，却根本撼动不了陈友谅。趁着朱元璋士气低落，陈友谅令旗一挥，发起了猛攻。面对陈友谅的碾压，朱元璋根本没有还手之力，大军节节败退，朱元璋亲手斩杀了数名带头后退的军官，才算勉强稳住了阵脚。

一战下来，朱元璋方面损失惨重。

再不采取行动就来不及了，刘基知道，一旦将士们发现眼前的敌人比身后的督战队更可怕，败局就不可避免了。

"主公，贼兵势大，正面强攻我们恐怕占不到便宜。"趁着两军重整阵型的中场休息时间,刘基凑到朱元璋进言道。

"先生难道有什么良策吗?"朱元璋刚杀了人,身上血淋淋的,红着眼问刘基。

军情紧急,刘基决定长话短说:"贼舰铁索连环,进退不便,我军何不用火攻!"

"火攻?"朱元璋心神一动,"呛啷"一声收剑入鞘。

于是,他立刻采纳了刘基的计策,命人去准备了七条快船,船上装满火药,并派敢死队操控火船。

火船很快就准备好了,兴奋之余,朱元璋突然发现一个很尴尬的问题:没有风。

是啊,月黑杀人夜,风高放火天。放火,怎么能少了风?

朱元璋像是被一盆冷水淋了头,泄气地看着刘基,一脸苦笑。他现在是彻彻底底的"万事俱备,只欠东风"。

刘基却一脸镇定,带着自信地微笑告诉朱元璋,黄昏必定会起东北风。

自从出道以来,刘基一次次地证明了自己卓越的天气预报能力。一听刘基这么说,朱元璋又来了精神,那就等呗,既然刘基说有风,那一定会有风。

到了黄昏,果然起风了,而且正是期盼已久的东北风。

刘基神了!朱元璋心里美得不行:得军师如此,夫复何求。

其实用现在的地理学知识解释,刘基预测的只是简单的陆湖风,但在那个时代掌握这门技术的人毕竟少之又少,而且往往作为顶级谋士的不传之秘。刘基没有借机装神弄鬼地搞个借东风来包装一下自己,已经很厚道了。

无论如何，东北风起，就到了放火的时候了。七艘火船一一下水，在其他快船的掩护下快速逼近陈友谅的浮动堡垒。

陈军这边，一天的恶战下来，已经一扫前天的憋屈，越打越开心。这种居高临下，我能打你、你够不着我的感觉真是好极了，所以，眼看着又有一队快船列成横阵而来，大家也没多想，列阵出击，碾碎了再说。

接下来发生的事情就一点儿悬念都没有了，一千年前在湖北赤壁发生了什么，今天就原模原样地重演了一遍，跟拍纪录片似的。

火是连锁战船唯一的克星，却是最致命的克星。风助火势，等陈友谅反应过来的时候，他引以为傲的无敌舰队已经陷入了熊熊火海。

完了，全完了。

陈友谅拼命地嘶吼，指挥水军分船、灭火，指挥那些还没着火的战船发起反击，他已经知道无力回天了，但如果就此放弃，他就不是陈友谅了。

连陈友谅自己都不知道，他这次绝望的反击几乎把朱元璋送到地狱门口。

在一片火海中，不知是有心还是无意，陈军战舰上的一名军官锁定了朱元璋的旗舰。为了能在这个距离下准确击沉敌舰，他调来了舰上最大的一门炮，并把惊慌失措的炮手重新拉回了炮位。

设定方向角和仰角，填药，装弹，瞄准，开炮。

巨大的炮弹带着呼啸声偏离了目标，砸在离旗舰一定距离的水面上。

没有多少人注意到这枚莫名其妙的流弹，除了刘基。

一直在观察陈军军阵的刘基脸色瞬间就变了，大喊一声："大难临头,快换船!"他一把拉起朱元璋,往旁边的小船上跳。朱元璋也不知道发生了什么事情,但是看到刘基难得出现一脸惊慌失措的样子,也就跟着他换了船。

对面的陈军战舰上,炮手根据刚才的弹着点重新调整了弹道。

炮身复位,重设方向角和仰角,填药,装弹,瞄准,开炮。

一个训练有素的炮手可以在五分钟内完成这一系列战术动作。

朱元璋离开旗舰的瞬间,炮弹落下,旗舰被炸得粉身碎骨。

朱元璋身边的亲兵吓得脸都白了,只要再晚一会儿,朱元璋就没命了。临阵被狙杀了主帅,战斗的胜负就很难说了。

大家看刘基的眼神都变了,想不到刘军师居然还有这样未卜先知的能力。

其实,刘基并不是神仙,他只是善于见微知著,从微小的细节中察觉事态的走向,而且刘基尤其精通火枪、火炮等热兵器作战(明朝著名的热兵器教材《火龙神器阵法》就是托名刘基所著),从发现敌舰上巨炮调动,到第一枚炮弹试射,刘基就猜到了自己这艘旗舰已经被锁定了。

其实所谓的预测未来,无非就是根据特定规律从已经发生的事情中推导出即将发生的事情,只要观察足够细致,对规律掌握足够透彻,谁都能办到。

旗舰被击毁后,朱元璋的部队出现了小小的混乱,但是随着朱元璋本人的鲜活亮相,士气反而更加高昂。朱元璋趁势挥动令旗,全军发起了猛攻。

这一战烧毁陈友谅战船数十艘,烧死陈军数万,连陈友谅的大将陈普略和他的两个弟弟都被烧死在乱军中。

此战过后，鄱阳湖战役的走向渐渐明朗，谁都能看出来，陈友谅已经不行了。

七月二十四日，狼狈不堪的陈友谅再次重整旗鼓。瘦死的骆驼比马大，被烧烤了一整天的陈友谅不敢说自己还比朱元璋强大，但他还是有信心不让朱元璋从自己身上讨到便宜。

可惜陈友谅背到了极点，因为这一天，俞通海超常发挥了。

俞通海原本是一名水贼，投降朱元璋后一直是朱元璋水军的重要将领。此人一直都是跑龙套的角色，这倒也不能全怪他，毕竟朱元璋的水军太弱小了，俞通海想发挥也没有机会。

今天，机会来了。

一大早，俞通海亲自带领着六艘快船杀进了陈军军阵。陈友谅气不打一处来，自从开战以来他就被朱元璋的快船骚扰得够呛，他受够了！

陈友谅下令，先把俞通海放进来，然后大舰结阵，关门打狗！

自打俞通海出战后，朱元璋便一直在瞭望塔上瞅着，眼看着六艘快船冲进陈友谅的战舰堆里，然后……然后就什么都看不见了。

等了很久很久，也没发现有什么动静，六艘快船像开进黑洞里一样，不见了。"估计是已经完蛋了。"朱元璋悲观地想，"俞通海是个好同志，追悼会要开得隆重点……"就在这时，他突然听到身边的人欢呼起来，朱元璋再次极目远眺，只见六艘快船硬是一艘不少地从陈友谅军阵的背后绕了出来，隔着水雾，急速行进的小船看上去非常缥缈，像游龙一般，而陈友谅的大舰拿它们丝毫没有办法。

越来越多的人看到了俞通海的六艘快船，欢呼声震天动地，朱元璋下令打开旗门，像迎接英雄一样迎接俞通海。

其实，俞通海的六艘快船一日游对陈军造成的破坏极其有限，但是，这一番戏弄却宣告了陈军的航母战斗群已经沦为了"想来就来，想走就走"的场所。朱元璋眼看着大军士气极度高昂，一声令下，大军发动了总攻。

这一战，陈友谅大军终于彻底溃败。丢下无数军械旗帜后，陈友谅退守鄱阳湖西岸的渚矶，再也不敢出战了。

不是成魔就是成佛

陈友谅做起了缩头乌龟，打死都不敢把硕果仅存的几艘主力战舰拿出来。而朱元璋虽然这几天一直追着陈友谅的屁股打，但每次看到陈友谅的超级战舰还是会有一阵心悸，他也不愿意跟死守水寨的陈友谅死磕。

一般到这个时候，都会进入一个娱乐性非常强的作战流程：骂阵。

骂阵是个技术活，既要在离对方足够远（弓箭射程范围以外）的地方，又要保证骂声传进敌军阵中。最经典的案例莫过于《三国演义》中诸葛亮骂死王朗的故事了。不过，一般很难找到能够执行这种特殊任务的专业播音人才。

所以很多时候，骂阵都是采用大合唱的形式，由全军将士齐声喊。这种做法的缺点是句法结构单一，信息容量较小，对骂阵文案的要求极高，最典型的战例还是《三国演义》里，孔明让众人齐声高喊"周郎妙计安天下，赔了夫人又折兵"，把周瑜气得吐血。

那么，有没有一种更高效便捷的骂阵方式呢？

当然有，那就是写信。既可以长篇大论，也不用担心自己随时会被射到墙上去。

为了能把陈友谅骂出来，刘基亲自捉刀代笔，以朱元璋的名义写了一封信——一封刻薄到极致的信，翻译过来大概是这样的：

老陈啊，之前你吃饱了撑的打我的池州，被我揍得鼻子不是鼻子脸不是脸的，我也没跟你计较什么，还把俘虏都还给了你，我的主要目的是能够跟你和平共处，搁置争议，共同开发。

可是你不识好歹啊，蹬鼻子上脸欺负上门来了，那我也不跟你废话，必须揍你，抢你江西的地盘也没商量，这都是为了给你个教训。

本来以为你该老实了吧，结果你还没完没了了，真是小树不修不直溜，人不修理艮啾啾，先让我在洪都蹽了一脚，又在鄱阳湖上被我老实不客气地揍了两顿，两个弟弟也被我宰了，百万大军也被我废了，你竹篮打水一场空，这不都是你活该吗？

你瞅瞅你那些战船，都跟傻大个儿似的，你再瞅瞅你那些士兵，都跟叫花子似的。你以前不挺嚣张吗？怎么不出来决一死战啊？为什么现在只敢远远躲在我身后，感觉跟我的小喽啰似的，你到底还是不是男人？

这信写得确实够缺德，让陈友谅看完后气得浑身冒烟。自从加入徐寿辉的红巾军后，他要风得风，要雨得雨，什么时候这么窝囊过？一瞬间，陈友谅感觉自己又回到了童年和青年时代，那段因为一身鱼腥味被人嘲笑、被人奚落的岁月。

"把送信的拖下去斩了！"从小积累的自卑感像火山一样爆发，他不顾两军相交不斩来使的惯例，把信使一刀砍了。砍完之后觉得还不能发泄心中怒火，又下令把抓到的俘虏全部砍了，一个不留。

但愤怒归愤怒,陈友谅依然保持着识时务的好习惯,坚守不出,只是下令在以后小规模的冲突中,对于朱元璋的俘虏绝不留活口。

这是刘基完全没想到的结果,他本来只想把陈友谅骂出来打一架,结果竟然让陈友谅亲手把自己送进了万劫不复的深渊。

真是捡到宝了。

朱元璋一时还不能理解刘基所谓的"宝"是什么,他还沉浸在陈友谅不肯出战的失落中。他不明白,自家的战俘都被杀了,刘基还在乐呵什么。

于是,刘基向朱元璋解释道,就算陈友谅被骂出阵,以朱元璋的实力也不过是再重创他一次而已,但是陈友谅现在的所作所为,却足以动摇陈友谅的根基。

朱元璋若有所悟地点点头,刘基进一步建议道:"陈友谅的杀俘之举,等于是把我军推到了必须死战的境地,而我们则要反其道而行之,非但要优待俘虏管吃管住,而且事后要把俘虏放回去,这样一来,陈友谅的军心必然瓦解。"

朱元璋一听,拊掌称善。这条计策太毒了:是跟着陈友谅送死,还是临阵投降来朱元璋这边吃白米饭、喝肉汤,是个人都能做出抉择。陈友谅本来就不得人心,这样一来,陈军连最后那点儿斗志也被消磨殆尽了。

剩下的几天里,不断有陈军士兵偷偷出来投降。开始是一个个来,后来慢慢以十人队甚至百人队的规模成批次地叛逃,而在小规模的战斗中,陈军也毫无斗志,还没接敌就纷纷溃败投降的情况屡见不鲜。

陈友谅愈发愤怒了。在这个世界上,他最痛恨的行为就是背叛。

原因很简单：他自己就是靠背叛起家的。而他表示愤怒的方式，就是杀更多的人。杀投降他的人，杀背叛他的人，杀可能背叛他的人。

没文化很可怕，但是情商低更可怕。

而朱元璋偏偏要和他反着来。随着陈友谅越来越暴戾，朱元璋变得越来越仁慈。以刘基为首的笔杆子们更是不失时机地把主帅的仁慈编成各种感人的《知音》式小故事，传遍了整个鄱阳湖。

一边是杀人不眨眼的魔头，一边是大慈大悲的佛陀，所有人都知道该怎么选择。

死撑到八月份，陈友谅终于到了众叛亲离的边缘——连他的两位仪仗队队长（左右执金吾）都叛逃了。

陈友谅终于撑不下去了。

虽然陈友谅是抱着你死我活的态度来决战的，但真到了你死我活的时候，他还是决定撤回武昌，留得青山在，不愁没柴烧。

八月二十六日，陈友谅决定全军突围。

最终谢幕的陈友谅

……

朱元璋察觉到了陈友谅的企图，早早地把大军转移到了鄱阳湖口，在长江南、北两岸设置木栅，又派兵夺取蕲州、兴国，控制长江上游，堵截陈友谅的归路。

虽然布下了天罗地网，但朱元璋还是有一丝担心。陈友谅的战舰非但体型庞大，更重要的是技术先进，依靠复杂的机关传动装置，依靠少量的桨手就能在水面上疾驰，虽然在野战中的机动性依然比不上朱元璋的快船，但是用来夺路逃命已经足够了。

这次不能让陈友谅再跑了，这小子跟蟑螂似的怎么都打不死，在龙湾让他跑了，结果没几年就集结了六十万大军差点儿把朱元璋报销了。不怕贼偷，就怕贼惦记，这次要是再让他跑了，谁知道下次鹿死谁手。

一想到这里，朱元璋就郁闷，趁人不注意的时候免不了长吁短叹、唉声叹气的。

作为朱元璋最亲近的谋士，刘基自然把朱元璋的焦虑都看在眼里。一天开完会，刘基凑到朱元璋跟前，说道："主公，今日无事，不如我们去周围农家逛逛，享受一下山水田园的恬淡吧。"

"啊？"朱元璋被刘基莫名其妙的建议搞得一头雾水，现在是大夏天，这里又打了那么久的仗，哪来的什么恬静的田园风光！

刘基不理朱元璋，自顾自地说："主公还记不记得上次我们去田间游玩，看到有农民在筑堤坝防水，主公说这是'水来土掩'？"

"嗯，好像有这事儿。"朱元璋点点头。

"那主公记不记得，农民为了防止公鸡到处乱窜糟蹋粮食，拿稻草把公鸡腿拴住，主公当时说这是'有脚难行'？"

"嗯，似乎有这事儿。"朱元璋心想年纪大的人就是爱怀旧，不过难得刘基半百的人了记性还那么好。

"当时主公还捡起路上的稻草，说这些稻草'看着是草，用着是宝'。"

"嗯，大概有这事儿。"这些都是随便玩的时候朱元璋随便说的话，哪儿记得那么清。

刘基换上了一脸得意的笑容："主公，要破陈友谅，就全靠这'用着是宝'的稻草了。"说完,刘基伏在朱元璋耳边,把计策一一说与朱元璋。朱元璋听完,一拍大腿:"先生妙计!"

当晚,朱元璋的后勤官员们就收到了一个奇怪的军令:收集稻草,越多越好。

八月二十六日,朱元璋已经完成了所有部署,而陈友谅也终于撑不下去了。当日凌晨,陈军舰队悄悄地起锚,以迅雷不及掩耳之势冲杀出来,直奔南湖觜。

我要不惜任何代价离开鄱阳湖,只要舰队进入长江水域,就没有人能够追得上我了。陈友谅是这么想的。

朱元璋早就猜到陈友谅的想法,所以一开始就在湖口部下了重兵。陈友谅远远地看见长江,却始终无法突破湖口的防线。

此路不通就换条路走,陈友谅立刻下令,舰队掉头,开足马力准备转从防御较弱的泾江突围。

朱元璋的嘴角泛起一丝冷笑,令旗一挥,早就埋伏在一旁的快船载着稻草飞快地冲到陈友谅的必经之路上,把大捆大捆的稻草往湖里丢。没过多久,湖面上就像马尾海藻似的漂满了稻草。

陈友谅的舰队很快就进入了这片死亡水域。漂浮的稻草立刻被绞进了高速转动的轮轴中,死死缠住了陈友谅引以为傲的先进科技。

那个年代的鄱阳湖还没有"污染"这一说,陈军水手怎么都没想到为什么突然会出现这么多稻草,稻草沾了水之后韧性奇佳,轻易无法处理,眼看了一个个轮轴停止了转动,舰队的行进速度立刻减缓了。

趁着这个当口,朱元璋的舰队已经围了上来,失去了速度优势的巨舰又变成了一堆毫无还手之力的傻大个,只能任由宰割。

在这场混战中,最窝火的是陈友谅。自从龙湾被康茂才欺骗的那个夜晚开始,老天仿佛跟他过不去,所有事情都那么不顺,现在居然连稻草都来跟他过不去。

陈友谅愤怒了。

这已经不是陈友谅第一次愤怒了,但这是他最后一次愤怒。

愤怒的陈友谅把头伸出舷窗,也许他想观察战局,也许他想喊点儿什么,但就在一瞬间,陈友谅感觉到自己的额头被一股强大的力量狠狠地往后一扯,他还没来得及感觉到疼痛,这股强大的力量已经撕开了他的头盖骨,深深刺入了脑髓之中,陈友谅重重地倒在了地上。

就像当年的徐寿辉,在失去知觉和生命之前,陈友谅甚至没有来得及反思自己的人生:

为什么我会失败,我比朱元璋更强大,比张士诚更雄心勃勃,我比全天下的大多数人更果断、更勇敢,也更有智慧。可是为什么失败的人却是我?

后人有无数个理论来论证为什么陈友谅的失败是必然的,但任何所谓的必然性论证无不流于成王败寇的浅薄。其实,陈友谅的失败,更像是他被老天所抛弃了,因为他总是在不该自信的时候自信,不该愤怒的时候愤怒,总是在错误的地点做出错误的决策,最重要的是,他总是在错误时间遇到错误的人。

甚至连死神都跟陈友谅开玩笑,让某个无名小卒在无意间射出的一支流矢结束了他的生命。

如果说陈友谅做错了什么,那就是他总是一次次地错失机遇,而朱元璋总是能一次次创造机遇,抓住机遇。

这才是两人之间真正的差距。

陈友谅之死标志着鄱阳湖战役的结束,而朱陈之间多年的恩恩怨怨,也终于以朱元璋的全胜告终。

鄱阳湖之役过去很多年后,朱元璋跟诸将总结说:"当年,张士诚恃富,陈友谅恃强,只有朕没什么依靠的。唯独能依靠不嗜杀人、布信义、行节俭,与诸将同心共济。"

但是,这些都是虚的,在绝对的实力面前,一切仁义道德都会黯然失色,这话虽然听上去大逆不道,却被历史证明了无数次。战斗刚刚结束的庆功宴上,朱元璋就曾心有余悸地跟刘基说:"我不该亲自去安丰(救韩林儿)。假使那时陈友谅趁我不在南京,顺流而下直捣巢穴,我进无所成,退无所归,大事去矣!今陈友谅不攻南京,而围南昌,出此下策,不亡何待!"

是的,假如陈友谅真的顺江而下直取南京,那么"不嗜杀人、布信义、行节俭"的朱元璋的命运,恐怕还未可知。

当然,历史是不容假设的。陈友谅输了,朱元璋赢了。历史就这么回事儿。

一个月后,朱元璋挥师西进,攻陷了武昌,俘虏了陈友谅的儿子陈理,陈汉政权退出了历史舞台。

从此西线无战事。

文武并进,终结了多少竞争对手

终于轮到了张士诚

结束了与陈友谅的战争，朱元璋像考完高考的学生一样，一身轻松地回到南京。刘基定下的先陈后张、先南后北战略虽然只完成了三分之一，但随着各方势力的此消彼长，到现在基本上长江流域除了苏南以东那段，其余的都是朱元璋的管辖范围。

也就是说，朱元璋到处装孙子的时代一去不复返了，"高筑墙，广积粮，缓称王"的稳重政策已经过时了。

很多人都意识到了这一点，没多久，李善长、徐达等人纷纷上表，让朱元璋称帝。

朱元璋心里也想把名片上的头衔升级一下，但是他心里也有些小小的顾虑，毕竟现在整个中国北方还在元帝国的统治之下，行事太嚣张总归不是什么好事。最重要的是，现在他头上还有个正牌皇帝"小明王"韩林儿呢。韩林儿本来就是自己救回来的，现在一脚踢开他自己称帝，也不是个事儿啊。

想到这里，朱元璋再次后悔当初不该不听刘基之言，给自己找了这么个麻烦。

于是，朱元璋发文件"拒绝"了李善长等人的好意。

当然，李善长等人不会就此"善罢甘休"。按照惯例，李善长等人继续上表，不依不饶地要朱元璋称帝，最后，朱元璋"勉为其难"地

"退而求其次",自立为王,立国号为"吴"。

很不巧的是,朱元璋这次跟张士诚的国号撞了。

张士诚的国号原来叫大周,后来投降了元朝就取消了。没多久,张士诚觉得还是做王过瘾,于是上表请求朝廷给他封王,朝廷觉得这个要求有点过分,会让自己很没面子,所以拒绝了。

张士诚气哼哼地撕毁了朝廷的诏书,自立为王。朝廷拿他彻底没辙,非但没有当场发飙,没过多久,又巴巴地跑来跟张士诚催粮食赋税。张士诚理都没理,冷笑着对身边的人说:"什么朝廷,根本就是群乞丐。"朝廷还是没辙。

而张士诚给自己定的国号,也叫吴。

历史上,朱元璋的吴国叫作西吴,张士诚的吴国叫东吴。

从时间顺序上来看,明显是朱元璋抄袭了张士诚的创意,因为张吴政权比朱吴要早一年,但是朱元璋有理由斥责东吴政权是山寨货,因为自己的西吴占据着南京。历史上,凡是国号叫吴的国家基本上都会占据南京城,换句话说,连南京都没有,你也好意思叫吴国?

奋斗了十多年,当年的穷和尚朱元璋终于称王称霸了,但是他还有一个更宏大的理想,那就是称帝。而挡在这条路上的最大障碍,就是张士诚。

在朱元璋和陈友谅死磕的那几年,张士诚也一直没闲着,他的主要工作就是吃喝玩乐,竭尽全力搞垮自己辛苦打下来的江山。

这是一项艰巨的任务,因为江浙是全中国最富庶的地区,再加上张士诚执政初期的精心打理,东吴政权呈现出一派欣欣向荣的局面。

然而在艰苦奋斗了七年之后,张士诚就深深陷入了职业倦怠期。他倒不一定是个骄奢淫逸的人,但他就是不想干活了,这大概就是所谓的七年之痒。

于是，在做了七年好领导后，张士诚堕落了。他搬出了自己的办公室，一脚踏进皇宫就再也不肯出来。

张士诚把所有工作交给了自己的弟弟张士信。

可惜，他选错了接班人，张士信比张士诚堕落得更早。当张士诚还在勤勤恳恳工作的时候，张士信已经进化为大色狼了。这家伙最有名的故事就是在家里蓄养了一支"天魔舞队"。

所谓"天魔舞"，听上去就不像是一种健康向上的娱乐形式，事实上也确实有悖于精神文明建设。具体的跳法是十六个舞女把头发梳成若干小辫，带着象牙做的佛冠，身披若隐若现的璎珞，下边再穿条超短裙，每人手执法器，翩翩起舞。

天天沉迷在这种娱乐活动中，张士信才懒得管理烦琐的政务，于是，他又转手把东吴的政务外包给了身边的参谋黄敬夫、蔡彦文、叶德新三人。

江南的老百姓难得过了几天好日子，一夜又回到了解放前。不堪其苦的老百姓编了一首歌谣相互传唱："丞相做事业，专用黄菜叶，一朝西风起——干瘪。"这种讽刺歌里的黄菜叶，指的就是黄敬夫、蔡彦文、叶德新三人，至于西风，可以指秋风，但在一小撮人别有用心的解读下，变成了对西边朱元璋西吴政权的指代。

朱元璋在平江安插了无数间谍，张士诚政权的种种劣迹都被朱元璋看在眼里。

是时候拿张士诚开刀了。比起陈友谅和张士诚，朱元璋最擅长的就是把握机遇，在正确的时间做正确的事情。

所以，现在的问题不是打不打，而是怎么打的问题了。

早在刘基回家葬母期间，宁海人叶兑曾给朱元璋写信，对征讨张士诚一事献计说："张士诚的地盘，向南包括杭、绍，北跨通、泰，而以平江为巢穴。今欲攻打，不如声言袭取杭、绍，而大军直捣平江，这是上计。张士诚的重镇在绍兴，绍兴悬隔江海，之所以很难攻克，是因为他们的粮道在三斗江门。如果带领一支军队去佯攻平江，断他粮道，一支军队攻打杭州，切断援兵，那么绍兴肯定就拿下了。等绍兴攻下了，杭州就成了孤城，湖州也就完蛋了。然后再以主力攻打平江，把平江打下了，江北各地也就可以如探囊取物了，这是下计。"

朱元璋在同刘基具体商量作战计划时拿出了这封信。刘基仔细看了叶兑的策略，边看边头点得跟鸡啄米一样，看完一拍大腿："太有才了！"

朱元璋一听很高兴，问道："那先生觉得我们是该采用上计还是下计呢？"

刘基沉吟了一会儿，回道："属下以为，可以把两计合并起来，采取先北后南、先打外围、后取核心的战略。第一步，先攻取淮东，剪除他的两翼，主要攻取泰州、通州、徐州、淮安、宿州（今安徽宿县、安丰）等苏北和淮河下游地区，逼迫张士诚把军队压缩到长江以南；第二步，扫荡浙西，攻湖州、杭州，形成对平江的包围圈；最后再用南北夹攻的战法，合围平江，彻底捣毁他的巢穴。"

刘基的策略主张着重在于一口一口蚕食张士诚，把张士诚的全部家底都逼到平江城，最后来个连锅端。

1365年十月，朱元璋命徐达、常遇春等攻取淮东。马、步、舟师水陆并进，势如破竹，相继攻克泰州、兴化，包围了高邮。

高邮是张士诚的光荣与梦想之城。十年前，张士诚在这座城市起家，在这座城市创造了奇迹，从此走上了霸业图王的道路。

高邮不能丢。得知高邮被围的消息后，张士诚一边命令高邮守将固守，一边亲自出马，拿出围魏救赵的势头猛攻宜兴、安吉、江阴等地。可惜的是，幸运没有再一次眷顾张士诚，因为这一次，张士诚的对手是徐达。

得知张士诚的动向后，徐达急令冯国胜指挥部队继续围攻高邮，自己则率军以迅雷不及掩耳之势，一下子击败了围攻宜兴的东吴军，俘获三千余人。

在张士诚还没彻底反应过来的时候，徐达又突然挥师北指，在冯国胜的配合下猛攻高邮城，很快将高邮占领，执杀守将。接着，移师淮安，打败张士诚的援军徐义所部于马螺港（今江苏涟水苏家嘴以东）。

淮安守将梅思祖见来势不可阻挡，便开城请降。

不久，徐达又分兵攻下通州、兴化、徐州、宿州、安丰、沛县，淮东地区全部平定。

张士诚的势力范围被压缩到了长江以南。

1366年五月，徐达、常遇春大兵压境江南，对张士诚的战争进入了收尾阶段。

按照惯例，决战之前要写一篇作文，用来说明为什么我要打你以及为什么你活该被打，这类作文的官方名字叫"檄文"，最有名的莫过于骆宾王的《讨武曌檄》。

这篇檄文有点儿奇特。按照古例，檄文中一般要列二十四或十大罪状，但是张士诚跟陈友谅不一样，这人确实是个好人，简历上也没有太多污点，朱元璋手下的笔杆子们勉勉强强凑出八条，而且有七条是骂不忠于元朝、诈降、不向北京上贡钱粮、谋害朝廷命官，等等，给人的感觉好像朱元璋是元朝大将似的。

只有第八条才是正文，"诱我叛将，掠我边民"。其实朱元璋对东吴岂止诱叛将、掠边民而已，他还派遣过大批间谍诈降，图谋里应外合呢，真是乌鸦落在猪身上，光看见别人黑了。这篇檄文最有意思的是替敌人骂敌人的敌人倒也罢了，檄文中还详细说明了元末形势和朱元璋自己起兵的经过。这里不但攻击元朝，对他自己的红巾军也破口大骂，指斥为妖术、妖言，否定弥勒佛，打击烧香党了。

真是天下之大，无奇不有。

而伴随着这样一篇奇葩般的檄文，朱元璋大军开拔了。

张士诚自挂东南枝

当时的东吴军队已经烂透了，从内到外，与众不同。尤其是在"黄叶菜"班底的领导下，东吴军队终于彻底沦为了一支雇佣军，有好处的仗就打，没好处的仗坚决不打。

而跟朱元璋打仗，明显是捞不到好处的。

1366年九月，朱元璋以徐达为元帅、常遇春为副将，率二十万精兵，集中主力消灭张士诚在长江以南兵力，由南向北逼近平江城。

张士诚集结兵力在湖州迎战。这一仗，张士诚下了血本，派出了自己麾下第一号猛将吕珍，以及绰号叫"五太子"的五位养子，率领数万精锐严阵以待。

这是张士诚在江南地区能集结起来的最强大的力量了，经过这么多年的经营，张士诚有信心御敌于国门之外。

理想很丰满，现实很骨感，经过一轮苦战，湖州沦陷，吕珍、"五太子"、数万精锐全部投降。

张士诚几乎跌破了眼镜。他知道自己的军队不行，但不知道这支部队已经烂到根了。

当年年底，徐达和常遇春的大军已经攻克了湖州、杭州、绍兴，平江城彻底失去了南方的屏障，而与此同时，朱元璋的部队也已经打到了平江城脚下，完成了对平江的合围。

又是一场惨烈的围城战。

张士诚是靠守城起家的，当年在四十万大军的兵锋下死守高邮，最后耗死了一代名臣脱脱，也成就了张士诚在东南的事业。

所以，张士诚对守城非常重视，也非常有心得。这几年来，他从来没有停止过对平江城城防的技术升级，不断研发各种补丁来弥补城防漏洞。

这样的城防，如果硬攻，必然会带来惨重的伤亡。不过幸运的是，在叶兑写给朱元璋的信里已经提出了一个应对策略："销城法。"

听上去就是一个特别缺德的方法，事实上也是。

此法分为两步，首先是出小股部队把平江城周围提供粮食的县邑全部打下来，断了平江城的粮食补给，等城里的粮食一吃光，张士诚就只能吃土了。

然后，朱元璋在平江城外筑起了一道比城墙还高的土墙，在土墙上又设置了三层高的木塔，士兵站在木塔里，可以轻松地看到平江城的防御情况，这下平江守军一点儿隐私都没了，中午盒饭里放了几块肉都被偷窥得清清楚楚，想站在城头随地大小便也免不了被一览无遗。

朱元璋的士兵看谁不顺眼了，架起强弓硬弩就能轰炸城墙，守军拿他们一点儿办法都没有。

这还不够，为了进一步发挥居高临下的工程优势，朱元璋还在土墙上架设了当时全世界最先进的攻城武器：襄阳炮。

所谓襄阳炮，可以看作冷兵器时代的"巴黎大炮"，是南宋末年襄阳守卫战中蒙古人发明的，一次性可以发射140公斤重的炮弹，一般人被砸到估计就只能在地上留下一张人形图，就算是坚固的敌楼乃至城墙，都能被砸开一个豁儿，当真是无坚不摧。

在如此变态的攻城手段面前，换了任何人都会吓得肝胆俱裂，再无战心。

可惜张士诚不是"任何人"，他是经历过高邮围城的人，是那个时代一等一的守城达人，在这方面，即便是在洪都创造了奇迹的朱文正，都只能甘拜下风。

1367年一月，朱元璋没顾得上过个好年，就对平江城发动了总攻。几十万大军一拥而上，骑兵在战场外围警戒，步兵在城墙下猛攻，土墙上的弓箭手、炮兵也铆足了劲儿不要钱似的往平江城里送箭矢、炮弹。

这是14世纪的陆空一体战。

张士诚不愧"守城达人"的名号，在如此狂轰滥炸之下，平江城居然没有丝毫即将沦陷的迹象，兵来将挡，水来土掩，城墙依旧耸立。

朱元璋知道平江城很难打，但他没想到这么难打。不过朱元璋不急，他已经没有了后顾之忧，粮草和兵源源源不断地送到平江城下，朱元璋耗得起。

可张士诚耗不起。

平江不是高邮，作为一座大城市，平江城内一天的消耗是惊人的。几个月后，平江的粮食就吃完了，连老鼠都成了美味佳肴，一只老鼠要卖几百文钱，你还不一定买得到。饥饿的人们再次发挥出了惊人的创造力，士卒的皮靴、骑兵的马鞍都成了"美味佳肴"，煮一煮，勉强可以充饥。

在这种情况下，张士诚只有两条路可以走：投降或者吃人肉。

作为守城达人，张士诚的理论水平是过关的，他肯定知道守城史上最经典的战例：安史之乱中的睢阳围城。757年，弹尽粮绝的睢阳守军选择了吃人肉，从睢阳守将张巡的妻妾开始，一直吃到老百姓，吃到伤兵，吃到老弱兵卒。

但是，张士诚毕竟是个好人，吃活人这种事情他做不出来。于是，他召集城中百姓说："事已至此，我实无良策，只有自缚投降，以免你们在城破时遭受屠戮。"百姓闻言伏地号哭，愿与士诚固守同死。由于城中木石俱尽，以至于拆寺庙民居制作飞炮之料。

朱元璋拥有强大的军队、伟大的将领，但是在平江，张士诚拥有朱元璋所没有的东西，那就是民心。

内无粮草，外无救兵，军民一心，全力死守，平江城居然坚守了整整九个月。打破了由朱文正在洪都创下的纪录。

但是，得民心者不一定得天下，很多时候，拳头硬才是硬道理。到第七个月的时候，张士诚就知道自己快要撑不下去了，与其坐以待毙，不如拼死一搏。

张士诚决定打出他最后的底牌："勇胜军"。

所谓"勇胜军"，就是张士诚的亲兵卫队，也是张士诚麾下最能打硬仗的一支部队，勇胜军中的十位头领被称为"十条龙"，都是些一个顶八个的狠角色，轻易舍不得拿出来用，但只要打出手，一般就锁定胜局了。

天刚蒙蒙亮，张士诚就打开了城门，"勇胜军"像下山的猛虎一样冲杀出来，可惜，他们遇到了一个最不该遇到的煞星：常遇春。

常遇春也不废话，一马当先上来就砍，同时还指挥另一位双刀猛哥王弼从侧翼绕出，夹击东吴兵，把张士诚的"勇胜军"都逼进了城边的水潭中。"十条龙"全部战死，张士诚本人马惊堕水，几乎被淹死。幸好张士诚从小在海边长大，水性好，硬是爬上了岸，被亲兵抬着逃回城中。

张士诚极度不甘心，咬咬牙，又精密谋划了十多天，带着仅存的万余亲兵再次突围而出。这一次，张士诚彻底玩命了，老实人发起飙来谁都挡不住，这一次，张士诚部越战越勇，常遇春渐渐有些抵挡不住了。

眼看胜利在望，突围在即，当时在城头观战的张士信不知道脑袋搭住了哪根筋，居然大呼："军士打累了，可以歇兵了！"然后鸣金收兵。

鸣鼓必进，鸣金必退，这是铁一般的军令，可是这个时候退兵，无论从哪个角度都说不过去，奋战中的亲兵一时之间有些不知进退。连张士诚也有点蒙了，难道突围这种事情还有中场休息这一说呢？也就是张士诚发愣的一瞬间，常遇春立刻抓住战机，组织起了更加猛烈的反击。

张士诚的军队本来就已经军心大乱了，再加上常遇春的猛烈冲击，立刻一溃千里，抱头鼠窜，张士诚在亲兵的保护下再次灰溜溜地跑回城，再也不敢出来了。

真是不怕神一样的对手,就怕猪一样的队友啊。

从治国到打仗,张士诚这辈子就毁在张士信这个傻弟弟手里了。

接下来的几个月,张士诚的生活可以用"绝望"两个字来形容。他知道自己的末日已经注定,现在只是一个时间问题了。

而这一天终于还是来临了,1367年九月八日,平江城沦陷。

要说张士诚也真是个人物,城门沦陷后,张士诚又组织起了巷战,死守每一条街道。

但这时候,连张士诚自己都知道,这不过是负隅顽抗而已,眼看着平江城不行了,自己十余年的经营即将灰飞烟灭,张士诚万念俱灰,找了一个绳子,打算自挂东南枝。

此时此刻,湖州战役中投降的前东吴大将李伯升正奉徐达之命满城搜索张士诚,正好发现张士诚吐着舌头悬挂在半空,赶紧上前解救下来,哭着劝张士诚道:"九四(张士诚小名)英雄,还怕不保一命吗?"张士诚还没来得及回答,就被紧随李伯升而来的军士捆成了粽子,扔上船,运到南京去了。

在被押往南京的船上,张士诚一直绝食,表达自己不屈服的决心。到了南京后,朱元璋派重臣李善长前来劝降张士诚,却被张士诚骂了个狗血淋头,两个人几乎动起手来。

当天夜里,趁人不备,张士诚终于上吊自杀,并且自杀成功。

张士诚就是这样的人,平时可能懦弱,可能寡断,但是每到关键时刻,从不缺少铮铮硬汉的风骨。

对于江南人民来说,张士诚是一个宽厚仁义的统治者,在他治下的江南,赋税轻敛,战端不起,这在元末乱世中已属罕见,虽然张士诚后期纵容属下贪腐，但他并不残暴，也没滥杀人，加之吴地殷富，即使东吴官员爱钱，也不是刮地皮那种贪残。反观朱元璋，在攻下江南后，由于痛恨吴人为张士诚所用，大肆搜刮江南财富，提高赋税，并且以数年时间把吴地的中小地主基本消灭干净。也难怪直到现在，江南人民依然怀念张士诚。

大元朝的穷途末路

1367年九月，随着张士诚的死亡，江南地区已经没有割据势力能和朱元璋一决雌雄了，从十年民军内耗中抽身出来的朱元璋，终于有精力把目光投向北方的大元帝国。

即使曾与陈友谅、张士诚不共戴天，朱元璋也没有忘记过自己真正的仇人是谁。是谁让他眼睁睁地看着父母饿死，是谁让他流离失所不得不四处乞讨。小时候，他只痛恨地主，痛恨官府，也曾经痛恨过上天，但随着见识的逐渐增长，朱元璋已经知道了这一切的始作俑者是大元朝，和那个高高在上的皇帝。

这才是朱元璋、陈友谅、张士诚、徐寿辉、方国珍、吴成七以及成千上万穷苦人真正的仇敌。

不过刘基心里又是另一番滋味。

一直以来他都希望能够成为一名大元朝的臣子，位列朝堂，光宗耀祖。他对大元朝倒也没什么特殊的感情，只是毕竟给大元朝打了半辈子工，大元朝虽然对不住他，但也毕竟没有什么深仇大恨。

一边是对自己有知遇之恩的新欢，一边是自己追求了半辈子的旧爱,刘基摇摇头,把纠结甩出脑袋,不想去思考这类问题。

现在更需要他来思考的,是北伐的战略。

在朱元璋主持召开的一个北伐军事会议上,大家就北伐战略展开了激烈的讨论。常遇春最擅长带骑兵,来去如风,最喜欢直捣黄龙,所以一上来就提出要给元王朝来一次外科手术式的精确打击,直接带兵冲到北京把元顺帝赶走。

对于这个试图毕其功于一役的方案,朱元璋觉得不太现实。北京再怎么说也是都城,常遇春的快速反应如果不会穿墙术的话,想攻城基本不靠谱。万一最后城没攻下,反而被各路勤王军队包了饺子,那可就危险了。

刘基同意朱元璋的意见。他提出了一个更为稳妥的战略方案,我们可以称之为灭元四部曲:

第一步,攻陷北京的屏障山东。拿下山东之后,吴军有了在华北的根据地,避免了孤军深入的危险,也保证了后勤补给稳定。

第二步,进军河南。河南就是北京的羽翼,羽翼被剪掉,就不必担心会被各种地方割据势力夹攻。

第三步,攻克北京的门户潼关。潼关一破,一方面北京的西大门大开,另一方面也阻挡了元朝的西北援军进入北京。

第四步,兵分三路,分别从潼关、河南、山东三路围攻北京。

"如此一来,则北京唾手可得。然后,主力由北京南下攻取山西,略定陕甘,则北方可传檄而定。"刘基的策略立足于一个"稳"字,在稳的基础上突出一个"快"字。而且避开了当时屯军在西部的元朝第一名将——王保保。这个计划让一向以稳重著称的李善长都拍手称好。

按照刘基的战略部署，朱元璋的北伐出奇的顺利。1367年十月下旬，北伐大军兵锋刚到淮安，当时割据山东地区的军阀王宣、王信父子就屁颠屁颠地跑来投降。徐达很高兴，大军出师，各方来归，这是个好兆头，更重要的是，接管了王宣、王信父子的势力后，徐达就可以不费一兵一卒穿过山东，等于直接打开北京的门户。

没过多久，这条令人雀跃的战报也送到了刘基的手里。刘基的神情却一如既往地淡止水，不起一丝波澜，他只是一遍一遍地细读战报。

朱元璋是个聪明人，虽然自己心里很高兴，但看到刘基的神情，还是小心地问了一句："先生莫非以为此人是诈降？"

刘基冷冷一笑，从身上取出几封信递给朱元璋，说道："这是我根据最近从山东传回来的线报分析出来的情报，王宣父子一直在积极联络山东周围各路实力，大肆储备军械粮秣，怎么看都不像是不战而降的人。"

朱元璋还是有点儿不愿意接受现实，虽然王宣就是降而复叛，对徐达的大军来说也不是什么大不了的事情，但这种失落感毕竟让人心里不舒服。

"王宣原先是想保土守城的，只是为我兵威所慑，权衡之下才不得已投降，只需慢慢消减他的羽翼，谅他在山东也掀不起大风浪。"朱元璋还是试图辩解几句，不是为王宣辩解，而是为自己的好心情。

刘基一看朱元璋怎么也说不通，于是再一次打出了自己的必杀王牌：封建迷信。

自从龙湾之战之后，刘基越来越发现，在很多事情上怪力乱神的说服力远远超过摆事实、讲道理。而刘基这些年为自己塑造的"天下第一神棍"形象也的确帮了他很大的忙。

于是,刘基又一拱手,道:"昨日我夜观天象,东北方金宿凌空,木宿黯淡,金主刀兵,则吾料定,山东方向必有干戈之祸。"

山东要打仗,谁跟谁打?还不就是徐达和王宣吗?

朱元璋到底吃了不懂科学的亏,小时候当和尚,长大了参加白莲教,一辈子都在神秘主义文化的圈圈里打转。现在听刘基一说,他顿时就蒙了。

刘基心里扬扬得意,这一招真的是高效快捷。可惜,这一招,刘基用不了多久了,他下半生的宿敌马上就要登场。那时候,曾经的制胜宝会变成刘基的夺命刀。

当然,那是几年后的事情,至少此时此刻,朱元璋还是相信刘基的。

于是,在刘基的建议下,朱元璋先给王宣写了一封信往死里夸了他一番,目的是稳定王宣的情绪,然后密令徐达大军直抵沂州城下,武力接管山东。

王宣一看把戏被识破了,没办法,只好真投降了。但此时王宣的个人信用已经破产了,心灵受到伤害的徐达再也不相信王宣了,强令他写信给儿子王信,提交出山东的全部兵权、遣散直系军队、收押高级军官等苛刻条件。

王信当然不干,枪杆硬腰杆就硬,带着兵投降,还能当个封疆大吏,光杆司令去投降,就只能给人当孙子了。

徐达很生气,"咔嚓"一刀把王宣剁了,然后发兵攻下了沂州城,又是"咔嚓"一刀,把王信剁了。

这下王信连当孙子的机会都没了。

北伐军攻下沂州的消息传回南京后，刘基研究舆图，觉得下一步应该把进攻目标锁定为山东益都。刘基的这一考虑很深远，益州位于黄河要冲之地，拿下益州，就能扼守要路，以断敌人的援兵。增援一断，则敌军必因失去了救援希望而自乱阵脚。

但这个时候刘基在解释自己的战略意图之前，假装在朱元璋面前占卜一卦，然后告诉朱元璋，占卜结果是"宜大展兵威"，乘胜攻下益都。

占卜和摆事实、讲道理双管齐下，朱元璋毫不犹豫地接受了刘基的战略，当即命徐达拔取益都，继而轻取潍州（今山东潍坊）、莱州（原山东掖县），到十二月，山东全境已在朱元璋掌握之中。

山东的攻克使元廷失去了左臂，而明军则得到了一块厚重的跳板，在战略上为北伐造就了更为有利的军事态势。

山东战役过后，地图上代表明军的红箭头就像脱缰的野马一样在大元帝国的腹地横冲直撞。

三月，箭头一分为二，气势汹汹地闯进河南，那是徐达兵分两路合围北京。北京瞬间变成了一座孤岛。

五月，又有一枚箭头自山东而起，像一支离弦的箭，直捣北京，那是常遇春的骑兵。

闰七月初一，另一枚厚重雄浑的箭头渡过黄河，直逼北京城下，那是徐达的主力部队。

闰七月二十八日深夜，一个细到几乎看不见的黑色箭头从北京逃窜而出，直直奔向北方的草原。那是元顺帝妥欢帖木儿带着后妃和儿子，很顺应天命地跑了。

八月二日，在大明帝国的舆图上，红色箭头逐渐移向西北，而北京城变成了红色。

北京光复,元朝灭亡。

是时候到方国珍了

朱元璋打下婺州后,地盘就和方国珍连成了一片。

当刘基在朱元璋军中屡立功勋、职业生涯如日中天的时候,他的老对手方国珍却一直在原地踏步。曾经,方国珍是刘基最头疼的宿敌,但是在经历了陈友谅、张士诚后,刘基的视野逐步开阔,"曾经沧海难为水",方国珍在他眼里就显得很小儿科了。

此时的方国珍以台州为根据地,同时占据了温州和台州,打鱼晒盐,吃穿不愁,早已发家致富奔小康,日子过得要多滋润有多滋润。

跟张士诚一样,方国珍不是一个胸怀大志的人,他只想保有自己的一亩三分地。他没有野心,只想当个乱世中的富家翁,因此,在强大的朱元璋面前,方国珍表现得很乖很乖,又是送金银珠宝,又是送儿子去南京当人质。

对刘基,方国珍也是巴结有加,当初刘基的母亲过世的时候,方国珍还派人前来吊孝,并且送来了大批礼物,就是为了巴结刘基。

但是,狗改不了吃屎,方国珍的两面派性格是改不了的。就在朱元璋大军征讨陈友谅、张士诚的时候,方国珍就上书承诺要投降,但他都是说说而已。朱元璋收到降书后兴高采烈地等着接收方国珍的地盘,却发现被放了鸽子。

朱元璋很生气,一声令下,胡深就带着大军气势汹汹地找方国珍评理去了。没花多少工夫就打下了瑞安,兵锋直逼温州。方国珍立刻服了,派出使者,一脸无赖相,一边赔笑一边哈腰,承诺:"等你攻下了杭州,我一定来投降!"

朱元璋决定再相信方国珍一次。

1366年,朱元璋攻下了杭州,更让他愤怒的事情发生了:方国珍非但没有如约前来投降,还立刻给北方的王保保和南方的陈有定写信,串联一气,互为犄角,共同抵御朱元璋。

朱元璋气疯了。对这种两面派,你不能以德服人,必须先上去一顿揍,把人揍怕了,他才肯服气。

于是,在相继平定了张士诚后,朱元璋立刻把方国珍的事提上了议事日程。

在定下具体讨伐方针之前,朱元璋多次与刘基"屏人密语",私下里商讨具体战略战术。

而刘基给朱元璋的方针是:"攻城为下,攻心为上。"

刘基对朱元璋分析道:"方国珍此人,言而无信,在江南群雄当中都是出了名的,主公只需要先修书一封,把方国珍一直以来的所作所为公之于众,则方国珍的盟友必定离心离德,然后再发布敕令,只诛首恶,胁从不究,鼓励部下投降,则方国珍必定众叛亲离。"

朱元璋打了这么久的仗,确实也不想在方国珍身上耗费太多兵力,因此对刘基的攻心策略大为赞赏。

没过多久,朱元璋给方国珍的一封公开信就在浙东地区流传开来,信中不厌其烦地一一列举了方国珍背信弃义的实例,大骂他是个反复小人,信义全无……一时之间,方国珍沦为笑柄。

同时,朱元璋又下令:"都是方国珍的错,其余人都是受了方国珍的蛊惑,不是真心帮他造反,如果大家能够离开方国珍,我军将既往不咎,如果有能够斩了方国珍的脑袋送给我的,我一定加官晋爵!"

做完了这些铺垫,朱元璋便命朱亮祖进占台州、温州,汤和大军直取庆元,短短数月之内,方国珍一败涂地,逃到海上,又被廖永忠的水军打败。他走投无路,只得派儿子方关奉表乞降。

方国珍打仗不行,降表写得倒挺有水平,大概内容是这样的:

我听说老天能够覆盖一切,大地能够负载全部,而做王的人,肯定是能够包容所有人的,而我也正是因为相信主公拥有天地一般广阔的胸襟,才跑来归降的。

俺老方原本是个庸才,因为没办法才造反的,从来没想过逐鹿天下,当初主公你打下婺州的时候,我就把我的儿子送到你那里当人质,这不就说明我早就看好你吗?等到主公把浙东当作大后方打理的时候,我也是忠心耿耿,从来没有惹是生非过。

那么,我为什么要抵抗主公的军队,失败了还要坐船逃走呢?因为孔子曾经说过,老子打儿子的时候,如果老子用的是小棍子,儿子就乖乖挨揍;如果老子用的是大棍子,儿子就赶紧跑,免得自己受伤还连累老子失去了慈爱的名声——我们做臣子的也是一样的心理啊!其实我当初是很想把自己捆起来投降的,但是怕主公一生气把我杀了——我死了倒不足惜,就怕世人不知道我方国珍犯了死罪,还以为是主公你不能容纳下属,那岂不是会对主公你的名声造成很大的影响吗?

这篇乞降表写得貌似卑恭,实际处处为自己的反复无常辩护,在方国珍的笔下,自己出尔反尔反倒变成了刻意成全朱元璋的名声了。

朱元璋看完这封信有些哭笑不得,却很佩服其中行文的机智,他对身边的人说:"谁说方国珍手下无人才?写这封信的人,可以说是救了方国珍一命啊!"

然后,他立刻请刘基代写书信答复方国珍,同意了方国珍的投降请求。

方国珍得信,即率部属来到汤和的营地,汤和把他送到南京。朱元璋见了他,生气地训斥道:"你为什么这样反复无常,劳我兴师动众?今日来见我,太晚了!"

方国珍赶紧叩头、谢罪。朱元璋稍稍消了气,又问道:"前些天你所上降表,出自何人之手?"

"是国珍幕下谋士詹鼎。"

"噢,是詹鼎?那你让他到南京来吧。"

詹鼎来南京后,朱元璋让丞相汪广洋授予他一个官职。

方国珍则得到了一个广西行省左丞的职位,但是不让他去上任,只让他待在南京领工资养老。

方国珍一役,朱元璋可谓完胜,虽然在攻克台州、庆元时遇到了一些抵抗,但与迎战陈友谅时常常围城数月、空国而来,以图决一死战的情况明显不同。方国珍手下的主要将帅方国瑛、徐元帅、李金院均先后率众请降,最后连方国珍本人也奉表乞降。因此,朱、方之间虽有台州、温州、盘屿之战,但并没有像鄱阳湖大战那样规模巨大的主力决战,这正是刘基攻心方略的功劳。

而刘基也终于了了一桩心事,他前半生的宿敌终于倒下了。在与方国珍明争暗斗了这么多年后,他终于成了最后的胜利者。

拔除最后的钉子户

相继消灭了陈友谅、张士诚和方国珍的势力,整个南方地区已经是朱元璋一家独大了。但也不能说他垄断了整个南方,至少放眼江南舆图,朱元璋眼里还有好几枚钉子。宋太祖赵匡胤有句名言:"卧榻之侧,岂容他人鼾睡?"不把这些钉子拔了,朱元璋睡不安生。

第一颗钉子是韩林儿,这枚钉子很容易拔。

1366年十二月,就在朱元璋和张士诚打得如火如荼的时候,在江苏瓜步(今江苏六合东南)发生了一起特大"交通事故",一艘载有多名神秘政要的船只沉没于瓜步地区,共计一人死亡。

死者的姓名叫作韩林儿,身份是大宋国皇帝。

没错,就是朱元璋眼中的第一枚钉子,小明王韩林儿。

自从安丰沦陷后,韩林儿就寄居在滁州城,虽然朱元璋不怎么理他,但几年来他的日子过得倒也逍遥,至少不愁吃不愁穿的。

1366年年初,韩林儿突然接到朱元璋的请柬,让他去南京居住。这实在不是一件好事,可是韩林儿总得去呀,谁让是朱元璋养着他呢。

来接韩林儿的人叫廖永忠,就是后来在大海上逮住方国珍的那个。韩林儿不太喜欢这个人,感觉这人看自己的眼神总是怪怪的,就像狼看着羊。怀着惴惴不安的心情,韩林儿踏上了开往南京的帆船。

船到了瓜步,韩林儿突然听到"咕噜咕噜"的声音,然后,他就发现水平面越来越高——船漏了,正在下沉!

韩林儿不会游泳,惊慌失措中,他突然发现身边的人都很镇定,扎好了裤脚,挨个儿跳下江,踩着水,看着他,却没有丝毫要去救援的意思。

韩林儿全明白了,他早就想到会有这一天,只是没想到会这么快。

直到确定韩林儿已经被淹死了,廖永忠才游上岸,换了身衣服,骑上岸边早已准备好的快马,往南京方向奔驰而去。

在大明朝的官方历史上,韩林儿之死被解释成了意外事件,但事实上,朱元璋之心,路人皆知,连朱元璋自己都懒得去澄清此类的"谣言"。

朱元璋对韩林儿一贯恭敬,即使实际上没把韩林儿的权威当回事,从名分上也从来没有少过他,那为什么突然下决心要杀了韩林儿呢?形势变化当然是一个重要原因,其中最不可忽略的就是刘基的推波助澜。

在朱元璋的麾下,最看不惯韩林儿的当属刘基,这也是刘基和朱元璋最大的分歧所在。当年救援安丰的时候,刘基就劝说朱元璋让韩林儿死了算了,但是朱元璋不听。

事实上,早在安丰之围前,刘基就已经很不爽韩林儿了。

由于朱元璋名义上是隶属于韩宋政权的,所以他曾在中书省内专门为韩林儿设了一个御座,每次都要装模作样地向着空椅子行三叩九拜大礼。其他人看朱元璋都拜了,也只好跟着拜,唯独刘基打死都不肯下拜,梗着脖子骂道:"一个放羊娃而已,拜他干什么!"

刘基非但自己不接受,而且不停地在朱元璋耳边吹风,最后,朱元璋终于做出了杀死韩林儿的决定,刘基可谓功不可没。

另一颗需要拔掉的钉子相对比较硬,他的名字叫作陈友定。

陈友定,跟陈友谅一毛钱关系都没有。

此人割据福建中部地区,是大元王朝最后的忠犬,虽然出身低微,又是元王朝四大等级中最低等的"南人",但其对元帝国的忠诚日月可鉴。

陈友定先是跟陈友谅死磕,陈友谅虽然彪悍,但在这位名字跟自己差不多的仁兄面前完全没有抵抗之力,屡战屡败,硬是被赶出了福建。

然后,陈友定把目标锁定了朱元璋。1364年,陈友定出兵朱元璋辖下的处州,虽然最后没占到什么便宜,但也让朱元璋好一阵忙活。

除此之外,陈友定跟方国珍的关系也很糟糕,因为方国珍老是在海上打劫他。

陈友定就像一条疯狗,谁对元王朝不忠,他就咬谁,悲剧的是,放眼四周,他身边就没有别的忠于元王朝的割据势力了。

疯狗咬不死人,但咬一口着实难受,朱元璋忍不了。1365年,朱元璋派遣镇守处州的胡深出兵打狗。

胡深打得无比顺利,还活捉了陈友定的大将张子玉。

这一仗让胡深有点得意忘形,于是写信给朱元璋,让他派广信、抚州、建昌三路兵马协助他一起拿下整个福建。朱元璋也对此非常高兴,他回信给胡深说,张子玉是陈友定的骁将,把他生擒必使陈友定丧胆,乘胜猛攻,没有不克的道理。

但刘基没这么乐观,在刘基看来,陈友定在福建经营了十余年,可以说是根深蒂固,不可轻视。而朱元璋当时的主力都集结在长江一线,福建方面的力量很弱小。

朱元璋没有听从刘基,他命令朱亮祖率军南征,同时令胡深率处州兵马与朱亮祖会合。

刘基很为老友胡深担忧,特地修书一封,派人送往处州,嘱咐胡深不可冒进,切记进退有序,小心应敌。

可是大军主帅是朱亮祖,此人勇而寡谋,性情粗暴,胡深身为副帅,根本没法驾驭他。

接管胡深的部队后,朱亮祖立刻挥师南下,一路孤军奋进。

听到这个消息后,刘基十分不安,为了让朱元璋出马劝阻朱亮祖南征的脚步,刘基只好再次拿出自己的"神棍理论"。

刘基找到朱元璋,告诉朱元璋说:"主公,属下昨日观天象,见日中有黑子,此主东南当损一大将!"

东南主损大将,那不就是朱亮祖和胡深的那一路大军吗?朱元璋对刘基的这套"神棍理论"是深信不疑的,但是前线传来的战报又显示战局无比顺利。在唯心主义和唯物主义之间,朱元璋很摇摆。

就在他摇摆的时间,福建方面传来新的战报:胡深在建宁城下中了陈友定埋伏,突围过程中马失前蹄被俘,不屈而亡!

继叶琛死于洪都之后,这是刘基失去的第二个前同僚,当初的处州四谋士,只剩下了刘基和章溢。

刘基得信时正在饮茶,心里一惊,手中茶杯落地,摔得粉碎。朱元璋也大吃一惊,仰天叹道:"全怪我没听刘基之言,才有此凶事!"

这次讨伐行动就此夭折,直到两年之后,随着方国珍的归降,朱元璋再次调集兵力,在汤和、廖永忠的指挥之下,才彻底攻克陈友定的治所延平,消灭了陈友定的割据势力。

而陈友定也确实是个硬茬子,明知大势已去,他对左右从官讲:"公等善自为计,我为元朝死耳!"然后服毒自杀。

但朱元璋偏不让他死,吴军将士(当时张士诚的东吴已经灭亡,而明王朝还没有建立,故朱元璋的军队称为吴军)发现了半死不活的陈友定，急忙给他灌肠洗胃，好一顿收拾，终于把陈友定救活了，然后押送到南京。

然后杀了……

陈友定此人虽然不识时务，但毕竟是大元朝末期难得的忠臣，战场之上各为其主，也是无可厚非的。所以，尽管杀了陈友定，朱元璋还是对他保持了一定的敬重，而后来由明朝史官编写的《元史》中，陈友定也被列入了忠臣传。

可谓死得其所。

随着韩林儿和陈友定的相继故去，朱元璋眼里只剩下了一枚钉子：盘踞西南地区的大夏国。

大夏国偏居一隅，乏善可陈。其开国皇帝明玉珍原是徐寿辉的部将，徐寿辉死后明玉珍不理陈友谅，自己拉大旗独立了，盘踞在四川、贵州天险之地逍遥自在地当起了刘备。

1366年，明玉珍病死，成为元末大军阀中唯一一个善终的角色，他的儿子明升继位。朱元璋没让明升过几年安生日子，1371年，已经攻克北京的明军（这时候朱元璋已经称帝，建立了大明王朝）兵临城下，明升投降，大夏国灭亡。

值得一提的是，这个明升后来跑去了高丽，跟李氏王朝的开国皇帝李成桂关系极好。此人的生育能力也极好，生了一大堆孩子，孩子又生孩子，子子孙孙无穷匮也。

至此，天下一统。

开国功臣，贡献了多少聪明才智

"神棍"变成御史大人

1367年冬,小明王韩林儿已经在江底躺了大半年,陈友谅和张士诚早已被挫骨扬灰,连渣都没有留下,陈友定已经提着他倔强的头颅去见成吉思汗了,方国珍也放弃了成为海盗王的梦想,举手投降了。而四川暂时寄存在明玉珍的儿子明升手里,朱元璋随时想要,随时都能支取。

总之,南方一片祥和。

放眼长江以北,徐达、常遇春的大军已经杀到山东,正在跟山东军阀王宣、王信父子扯皮,而北京的妥欢帖木儿已经打包好了行李,随时准备回内蒙古老家。

而"前丐帮会员"朱元璋终于走到了职业生涯的顶点:皇帝。

在朱元璋的暗示下,以李善长为首的文武百官联名上表,请求朱元璋即位称帝。

按照惯例,朱元璋又义正词严地拒绝了。

李善长当然不会把朱元璋的拒绝当真。这种名为"劝进"的游戏玩了上千年,远的不说,前不久朱元璋即位吴王的时候还玩过一次,大家都门儿清,虽然无聊,可必须玩一遍。

李善长二次上表,朱元璋再次拒绝。李善长再三上表,按照游戏规则,朱元璋这时候应该勉为其难地接受玉玺了。

可朱元璋偏偏不是一个照常理出牌的人，在勉为其难同意大家的劝进后，朱元璋又临场发挥加了一句词儿："如果老天觉得我能当皇帝，就让我登基那天晴空万里；如果老天觉得我当不了皇帝，就让那天狂风暴雨，作为对我的警告吧！"

文武百官瞬间哑口无言了。这演过了吧？不带这么玩的！万一那天真的大风大雨怎么办？也有个别死心眼的大臣满意地点点头，觉得朱元璋是真心诚意敬畏上天的，很符合儒家天人之道。

朱元璋强憋着笑，看着底下这帮大臣。他当然没把老天的旨意当回事，之所以敢说那句话，是因为私下里朱元璋早就咨询过刘基，而刘基给他的回答是，登基那天，就算不是大晴天，也绝不可能有狂风暴雨。

有了底气之后，朱元璋才敢这么演。

接下来的这段时间，刘基做了另一件事情：给帝国起名儿，也就是国号。因为刘基知道登基那天铁定不会出岔子，建国已经是板上钉钉的事情了。那么，新的国家该叫什么名儿呢？

在三千多个常用汉字中，刘基选中了"明"作为国号，他的理由是：首先，《易》曰，"日月相推而明生焉"，日月为明，明就是太阳和月亮，明象征着光明。更巧妙的理由是，朱元璋姓朱，朱就是红色的意思，与"明"字正好传承。历史上习惯把帝王姓氏和国号连起来称呼，比如李唐王朝、赵宋王朝，但怎么听都没有朱明王朝来得霸气。

朱元璋很认同这个国号，大笔一挥，一个崭新的帝国从此有了自己的名字。

1368年正月初四，这个激动人心的日子终于来临了，最妙不可言的是，正如刘基所预料的，这一天风和日丽，天朗气清，阳光格外温暖。

这下所有人都服气了：既然老天爷都没意见，谁还敢有意见？在刘基的帮助下，朱元璋狠狠秀了一把"天命所归"的把戏。

大老板朱元璋当皇帝了，手下小弟没有不鸡犬升天的道理。一时间，当年的功勋们升官的升官，分房的分房，南京顿时化成了一片欢乐的海洋。

刘基的新职务是御史中丞。

御史的主要职责是监察，具体来说就是管官的官，不光能管官，还能管皇帝，只要皇帝有什么做得不对的，御史们劈头盖脸就是一顿骂，骂完了甩甩袖子就能走，不担责任，皇帝是不能跟御史发火的。

可以说，御史是一个帝国的质量监督员。其实，朱元璋本来是想让刘基当质量总监——御史大夫的，但是刘基固辞不受，因为刘基看出来了，朱元璋这么做的目的是为了把刘基摆到台前来制衡李善长。刘基可不傻，他才不愿意给人当枪使，所以，在刘基的坚决推辞下，最后朱元璋任命汤和为左御史大夫、邓愈为右御史大夫。御史中丞刘基是御史台的三把手。

但是，汤和跟邓愈都是武将，而且常年征战在外，所以，御史台的日常工作基本还是唯刘基马首是瞻。

又不用当出头鸟，又可以手握实权，这一手玩得漂亮。

对刘基来说，御史台还算不上真正的权力中枢，但已经让他很满意了，因为在这之前，刘基的职务是太史令。

太史令的地位很尴尬，一方面，这个职位管的东西是最牛的：他管的是全宇宙，包括修订历法、夜观天象、预报天气、与神对话、算命相面、摸骨解梦，林林总总，如果出现外星人的话，理论上也该由太史令和礼部尚书共同管理。

但另一方面，县官不如现管，管天管地，总不如管人的官儿来得实在，尤其是在中国"子不语怪力乱神"的唯物主义传统中。

刘基的专业知识倒是能胜任太史令这个岗位，每次朱元璋搞占卜活动都少不了他，刘基也兢兢业业，基本每次都能回答得有模有样的。

刘基不喜欢这个职业，虽然他在加入朱元璋集团后花了大力气把自己打造成"神棍"的形象，但那是一种谋略手段，为的是让自己的计谋更加深入人心，更加容易被执行，谁知道他演得太像，结果弄假成真了。

有一次，刘基去拜访朱元璋，正好遇到朱元璋杀人。杀人这么大的事情刘基自然要问一问理由，朱元璋随便摆了摆手说，没啥，昨晚做了个梦，梦见一个人头上一摊血，然后抓了一把土敷在流血的伤口上，我觉得不祥，于是杀几个人避避邪。

刘基一听差点暴走，这是什么歪理邪说？但他也知道，以朱元璋的性格，跟他摆事实、讲道理基本等于白搭，只有用歪理邪说才能战胜歪理邪说。

于是，刘基充分利用自己太史令的身份，给朱元璋解梦道：人头上有血，这不就是个众（眾）字吗？用土敷血，就是得土得众的意思啊！

刘基这个解释的逻辑，没比朱元璋严谨多少，所以朱元璋将信将疑。刘基一看，一咬牙一跺脚又说："从这个梦来看，三天之内必有喜报！"

果然,第三天传来捷报,海宁投降了。

这下,大家更觉得刘基神了。

只有刘基知道,他不过是玩了个文字游戏而已,路上拉个算命先生都能玩的把戏。

所以在太史令这个位置上,刘基觉得很累。虽然朱元璋一直很重用他,虽然刘基也愿意别人相信自己是拥有超自然能力的神机军师,但他确实不愿意自己被别人当成神棍。

因此,接到御史中丞的任命,刘基很激动,这意味着他至少从编制上脱离了神棍的身份,一脚踏入政治家的行列了。

在这个岗位上,刘基干得更加兢兢业业。他像一台严谨的探测仪,扫描着帝国的每一个部件。很快,他发现了一个有质量问题的零件:参知政事张昶。

张昶当年是作为元朝的使节来到南京的,结果被朱元璋强行扣留在南京给他打工了。因为精通元朝行政制度,张昶很受朱元璋的器重,但是刘基一直不看好他,认为张昶心怀旧主,脚踩两条船。

刘基眼里容不得这样的沙子,他在寻找机会让张昶滚。

机会来了,有一天,张昶给朱元璋上了一份折子,大意是现在皇上已经打下了江山,不用这么俭朴了,可以及时行乐,好好享受享受"革命成果"了。

朱元璋把折子给刘基看,刘基心说天堂有路你不走,地狱无门你闯进来,机会来了,看我怎么治你。

怀着这样的想法,刘基挥着折子,一脸不经意地说:"这人恐怕是想学赵高啊!"

刘基也确实有心计，他不说张昶是个佞臣、奸臣、贰臣，只说他是赵高。要知道，赵高除了奸佞之外，还有一个敏感的身份：弑主逆贼。

刘基以为这样一来，张昶不死也得脱层皮，可出乎意料的是，这时候的朱元璋已经不是当年那个固执己见要去救援小明王的愣头青了。

这时候的朱元璋，一眼就看穿了刘基的计谋。所以，朱元璋只是笑笑，没有接刘基的茬。这件事情也就不了了之。

虽然在这件事情上，刘基的手段有失光明，但是，作为帝国的质量检查员，刘基是合格的，因为事实证明，张昶果然是个反骨仔。当他得知他的儿子在北元被重用后，便秘密修书一封，准备让儿子转呈元顺帝，表明自己身在江南，心怀塞北。

可惜，张昶不是个好卧底，信还没送出去，就被杨宪举报了。朱元璋得到禀报后，才知道刘基为什么一直和张昶不对付，于是，他把张昶杀了。

这件事情让刘基很挫败，暗暗总结："看来还是怪力乱神最好使，皇帝陛下就吃这一套。"他不知道，正是这个错误的想法，在不久的将来把他从巅峰直直摔进谷底。

不过那时候的刘基没有更多的时间去思考这个问题，因为在明帝国草创的初期，作为开国时期最出色的政治家之一，刘基还有一件更重要的事情要忙，那就是搭建帝国的政治、经济、军事、文化体系，以及营建都城，为帝国两百年的繁荣奠基。

营建皇宫舍我其谁

1366年,随着地盘越来越大,朱元璋的派头也越来越大,他开始觉得,自己的宫室,连同整个南京城都显得很寒酸,他需要重新建造一座伟大的城市,一座和帝国荣耀相匹配的国际大都市,以及一座和他朱元璋相匹配的宫殿。

这个光荣而艰巨的任务落在了刘基身上。

刘基是个文科生,工程技术绝非他所擅长,为什么建宫筑城这样的事情会落到他头上呢?原因在于,刘基精通一门比建筑学更加重要的学问:风水学。

是的,对于帝国的都城来说,最重要的是什么?不是宫室是否华丽,不是城防是否坚固,更不是基础设施建设是否完善,而是老天是否眷顾这座城市和这座城市的主宰者。

应该说,南京的风水是非常令人振奋的。金陵帝王州,南京城的风水可以用虎踞龙盘来形容,城西的石头城像一只蹲着的老虎,东北的钟山则像盘屈的卧龙。

而南京城的四周群山环绕首尾相连,钟山呈东西走向横卧于南京城东北,钟山西北,幕府山于乾卦绵延横亘,屏障长江;钟山之东,铜家山、龙王山、青龙山、大连山于震、巽两卦层层护卫,呈东北—西南走向向前包抄;钟山西面,五台山、清凉山等山峦起伏,低俯守护,为白虎砂;钟山西南,雨花台、岩山、罐子山、牛首山、韩府山、将军山、翠屏山等山丘连绵,于坤卦镇守拱卫;钟山之南有横山,状如天印的方山在远方正朝,江宁平原作为明堂平坦无垠。

可惜的是，这座城市递交到刘基手里的时候，风水已经被破败得差不多了，前有秦始皇开凿秦淮河，"水破天心"，破了南京的风水格局，后有楚庄王紫金山埋金，镇压南京王气，再加上历朝历代不科学的城市建设和野蛮施工，南京城的风水格局已经千疮百孔，地脉泄尽，王气难收。

经过严谨的推论和研究，刘基决定将南京城的整体格局往东部倾斜，在旧城白下门外约二里的地方，东向增筑新城，为的是能够聚拢钟山的王气。

为了最大限度地利用钟山的"龙头"格局，在整个城市规划中，刘基别出心裁地没有把皇宫选址在城市中央，而是选择了城市东北角——钟山脚下。

在刘基的设计中，新皇宫雄伟庄严，朴素大方，气象万千。皇城开六门，按方位对称。皇宫内部分为中、东、西三路。中路建有奉天、华盖、谨身三殿，称作"前朝"，其中以奉天殿最为宏伟，一般称"金銮殿"；用于皇帝、皇后日常处理大事及居住的乾清、坤宁二宫，称作"后廷"。前后相合，就是人们常说的朝廷。东路建有文华殿、文楼、东六宫等殿宇。西路建有武英殿、武楼、西六宫、御花园等。

宫城之外，建有一个圈城，名皇城，正方形，内有宫城。宫城与皇城及其中的建筑，合称为"皇宫"。皇城也开六门，门与门对称、等距。正南门叫洪武门，东侧叫长安左门，西侧叫长安右门，东叫东华门，西叫西华门，北叫玄武门。从洪武门到午门的千步廊上，还建有承天门、端门。皇城之内，宫城之外，东南建有太庙，西南建有社稷坛等。

皇城的布局体现了以皇室为主体的思想,以一条自南而北的中轴线作为全城的骨干,所有城内宫殿和朝廷机关沿着这条线连接在一起:东面是礼、户、兵、工部,西边是前、后、左、右军都督府。

刘基的这一方案提交上去后,得到了朱元璋的高度赞扬,一切就绪后,当年年底,皇宫破土动工。

在皇宫设计初期,朱元璋就特地嘱咐刘基,皇宫大气就行了,不必奢华,这个要求深得刘基之心,被不折不扣地执行了,既省下了钱,又降低了施工难度。

1367年十月,朱元璋攻破张士诚,正好皇宫竣工,这可能是个巧合,当然也不排除刘基为了给平江战役献礼而刻意安排了时间,但无论如何,朱元璋对此非常满意。

站在雄伟的宫殿里,朱元璋志满意得地对身边的人夸耀:这么高的宫墙,还有谁能进得来!

大家纷纷附和,只有刘基小声回了一句:人是进不来的,只有燕子才能飞进来。几十年后,燕王朱棣带着靖难大军杀进了宫城,夺取了皇位,刘基一语成谶。

与皇宫一起开工的还有南京新城,在新城的建设上,刘基依然别出心裁,并不拘泥于古制建成正方形,而是在南唐古城的基础上,利用南、西两段城垣加固加高,进而扩建,把南唐都城之外的卢龙山(狮子山)、鸡笼山(今北极阁)、覆舟山(今小九华山)、龙山(今富贵山)、马鞍山等诸山,全部圈入城内。这样就没法收拾得方方正正了,只能依山水和堤湖走向筑城,形成了一个多角的不等边形状。后又把玄武湖、秦淮河略加连接,作为护城河。新城城垣全长六十余里,上建雉堞一万三千六百十六个、窝棚二百座。城下基座用花岗岩和石灰岩砌成，上面再砌巨砖。巨砖由江西、湖南、湖北、安徽、江苏五省一百二十五个州县烧制，然后由水路运送到南京。砖侧都打印着府县、监制人和造砖人名。筑城时又在砖缝中用糯米汁或高粱汁、石灰和桐油混合的"夹浆"浇灌，以加强黏合力。

新城开城门十三座，其中通济、聚宝（今中华门）、元山（今水西门）、石城（今汉西门）四门，是由原南唐金陵城通济门、南门、龙光门、西门等旧城门改造而成的。聚宝门最为宏伟，城门上有"千斤闸"，城墙上建有藏兵洞二十六个，可供三千士兵驻守，城顶还建有高大华丽的城楼。通济门和元山门是秦淮河出入城的地方，设有水城门。正阳门（今光华门）、朝阳门和太平门分别是皇城外的南、东、北方的门户。太平门附近的城垣跨过富贵山和钟山之间的山脊，形势险要，为攻守必经之地。金川门有金川河在此出城。城墙绕过狮子山，东有钟阜门（小东门），西有仪凤门（今兴中门），是到江边的通道。

你说这么雄伟的城市，起码花掉一整年的赋税！那时候的朱元璋，还没有养成只买最贵、不买最好的习惯，本来前线的军费支出就吃紧，南京城一建，更是捉襟见肘。

刘基犯了难，一文钱难倒英雄汉，就算他刘基有通天彻地之能，也没法凭空变出钱来。

别说，刘基确实不会变钱，但刘基恰好有个朋友，据说家里有一个能够变出钱来的聚宝盆，这个人，就是当时的全球首富沈万三。

沈万三的聚宝盆当然是后人附会出来的神话，但此人家里的真金白银是实打实的，据不完全统计，沈万三家资巨万万两。这是个什么概念？直接甩大明朝巨贪严嵩几条街，他要是乐意，完全能把当时欧洲的那些穷光蛋骑士的土地全买下来。

但中国古代的商人社会地位很低，跟所有有钱人一样，沈万三阔了，急不可耐地想给自己搞个政治投资，用钱开道，杀进官场。

沈万三恰好曾和刘基有一面之缘，于是他找到了刘基，提出自己愿意承包南京城一部分的建设——自掏腰包，不要朱元璋一分钱。

刘基一听，这还了得！朱元璋是什么人？出身草根，尤其是逆袭后的草根，最恨高富帅，沈万三坐拥万贯家财本来就招人恨了，现在还敢找朱元璋来炫富？这是找死。

深知朱元璋性格的刘基好说歹说，拼命阻拦沈万三，沈万三不识好人心，以为刘基嫉妒他，一气之下干脆直接绕过刘基给朱元璋写了一封信，声称自己将承包南京城墙的三分之一段，缓解朱元璋的财政压力。

果然如刘基所料，朱元璋火冒三丈，心想：沈万三是什么东西，炫富炫到老子头上来了！朱元璋对这些有钱人本来就有偏见，想起自己小时候，父母死了都找不到地方安葬，地主像赶老鼠一样把他赶来赶去，想起自己现在，每天宵衣旰食，勤恳工作，而这些有钱人呢？每天睡觉睡到自然醒，数钱数到手抽筋，朱元璋越想越气，一怒之下决定：还是让沈万三去修城墙吧……

没办法，人穷志短，一文钱难倒朱元璋，大明王朝创业阶段，钱能省则省。

沈万三非常高兴，以为自己咸鱼翻身了，修城墙格外卖力，最后，比官方施工队还早竣工三天。

朱元璋因此更加火大，沈万三却扬扬得意，甚至有点得意忘形，他居然又提出来，要出钱替朱元璋犒劳军队！

刘基一听到这个消息,就知道沈万三完蛋了,再多的钱也保不住他了。

果然,朱元璋勃然大怒,修城墙也就算了,你还想用你的钱来拉拢我的军队,反了你了!朱元璋本来当场就想宰了沈万三,在马皇后的劝说下才改为流放云南。

一代巨富就此陨落,但沈万三的那笔巨款确实解决了南京城建工作的融资问题。

倒下了一个伟大的商人,伫立起来的是一座伟大的城市。

当然,罗马不是一天建成的,南京城也一样,朱元璋前后历时21年,征调20万户工匠,最后才建成了这座气势恢宏的明朝皇城。尽管那个时候,南京城的总设计师已经看不到这座伟大的城市了。

制定历法惨遭"退稿"

除了建造都城,刘基还有一件非常重要的事情,那就是制定历法。

可能有人会说,制定历法不就是规定哪天过年、哪天是几月几号吗?多大个事啊?其实这其中的学问大了去了。

举个例子,生活在尼罗河边的古埃及人很早就发现自己实在是生活在一片风水宝地上,因为定期泛滥的尼罗河水给古埃及人带来了肥沃的土壤,在尼罗河泛滥过后,只要把农作物种上,几乎不需要管理就会获得可观的收成。因此,古埃及人唯一必须要做的事情就是弄清楚河水什么时候泛滥、什么时候退去就行了。经过长时间的观察,他们认识到，每当天狼星第一次和太阳同时升起的那一天后，再过五六十天，尼罗河就开始泛滥，于是他们将这一天作为一年的开始，并得出一年的周期为365天。

古埃及的历法就这样成型了，有了这样的轮廓，对古埃及人来说，剩下的事情就相当简单了，没有那么多农忙时间，意味着他们有更多的时间花在其他方面，比如生产木乃伊，比如堆金字塔。

如果没有正确的历法，古埃及人只能抓瞎。与古埃及人同样辉煌的古巴比伦就是吃了历法的亏。

古巴比伦人在六千多年前就已经制定出了太阴历，一年12个月，6个月30天，6个月29天，一年354天。

所谓太阴历，就是根据月球朔望规律所制定的历法，它的弊端是显而易见的。因为地球的公转周期是365天，所以每过一个阴历年就会比太阳年少11天，三个阴历年就会比阳历年少一个多月的天数，这样下去会发生一种奇怪的现象：今年的1月是冬天，再过个十几年1月就成夏天了，这样一来，日子就没法过了，什么时候播种什么收获都没个谱。

苏美尔人也意识到了有点儿不对劲，可惜这帮人花了九百年的时间才找出哪里不对劲儿——他们需要的是每隔几年在年历上另加一个闰月，才能准确预报季节。

苏美尔人在公元前20世纪开始衰落，到公元前17世纪就销声匿迹了。虽然不能说全是不能准确定位时间的错，但肯定是多多少少吃了没有靠谱历法的亏。

所以，不管是用朔望来记月然后从月推出年，还是用太阳来纪年然后从年推出月，多多少少都会产生误差，如何最有效地避免误差，保证无论在哪一年,农民伯伯都知道该在哪一天播种、哪一天收获,就成了一件非常重要的事情。

刘基丝毫不敢小瞧推演历法这件事,他和自己的下属高翼,二人呕心沥血撰写了一部全新的历法,很不幸的是,居然被朱元璋退稿了,还在废稿上做出了最高指示:"你们再给我认真点儿,千万别出岔子。"朱元璋毕竟是农民出身,对历法的重视超过了刘基的想象。

其实刘基也很苦恼,他不是不认真,不是不尽力,而是他面前实在有一座翻不过去的山,那就是元朝天文学家郭守敬的《授时历》。这部历法实在是太过于伟大,刘基根本无法超越,他想要独辟蹊径做一部自己的历法,却被朱元璋否定了思路。

如果按照《授时历》的思路制定历法,那么根本没有可能超越郭守敬,既然如此,刘基只能选择在《授时历》的基础上修修补补,到1367年冬至,刘基终于交稿了,跟授时历相比几乎换汤不换药的《戊申大统历》四卷通过了朱元璋的审核,后来成为明朝的官方历法。

这部历法终明一代,虽屡有修订,但并未改宪。客观而论,这一次,光荣应该属于郭守敬。

当然,任何历法都有缺点,随着年久数盈,大统历的精确度也开始降低了,直到明末崇祯年间,徐光启随利玛窦采用西洋历法,写成《历书》,明代才有了详密的历法。可惜没来得及颁布,明朝就完蛋了。

大明律法的开创者

制定历法可以说是刘基作为太史令的主要职责,而作为御史中丞,刘基也接到了另一项艰巨的任务:立法。

我们常把法律叫作法度。法是一个国家的度量衡,是一个国家正常运转的轨迹,没有法律,国家机器也就没有了存在的基础。大明朝想要长治久安,必须有一套严谨完善的法律。

因此,明朝建立后,朱元璋立刻任用左丞相李善长为总裁官,御史中丞刘基、参知政事杨宪、傅王献、翰林学士陶安等人为议律官。朱元璋又专门召台宪官章溢、周祯等人商论法律,认为纲纪法度为治国之本,而振纲纪、明法度由御史台主司其职,百司庶职都取法于台宪。因此,明朝法律的制定由中书省、御史台共同完成,而刘基是关键人物之一。

这是一项艰巨的工程,因为元朝的法律简直一塌糊涂,根本没有可参考的价值。来自草原上的苍狼打打杀杀惯了,根本没有用法律解决问题的概念。元朝早期只有一部《大札撒》可以被勉强称为法律,其实严格来说,也不过是一部社会公序良俗总结和成吉思汗格言录,"系统"和"严谨"都无从谈起。

后来,慢慢接受汉文化的蒙古统治者也开始认识到法律的重要性,在元英宗的主持下修订了《大元通制》,这才总算勉强有了一部法典。

但是,在实际操作层面,后来的司法者不断地把皇帝的圣旨、中央的文件,甚至很多案件的判例放进法律中。比如某天皇帝突然说,走在路上不长眼睛，被马车撞死活该，这可能是皇帝的无心之言，但君无戏言，"马车撞死人撞了白撞"马上就会以法律形式出现在法典上。更有甚者，可能在某一次审案中，主审官头脑发昏，相信了某个小偷"上有老下有小"的哭诉，而判小偷无罪，那么在后面的司法实践中，所有有孩子和父母需要赡养的小偷都会被判无罪。

这样一来，元朝的法律变得越来越臃肿，而且越来越混乱，到最后，即便是最精通法律的官员，也不一定能够搞懂大元朝的法律。

既然没人懂，那就干脆乱来，于是，庞杂的法律变成了没有法律。这也是为什么窦娥会冤死了。

因此，朱元璋对建立明朝法律体系亲自做出了最高指示："法贵简当，使人易晓，若条绪繁多，或一事两端，可轻可重，吏得因缘为奸，非法意也。夫网密则水无大鱼，法密则国无全民，卿等悉心参究，日具刑名条目以上，吾亲酌议焉。"这段话不好懂，总结出来就是两个字，一个是简，一个是严。

简是所有人的共识，一部好的法律有很多要素，但最关键的一点是要让人看得懂。

在这一方针指导下，刘基大刀阔斧地给法律来了一次抽脂手术，为的是让肥胖不堪的法律迅速瘦成一道闪电。当然，瘦身并不是只减少条款那么简单，关键是要简约而不简单。刘基结合当时的社会现实，把律法缩减为六部分，分别为吏令、户令、礼令、兵令、刑令、工令，每大类下分数条，合计共145条令。比起元朝法律来，经过刘基删减的法律简直就是一部高度浓缩的浓汤宝。

解决了瘦身问题，大明法律的第二个指导方针是严。

严不是指严酷，而是指严格，指法网恢恢，疏而不漏，绝不放过一个坏人，也不冤枉一个好人。

要做到严酷很容易，例如一人犯罪全家株连，省心省力，暴君们一直都用它。但是，严酷的法律注定不能持久，秦二世而亡就是一个最好的前车之鉴。

因此，如何做到刚柔并济、宽严得体，刘基是颇费了一番心思的，最后成稿的《大明律》规定了十大恶，"谋大逆""谋叛""不道""不孝""大不敬"等十条"大恶"，规定"就算是遇到大赦天下，也不会放过犯下这十条罪的人"，这就是人们常说的"十恶不赦"。

与此同时，《大明律》在量刑上也充分考虑了人性化，比如它规定："未老疾犯罪，而事发于老疾，以老疾论；幼小犯罪，而事发于长大，以幼小论。"与现代法律精神是相辅相成的。

经过多次修订，《大明律》终于在1373年成稿，接着，又经过了一个漫长的阶段，几经更改，于1397年才正式颁行。《大明律》从条理上来看比《唐律》更为简明，从其体现的精神意志上来看又比《宋律》更加严厉，是中国法制史上极其重要的一部法典。

《大明律》可以说是一部凌越前古、启迪后代的重要法律文献。当代著名法学家杨鸿烈曾经盛赞这部法律：《大明律》比较唐代的《永徽律》更为复杂，又新设许多篇目，虽说条数减少，而内容俱极精密，很有科学的律学的楷模，后来的《大清律》，也都是大部分沿袭这部更定的《大明律》，可以见得这书实在算得中国法系最成熟时期的难得产物。

当然，《大明律》真正颁布的时候，刘基等人早已作古，而最后发行的《大明律》和一开始编修的法条也有很大的区别，但是无论如何，刘基等人的草创之功是不可抹杀的。

卫所制度稳定兵权

刘基为朱元璋做的另一件大事,是替大明王朝稳住了枪杆子。

《孙子兵法》开篇就说:"兵者,国之大事,死生之地,存亡之秋,不可不察也。"纵观整个中国史,所有开国皇帝最大的心病就是军队。这些皇帝大都是靠军队抢来的天下,深知手下的军人是一柄双刃剑,今天能帮自己得天下,明天也能抢走自己的天下。

枪杆子是个非常敏感的问题,跟平衡木一样必须小心翼翼。国家军事实力如果不强,难免会被欺负,甚至亡国灭种,但国家军事实力如果太强,庞大的军费开支又会把国民经济拖垮。

有没有一个两全其美的好办法,既能维持一支庞大的军队,又能少花钱甚至不花钱?这是朱元璋一直在思考的第一个问题。

困扰朱元璋的第二个问题则严重得多,那就是如何组织这支军队。

一支军队想要有战斗力,就必须有凝聚力,士兵荣誉感和归属感强烈。兵与将、将与帅之间合作无间,相互信赖。

因此,要打造一支精锐部队,最好的方法就是给予将领足够的权限,在部队内部创造层层效忠的组织结构,以江湖兄弟会和利益共同体的形式将其凝聚起来。历史上几乎所有精锐部队都会采用这样的组织结构,比如唐朝的胡兵、宋朝的岳家军、明朝的关宁铁骑、清朝的湘军。

但这种兵制的问题也是很明显的,由于统帅在军队中的威望太高、权力太大,长此以往,军人眼中只有统帅,没有皇帝,国家的军队成了统帅的私人武装。这种形式的军队,往轻里说,必然导致各自为战无法统筹,比如元朝末年的元军就处于这种状态,而最坏的情况,则是军阀割据,兵变频繁,最典型的就是唐朝中后期的节度使。

因此,靠兵变起家的宋太祖赵匡胤创造性地发明了兵将分离制度,军队平时由文官管辖,一到打仗的时候国家就临时指派一名将领指挥军队,打完仗立刻收回军权。

这样一来,将领只有指挥权但没有统兵权,有效杜绝了割据和兵变。但是这样做的副作用也是极其明显的。孙子说过,知己知彼,百战不殆。在宋代的军事体系下,别说知彼,就是连知己都做不到,因为临时委派的将领根本不可能了解自己手下的军队,谁擅长打野战,谁擅长打攻坚,谁的部队最精锐,谁的部队是银样镴枪头……这些统统不知道。这样的军队上战场,能打胜仗才怪。

生存还是死亡,这是个问题,要忠诚还是要战斗力,这更是个问题,朱元璋很纠结。

所以,朱元璋叫来了刘基,要刘基帮他想出一个完美的军队治理结构:这支军队数量要足够庞大,但是不能太烧钱;要足够忠诚,但不能是草包。

这么苛刻的条件,他也真好意思提出来。

刘基其实早就在思考这个问题了。因为这是中国历史的一个根本问题,是每一个朝代开国时期必然要面临的问题。

因此,辞别了朱元璋后,刘基的大脑立刻高速运转起来:到底存不存在这样一种制度，可以四全其美？

还真有。经过一段时间的苦思冥想，刘基向朱元璋递交了项目方案，提出了自己的设想。

刘基的计划是一个很复杂的军事组织结构，概括地说基本上包括四个方面，用来解决朱元璋面临的四个问题：

第一，从元军降兵、失地流民和犯罪分子中招募兵丁。这三个人群基数庞大，足够招募起一支数十万的常备军。

第二，给这些军人分土地，让他们种地。农忙的时候种地，农闲的时候训练，打仗的时候出征。国家设立卫和所两级行政单位集中管理这些军户，一般是5600名军人为一卫，1120人为一所。这样一来，士兵自力更生、自给自足，还能给国家创造财富，军队规模和军费开销之间的矛盾就解决了。朱元璋对此曾得意扬扬地评价说："吾养兵百万，不费百姓一粒米。"

第三，卫、所之上设都指挥使司，隶属中央管辖，但是都指挥使常年和基层官兵泡在一起训练，基本属于奶爸型，谁有什么特长、谁有什么脾气都知道。

第四，中央设五军都督府，分中、左、右、前、后五军都督，分别管辖京师及各地卫所。一旦战事起，由五军都督府派遣相应将领前往各地指挥使司调兵，到时候把所有指挥使司召集起来开个会，立刻就能了解自己麾下的部队。

这样一来，虽说不算完美，但至少有效解决了兵将问题。

不难发现，刘基创造的军事制度和隋唐时期的府兵制很相像，的确，刘基就是在府兵制的基础上查缺补漏，开发出了中国屯兵制度的巅峰：卫所制度。

朱元璋对卫所制度非常满意，一拍大腿，就是它了！当即发文全国推行。之后的二百多年里，尽管也曾与其他兵役制度相互补充，但其作为大明王朝军事制度的基础，为大明帝国的赫赫武功打下了坚实的基础。

开科取士注重全面

21世纪什么最贵？人才！这个道理古今相同。从朱元璋的发家史和元帝国的败家史，我们就可以看出，14世纪最宝贵的，也是人才。

不论是在创业期还是后来的守业期，朱元璋都如饥似渴地搜罗着人才。朱元璋这么做有两层心态，一方面，是希望人才能够为己所用；另一方面，是不希望人才为别人所用。人才这个东西，在自己的麾下是块宝，如果没在自己的掌控下就是颗地雷。为什么我们常说乱世出英雄？因为乱世人才的上升通道往往被堵塞，英雄只能在草莽间寻找自己的价值。而在太平盛世，人才都被聚集起来，谁还有心思去造反？

所以不管朱元璋的心态是出于寻宝还是挖雷，他都要竭尽所能地把所有人才聚集到自己麾下。

一开始，朱元璋采用的方法是推荐。让人才引荐人才，或者让人才自我推荐，李善长、叶兑、宋濂、刘基这些人都是被这么挖出来的。

但这种做法略显粗放，一来很难达到地毯式搜索的效果，二来难免泥沙俱下，而且会导致属下拉帮结派，只适合最初的发展阶段。

等朱元璋家大业大的时候，他就开始考虑开科取士，用公务员考试的形式搜罗人才，既公平公正，又统一标准，而且不会有遗漏。

至于开科取士的具体执行环节，当仁不让地落在了前朝进士刘基的身上。

开科取士这种做法并不新鲜，从隋朝就有，到宋朝发展出了一个小高峰。即便是在"十儒九丐"的元朝，都断断续续地开了几场科举考。

但是，当时的科举考试还不成熟，每个朝代都有不同的科举制度，比如唐代的科举考试，科目非常驳杂，除了四书五经，还要考策论，甚至考诗词，而且录取率极低，几乎是千军万马走钢丝。而宋代为了把文人都养起来，科举的录取率极高，几乎是个读书人，脑子足够好使，到最后都能考上，算是千军万马过赵州桥，虽然给了很多寒门子弟出人头地的机会，也导致了宋代冗官冗员，吃财政饭的人比纳税人还多的尴尬局面。

因此，刘基要创造的，是一个吸取前代教训、吸收前代经验的科举制度，既要保证选出来的人的确是国家需要的人才，又要保证在录取率上既不能让考生寒心，又不让官帽贬值，这些都是刘基面对的难点。

当然，这些都难不倒刘基，最后，刘基向朱元璋递交了一份令他满意的答卷。

刘基版科举的具体细节已经不可考了，因为即使是在明朝的两百年历史中，科举考试也是在不断变化中的。不过我们可以知道的是，刘基版科举考试比后来的培养书呆子的科举考试要更加灵活，更加注重素质教育。因为在文化课考试之后，刘基还专门设置了骑马、射箭、书法、数学和法律五门科目，凡是能够通过这些考试的考生，必然都是些德、智、体、美、劳全面发展的好孩子，比起后来那些书呆子，不知道实用多少倍。可惜的是，发展到后来，除了武举考试中还保留了骑、射，剩下的几门考试全部被取消了。这直接导致了科考脱离了实际、脱离了社会。

至少在刘基的时代，朱元璋可以自豪地宣称自己招入麾下的人才都是真正的实干家。

当第一场科举考试举行的时候，看着考生鱼贯进入考场，朱元璋心里别提有多美了。

君臣离心，改变了多少最初情感

朱元璋的心态变化

……

1368年秋，攻克北京的消息传到南京，朱元璋正舒舒服服地坐在刘基为他精心打造的龙椅上，享受文武群臣毕恭毕敬的朝拜，心里感慨万千。

该拥有的我都已经拥有了，普天之下莫非我土，率土之滨莫非我臣，从一无所有的放牛娃到拥有一切的九五至尊，朱元璋还没从梦幻般的人生跌宕中回过神来。但一丝忧虑已经爬上他的心头，一旦拥有就会害怕失去，占有越多，恐惧就越多，当占有了一切之后，朱元璋的恐惧已经无以复加。

他望向匍匐在脚下的群臣，这些人曾经都是忠诚的鹰犬，但瞬间也会变成龇牙的虎狼。必须在这一切发生之前，剪断所有能够威胁到自己的利爪。

只有最睿智的人才能感觉到，那一刻，朱元璋的眼神中已经透出刺骨的寒冷。

刘基感觉到了。

从朱元璋即位吴王的时候，刘基就感觉到了朱元璋的变化。那个曾经和李善长、宋濂彻夜长谈，和徐达、常遇春推杯换盏，那个义气深重，宁可人负我不愿我负人的朱重八不见了，取而代之的，是猜忌心重、疑神疑鬼、手段残忍、城府深不见底的朱元璋。

刘基首先察觉到的,是朱元璋对李善长的态度变化。李善长主管后勤,一直以来低调务实,工作严谨负责,可是自从当上丞相之后,就开始飞扬跋扈起来,公然结党营私,排斥异己。这些都是朱元璋所忌讳的,所以朱元璋私下里对他的态度已经不再那么和善了。

但刘基知道,就算李善长依旧低调,朱元璋的态度也不会比现在好很多。因为朱元璋的偶像是刘邦。

了解刘邦的人都知道,刘邦的人生可以分成两部分。当皇帝之前,他礼贤下士,宽厚待人,因此身边聚集了一大批当时一流的人才,最优质的莫过于被称为"蜀中三杰"的韩信、张良和萧何。

可是做了皇帝之后的刘邦,第一件事情就是剪除功臣。先是彭越和英布被诛杀,然后是蜀中三杰:韩信身死,萧何入狱,张良出奔。

朱元璋文化程度低,但对刘邦的研究很透彻,并且一直以刘邦自比——说到底,这还是李善长当初教给他的。

既然朱元璋已经当了皇帝,那么一直被比作当世萧何的李善长,自然不可能善终。而一直被比作当世张良的刘基,结局又能好得到哪儿去?

其实,即便是在"蜜月期",刘基与朱元璋之间的关系也没法像三国时的刘备和诸葛亮,这和他们二人的性格很有关系。朱元璋不如刘备宽仁,却跟曹操一样喜欢猜忌。而刘基也缺少诸葛亮的委婉,却和荀彧一样刚直。

在创业阶段,这些内部矛盾都可以内部处理,但随着朱元璋军事上的节节胜利,他对刘基的态度也越来越傲慢。

刘基最早感觉到朱元璋对自己态度的变化是在1367年,那时刚刚平定张士诚,朱元璋和刘基、陶安讨论夺取天下的大计。

刘基还是像以前一样，知无不言，言无不尽："主公现在的地盘越来越大，壮丁越来越多，差不多该北上收拾元朝了，腐朽的大元根本不是咱们的对手。"

陶安还没来得及插话，朱元璋就开口反驳了："地盘大，人口多，这没什么值得倚仗的，我这些年来之所以连连打胜仗，是因为我用兵谨慎，重视对手的缘故。元朝百足之虫死而不僵，你怎么能够如此轻视呢！"

这本来只是正常的讨论，但朱元璋这种抬杠的态度和说话的语气让刘基有点儿不爽。他心说，你朱元璋明明是个赌徒，最重要的几场战役全是以小博大的决死战，除此之外，不管是驰援安丰还是围剿陈友定，还真没看出你谨慎在哪儿。

当然，他可以这么想，却不能这么说。刘基继续坚持己见："主公，具体问题要具体分析，现在咱们刚刚灭了张士诚，威震天下，北方那边心慌得很呢，若是趁机长驱直入，谁敢来触咱们的兵锋？这就叫迅雷不及掩耳啊！"

刘基说得很有道理，元王朝还没从朱元璋的实力威慑中缓过神来，而朱元璋军队此时的士气和战斗力正在巅峰状态，这是北伐中原最好的时机。

朱元璋不乐意了，又强词夺理地反驳道："你懂什么！凡事要透过现象看本质！现在元朝几大军阀相互之间成犄角之势，我们哪里下得了手！不要动不动就跟我说什么长驱直入，想要毕其功于一役，一口吃不成胖子你懂不懂！如果天下真的如你所说的那么容易打，哪里还轮得到咱们！我们现在要做的是等待战机，等到大元朝自己露出破绽，我们才进攻。"

最后，朱元璋还意犹未尽地补充了一句："打仗要谨慎，不要太骄傲，骄兵必败你懂不懂！"

话说到这分上，朱元璋的情绪开始激动起来，刘基自然不好继续执拗下去，会场气氛一度陷入尴尬。

最后，还是刘基率先告退，朱元璋挥挥手，也没说什么，就把刘基打发走了。

而最让刘基郁闷的是，没过多久，朱元璋就召集全体谋士将领，讨论如何趁着大破张士诚的兵威北伐中原。一个月后，徐达就带着二十万大军出征了——这一切，都是当初刘基谋划却被朱元璋否定的策略。

这要是还看不出门道来，刘基干脆就别混了。很明显，朱元璋已经厌倦了自己像个小学生一样对刘基言听计从，他开始故意抬杠，显示自己的谋略水平不比刘基差。

这还不是最危险的，最危险的是，连朱元璋自己都发现，他的谋略水平就是比刘基差，他只能按照刘基谋划的走。

能力比领导强不一定是坏事，只要领导足够包容。可惜，刘基知道，朱元璋已经变了，如果说原先他的胸怀有海那么宽阔，那么现在也就只剩下鄱阳湖那么大了。

这一变化正是源于恐惧。当朱元璋拥有了权力之后，他开始对一切威胁到自己权力的人产生本能的恐惧。当恐惧填满心头，留给包容的胸怀自然所剩无几。

随着朱元璋权力的逐渐扩大，他的恐惧与日俱增。1368年，当朱元璋坐拥天下时，他已经不能再容忍刘基这样功高盖主的人存在了。

此时此刻，对于刘基来说，坏消息是，他在朱元璋眼中，已经不再是当年那个无所不能的"刘先生"了。

不过好消息也是有的,那就是,他的主要对手李善长,在朱元璋眼里也不再是那个亲切、值得依靠的"李先生"了。

或许有人会奇怪,李善长和刘基是什么时候成为敌人的?这两人一个管军谋,一个管后勤,似乎从来都是八竿子打不着,哪来的矛盾?

这一切,要从明初官场的权力斗争说起。

朝廷斗争需要棋子

有人的地方就有江湖,有江湖的地方就有斗争,有斗争的地方就需要人跟人抱成团。

在大明王朝长期的斗争实践中,逐渐形成了一个强大的政治团体,后人称之为淮西集团。

所谓淮西集团,其实就是淮西老乡会。明朝官员都是来自天南海北,为什么唯独淮西集团做大了呢?

因为淮西老乡会的名誉会长是朱元璋。

朱元璋是个乡土观念极强的人,尽管手下猛将如云、谋士如雨,但是真正能够得到他信任的,还是当初和他一起在淮西起家创业的原班人马,比如李善长、常遇春、汤和、周德兴等。

在这些人当中,李善长的功劳最大,官职也最高,于是理所当然地成了淮西老乡会的执行会长。

在朱元璋的偏袒和李善长的积极运作下,朝廷几乎成了淮人的天下。机要部门全部被淮人掌控,相互之间结党营私,一时权倾朝野,以至于当时普通的官员以说淮西方言为荣。

而刘基是被排除在淮西集团之外的，因为他既不是淮人，也不是最早跟着朱元璋起兵的人。在这场政治竞跑中，刘基先天就输在了起跑线上。

但刘基也不是省油的灯，他背后也有一个老乡会——由朱元璋渡江后所招浙东儒生构成的浙东集团，主要成员就是刘基和章溢。

不过，浙东儒生本来就不是特别受朱元璋信任，再加上刘基一直以幕僚身份参与朱元璋集团的核心决策，地位高，身份却不高，导致了浙东集团的凝聚力也不如淮西集团，相对而言更像个松散的共同体。如果把淮西集团比作北约，浙东集团也就相当于非盟。这种情况直到刘基担任御史中丞、掌控御史台后才开始改观。

前面说过，御史是一群不受制约的骂将，理论上他们可以找任何人的茬，骂任何人，战斗力极为强悍。刘基掌控了言官集团，等于掌控了"国之利器"，瞬间就从手无寸铁的谋士变身为手握大杀器的人物。

终于拥有了和淮西集团抗衡的资本，刘基怎么会错过，于是，在他的苦心经营下，浙东集团与言官集团资源整合，一个强大到足以和淮西集团分庭抗礼的政治集团诞生了。

而朱元璋这个时候也已经有点儿不太理李善长了。他虽然是淮西老乡会的名誉会长，但现在全中国都是他的，他自然不能坐视淮西集团一家独大，特别是淮西集团垄断了相权，一旦李善长做大，对皇权难免产生威胁。

这里涉及一个更深层次的矛盾：相权和皇权的矛盾。

理论上，皇帝是国家的最高统治者，但是皇帝本人的精力实在有限，再加上皇帝的能力本身也是良莠不齐，国家大事一个人根本管不过来，就需要有人来帮他打理。这个人就是丞相，国家的管家。

很早以前，皇帝和丞相相处是很融洽的，因为那时候国家的事情本来就少，很容易分权。但随着国家越来越大，机构越来越庞杂，皇帝发现他管不过来的事情越来越多，而这些皇帝管不过来的事情，则都成了丞相的权责，相权也就越来越大。

权力总量是守恒的，相权坐大，就意味着皇权旁落，历史上有许多皇帝意识到了这个问题，于是努力削减相权，但是鲜有成效。原因很简单，一个几十口人的大家族都得请个管家，有着几千万人口的国家怎么可能不设丞相？这是客观事实，没有办法的。

但朱元璋就是要人定胜天，他打定了主意要跟延续三千年的相权死磕。为了这个目的，他当然不能眼看着丞相李善长的势力日益庞大，而刘基和浙东集团正是制约淮西集团的一颗棋子。

李善长也逐渐感觉到了来自浙东集团的威胁。行军打仗，他不如刘基，后勤保障，刘基不如他，但是要说起搞政治，两个"老狐狸"正好棋逢对手。

在这场你死我活的斗争中，刘基占了先手。1368年5月，刘基率先下手了。

抢先牵制淮系集团

被刘基拉出来开刀的倒霉蛋叫李彬。

1368年五月，朱元璋去汴梁出差，临走之前嘱咐刘基一定要履行好监察的职责，凡是贪官污吏全都抓出来，就算是宫里的人，也不要手软。

受到朱元璋如此高度的信任,刘基自然要做出一点成绩来。偏偏就在这个时间节点上,李善长的亲信,丞相秘书(中书省都事)李彬东窗事发,被查出严重的经济问题。

明朝初期虽然政治相对清明,但是用经济问题去查当时的官员一样一查一个准,这本来不是什么大不了的问题,李彬倒霉就倒霉在,偏偏在刘基要大干一场的时候被捅了出来。

更重要的是,他还是淮西集团的内围成员。

那还有什么好客气的,刘基大笔一挥,立刻向皇太子朱标弹劾李彬。朱标派人调查,结果显示情况属实。几天后李彬被捕,经过一番没有悬念的审问,最后被判决:当斩。

李善长很生气,打狗还要看主人,刘基擅作主张要杀李彬,分明就是跟自己过不去。

李善长知道刘基的用意,因此他更要保住李彬。于是,他亲自找到了刘基,动之以情,晓之以理,讲道理,谈条件,可刘基就是软硬不吃。

一方面,刘基需要一个敲打淮西集团的机会;另一方面,他也的确痛恨贪官污吏,所以这件事情没得商量。

李善长没办法,只能退而求其次,想把这个李彬的死刑拖到朱元璋回南京再执行。明朝执行死刑非常谨慎,必须要皇帝亲自批准后才能上刑场,李善长的想法是希望用这段时间再活动活动,打点打点。

大事化小,小事化了的"拖"字诀是每一个官场老油条都懂的。

刘基当然明白李善长的想法,本着做事做绝的原则,刘基连夜派人送信给身在汴梁的朱元璋,把李彬的种种劣迹生动形象地讲述给朱元璋。

朱元璋比刘基更恨贪官污吏,一看完刘基的信气得哇哇叫,当即做出最高指示:"杀!"

事情到了这个份上,李彬的脑袋已经离落地不远了。李善长决定打出最后的底牌,他相信这张牌一出,刘基必然无法招架。

原来,当时南京地区大旱,李善长正在准备祈雨工作,于是,他找到了刘基,说:"这个时候杀人,不祥!"

事实证明,玩这种把戏,李善长还太嫩。拿封建迷信说事儿,这可是刘基的专利。在刘基看来,李善长放弃自己擅长的,却要在这个领域跟自己较量,实在是班门弄斧。

刘基想都没多想就回话说:"武王消灭纣王之后,年景立刻好起来了;卫国讨伐了邢国之,旱情立刻就缓解了。只要杀了李彬,老天必定下雨!"

李善长顿时没话说了,在刘基这个老牌"神棍"面前,他甚至都不知道该怎么反驳。

最后,李善长终究没能保住李彬,第一回合,刘基胜。

但刘基没有注意到,李彬脑袋落地的一瞬间,浮现在李善长嘴角那丝不易察觉的微笑。

李彬死了,刘基曾预言杀了李彬天就会下雨,许多人都相信刘基的预言。刘基无数次成功预报天气,人们相信,这一次他也不会错。

可问题是,即使气象卫星预报出来的天气都有不准的时候,更不用说刘基的纯人力预报了。更何况,刘基的那番话其实是被李善长逼出来的,他根本没有经过精确地推算。

因此，直到朱元璋回到南京，传说中的雨也没有来。

这个时候，李善长出击了，狞笑着使出了他真正的杀招。

他先是指使爪牙上书诋毁刘基，指责在这件事情上刘基借助天意为己谋私，等火候差不多了，李善长亲自上奏折，弹劾刘基借助乱离怪神的那一套理论"执法专恣"。

李善长这一手太狠了。朱元璋并不在乎李彬的死活，但他在意的是有人专权。他扶植浙东集团的目的就是要制衡淮西集团，绝不希望刘基成为第二个权臣。

刘基瞬间陷入了被动，这个时候，除了见招拆招，他没有更好的选择了。

于是刘基立刻上书为自己辩解，申明自己并不是假借天命专权妄为。

那么怎么解释杀了李彬天却没下雨呢？刘基说，这是因为我们做的好事还不够，光杀李彬还不足以感动上天，想要感动上天，还必须再做三件事：

第一，撤销寡妇营。

第二，好生安葬在服徭役的时候死去的工人。

第三，恢复原张士诚部投降军官自由民的身份。

这三件事情需要解释一下。

所谓寡妇营，是朱元璋本人出的主意，他要求把所有阵亡将士的遗孀全部集中在一个地方居住，终生不得接触其他男人。朱元璋最初定下这条法令的用意是稳定军心，让将士们没有后顾之忧地上前线卖命。但是，从人本主义的角度来看，这条法律对于阵亡军人的遗孀来说，是极度不人道的。

第二件事情好理解，第三件事情说的是打败张士诚后，朱元璋实在太痛恨张士诚了，把他本人挫骨扬灰不够，还下令把从张士诚那里投降过来的军官全部充军，发配为奴。如今明军还在和元军残部打仗，朱元璋的这种做法无疑是会丧失民心的。

可见，刘基提出的每一个要求都是针对朱元璋本人做出的错误决定，刘基早就想进谏朱元璋废除这些苛政暴政了，但一直没找到机会说，正好趁此机会，打着求雨的名义跟朱元璋提了意见。

在这个与李善长斗法的节骨眼上，刘基心里竟然还想着寡妇营的悲苦、役工的尸体和被发配为奴的东吴降将。

听到这三件事，李善长也蒙了。刘基这不是自己找死吗？且不说最后是不是真的会下雨，光提出这样的要求，就足以让朱元璋火冒三丈了。

朱元璋的确很生气，他感觉刘基是在抽自己的耳光。但是在天气预报这种事情上，他还是相信刘基的。

于是，他点头同意了。

这下李善长可以确定，刘基死定了。

刘基也知道自己死定了。他已经习惯了用天气预报、星象预测那一套做幌子来发表自己的军事政治观点，但这一次真的玩大了，他不确定自己能不能安全收场。

但有一点刘基可以肯定，即使最后这一招玩砸了，至少，他已经为国家、为百姓做了三件实事了。这就值了。

很快，朱元璋签发诏令完成了刘基的三个要求。这段时间，刘基请求老天破例下场雨，但老天依然晴空万里。

一个月过去了，刘基预言中的雨还是没有出现。那些对刘基寄予厚望的人纷纷摇头叹息，感慨刘基老矣，当初的神机妙算似乎过时了，连老天爷都不买账了。至于李善长则暗自得意，这一回合的较量，胜利属于淮西集团，光荣属于他李善长。

而朱元璋则陷入了无尽的愤怒中，他意识到自己被刘基骗了，擅长举一反三、触类旁通的朱元璋甚至进一步意识到，刘基已经用他的那套理论骗了自己很久了。

你可以侮辱我的人格，但不能侮辱我的智商。

朱元璋很生气，后果很严重。

君臣离心韬光养晦

朱元璋的愤怒像当年龙湾的那场暴雨，来得迅猛，谁都能看出来，朱元璋已经很不爽刘基了。

朝臣之间再怎么斗，最后决定胜负的裁判还得是皇帝陛下，刘基之所以能跟淮西集团斗法，说到底也是倚仗朱元璋撑腰，无论如何，朱元璋这根儿粗大腿不能丢。

这时候，正好家中传来消息，刘基的二夫人病逝。刘基决定趁此机会离开暴风雨的中心，这样既能化解朱元璋的愤怒，也能掩护浙东集团的主力。

于是，刘基向朱元璋递交了辞职申请。正在愤怒中的朱元璋非常流于表面地挽留了一番，就让刘基滚了。

当然，刘基的主要目的是避祸，而不是真的归隐，所以卷铺盖之前，刘基在御史台布置了一颗小小的棋子：杨宪。

杨宪这个人之前露过几次脸，参与修订法律有他，举报张昶也有他，但总体而言，这还只是一颗不起眼的棋子，可正是这颗棋子，为浙东集团的反扑打下了坚实的基础。

这颗棋子还需要时间成长，在此之前，刘基只能韬光养晦。

1368年八月，刘基再次回到了阔别已久的家乡。

在回乡的路上，刘基的心情低落到了极点。

在官场上，想做点儿事情真的很难。刘基并不热衷于政治，从年轻的时候开始，他就深深厌恶官场上的尔虞我诈。但是，为了能够施展自己的抱负，甚至仅仅是为了生存下去，他又不得不一次次被卷入斗争的旋涡中。

在战场上游刃有余的刘基，再一次感觉到无能为力，就像回到了几十年前的浙东和江西。二十八年前，他就是这样心灰意懒地辞官，在家宅了整整八年的。

昨日重现。唯一不同的是，今日刘基的处境比二十八年前凶险无数倍。因为他同时得罪了朱元璋和李善长，作为帝国的一把手和二把手，这两个人跺跺脚，亚欧板块都能抖三抖。

所以，在家里的这段时间，刘基秉承低调低调再低调的原则，不敢言功，但求避祸。每天早上睡到自然醒，午觉睡到半下午，要么就是在家里喝闷酒，要么就是一个人出门短途旅行，要么就是坐在门口长吁短叹。

刘基辞职后创作的《老病叹》很能表现其当时的心境：

    我身衰朽百病加，年来六十眼已花。

       ……

    有眼不视非我目，有齿不啮非我牙。

三黄苦心徒自瘵,五毒浣胃空矛戈。

......

不如闭户谢客去,有酒且饮辞喧哗。

十几年的戎马倥偬让六十多岁的刘基落下了一身的病,再加上此刻官场失意、老年丧妻,天威难测,每天提心吊胆的隐居生活,慢慢消磨了刘基的意志,也消磨了他的身体。

老子说过:"飘风不终朝,骤雨不终日。"狂风暴雨总有过去的时候。

朱元璋的愤怒慢慢消了,冷静下来想想,刘基虽然骗过他,但主要目的还是为了公利而非私权,两人毕竟同患难这么多年,况且国家也确实离不开刘基。

最重要的是,杨宪这枚棋子开始发挥作用了。

在杨宪的组织发动下,御史台的文官们对淮西集团发起了有组织、有预谋的"口水"攻击,不断搜罗李善长等人的把柄,从贪污腐败到欺男霸女,从无才无能到好吃懒做,凡是能想到的罪名杨宪都用上了。

朱元璋不蠢,他当然不会被杨宪当枪使,理都懒得理他,但杨宪锲而不舍,使出死缠烂打的功夫,时间一久,朱元璋真的经不住杨宪天天磨叽,对李善长的印象逐渐变得更坏了。

所以,刘基在家里待了几个月,三个月后,朱元璋下诏书,召刘基回南京,官复原职。

刘基早就过了喜怒形于色的年龄,收到诏书后并不是太激动,只是仔仔细细地把诏书读了好几遍。

诏书写得很程式化,首先肯定了刘基在南征北战中的功劳,然后赞扬了刘基在帝国草创阶段所做的贡献,最后展望了一下群臣齐心、其利断金的美好前景。

朱元璋的语气非常正规,也恭敬,但是在恭敬的背后,刘基看到了两人的生疏,特别是诏书中朱元璋再三强调的,这封信不是找枪手代笔的,而是我自己写的,更是给人一种很刻意的感觉。

而且诏书中还有一句话:"我听说,很多当年跟我打天下的人,因为有了异心,所以离我而去了。"这话与其说是褒奖,不如说是一种警告:你不来,就是有异心。

读懂了朱元璋的诏书后,刘基轻轻叹了一口气。他知道,朱元璋和他的"蜜月期",已经结束了。

前面的路,越来越难走了。

好良言被当耳旁风

1368年十一月,归隐三个月的刘基再一次回到帝国权力的中心。但此时此刻,他一点儿都高兴不起来,相反,他对自己的未来充满了担忧。

在回南京的路上,刘基就听说朱元璋正在大肆征集能工巧匠,因为第二年开年就建设中京凤阳。他不禁又叹了一口气。

凤阳是朱元璋的老家,虽然这座城市没有给朱元璋带来过任何快乐的回忆,但家乡毕竟是家乡,承载了朱元璋太多的思念。

而朱元璋表达乡情的方式也很奇特:他打算把凤阳建设为第二都城。中国古代一个朝代往往有好几个都城,比如汉朝就有西京长安和东京洛阳,到唐朝又加了个北都太原。明朝开国后也有两个都城,一个是应天,也就是南京,一个是汴梁,称为北京,而朱元璋则打算把凤阳规划成中京。

这个方案从一提出来就遭到了刘基的强烈反对。

并不是每座城市都有资格被建设为都城的,中国有据可查的历史长达四千多年,真正受到大家一致好评的都城也不会超过十个。

一座城市想要成为都城,首要条件就是地势险要。

都城是国家的心脏,神圣不可侵犯,不是谁想来就来、想走就走的。除了要有足够高的城墙、足够多的军队把守,最重要的是要有名山大川把门。这方面最好的都城莫过于长安,这座被秦岭、崤山等大山包围的城市,真如铁桶金城一样,只要内部不出乱子,基本很难被攻克。北临燕山的北平、倚靠长江天险的南京在这方面也不错。

另一个重要条件是交通要发达。京城里养着一大群只吃饭不干活的达官显贵,还有全中国最能打仗,也就意味着最能吃饭的禁卫军,同时还要储藏大量战略储备物资,要吞吐来自全国各地甚至全世界各地的客人,没有四通八达的道路网络是绝对搞不定的。

很明显,在这两个方面,凤阳都没有任何先天优势。交通方面还可以花大钱修官道,可是天险方面的不足根本无法弥补:凤阳北边的邱湖芦苇丛生,埋伏百万大军都不成问题,而凤阳边上的大山马鞍山非但不能提供天险,还是一处绝佳的攻城制高点,若是在马鞍山山头架一门襄阳炮,整个凤阳城你想砸哪儿就砸哪儿,想砸谁就砸谁。

所以,刘基坚决反对定都凤阳。他在三个月前离开南京的时候,还以离别赠言的形式送给朱元璋一句话:"凤阳虽帝乡,非建都地也。"这一次,刘基倒没拿风水星象鬼神这一套来糊弄朱元璋,反正这套把戏也已经过时了。

但很明显，朱元璋根本没有把刘基的劝谏当一回事。此时的朱元璋，已经不是当年那个对他言听计从的朱重八了。

最后，朱元璋终于意识到凤阳不适合建都，不过那已经是1375年的事情了，建设了六年之久的中都凤阳就这样变成了一个烂尾工程。

除了凤阳不可作为都城之外，离开南京之前的刘基还送给了朱元璋另一句离别赠言：王保保未可轻。

王保保，又名扩廓帖木儿，他的父亲是汉族人，姓王，她的母亲是元末名将察罕帖木儿的姐姐。

在元末的风云际会中，王保保是天字第一号的牛人。有多牛？根据《明史》记载，有一天朱元璋大宴众将领时突然问道："大家觉得谁是天下第一奇男子？"众人想都不想就回答："那还用说，肯定是常遇春啊，这小子带着不到万把人，就敢在敌人的腹地横行霸道，简直无敌了。"朱元璋却笑着说："常遇春虽然是个豪杰，但是我能收服他，而王保保我却彻底无法收降，这个人，堪称天下第一奇男子啊！"

连敌人都对他佩服万分，做人做到这份上也值了。当时，民间凡是碰到有人在嘚瑟自己，就会上去讥讽一句："尝西边拿得王保保来耶？"意思就是："哥们儿，挺牛呀，有本事去西边把王保保给我抓来呀！"被嘲讽的那人立刻哑口无言。

作为大元王朝最后的名将，王保保一直是朱元璋最忌惮的对象，所以当初制订北伐计划的时候都刻意避开了王保保所统辖的区域。

拿下北京之后，朱元璋不得不和王保保硬碰硬了。

由于元顺帝瞎指挥，王保保的发挥一直不太稳定，1368年三月和闰七月,徐达两次与王保保会战,都大获全胜。战败的王保保集结主力割据太原,一边舔舐伤口,一边虎视中原。

这下,朱元璋信心爆棚了,当初自我标榜的谨慎不见了踪影,积极主张直取太原,防止王保保逃窜到北方沙漠中。

这个时候,刘基正要离职,走之前,他甩给朱元璋一句话:"王保保未可轻。"要谨慎行事,绝不能轻视王保保。

跟"凤阳不可都"一样,朱元璋把这句话抛在了脑后。1372年,徐达大军以蓝玉为先锋,大军进入山西境内,与王保保决战。

名将之所以称为名将,就在于能够审时度势,做出在当前局势下最有利于自己的战略决策。在分析了敌我双方的力量后,王保保果断决定:放弃山西根据地,在内蒙古北部设下伏击圈,用伏击战消灭明军。

为了让鱼大胆地上钩,王保保在雁门关和土剌河设计了两次规模浩大的佯败。

蓝玉果然上钩了,带领先锋部队一路狂追,一直追到伏击圈边。

蓝玉鼻子灵光,嗅出了一丝阴谋的味道,于是决定等徐达的大军到齐之后再进攻。

不怕你来,怕你不来!

王保保早就在等徐达的大军了,他像一个狡猾的猎人一样,注视着即将步入自己陷阱的猎物。

五月,徐达的大军终于到齐了。与蓝玉的谨慎相反,徐达被一直以来的胜利冲昏了头脑,毫不犹豫地向王保保发起总攻。

终于来了,我从太原一路狂奔到大漠深处,等的就是这一天。王保保狞笑着挥动令旗。

早已等得不耐烦的蒙古骑兵从山区杀出，带着这些年来的屈辱，怒吼着冲向明军。前方是让他们无家可归、四处流离的中原大军，后方就是蒙古帝国的龙兴之地，他们再也没有退路，只有决一死战，成吉思汗的血液在他们的体内沸腾，在这一刻，伟大的蒙古铁骑又重新伟大起来，像一把利刃刺入了明军的咽喉。战场瞬间变成了屠宰场，傲慢的明军从千里追踪的猎人变成了等待宰割的猎物。

明军被突如其来的反扑惊呆了，自从北伐之后，他们从来没有见过这么生猛的蒙古大军，没有见过这么狡猾的将领。当蒙古人的弯刀扫过自己的颈部大动脉，很多人都还圆睁着惊恐的双眼，他们再也没有机会闭上。

直到1375年王保保死去的那一天，许多人都还保留着对他的恐惧。这是朱元璋有生以来最大的败仗，一直到1397年，朱元璋一想起这场战役心还隐隐作痛，后悔没有听刘基之言。在写给自己儿子的一封信里，他这样说道："我打了一辈子仗，从来没有输得这么惨过，这都是因为用兵太轻敌冒进的原因啊！"

1368年的秋天，朱元璋已经不再重视刘基的计谋，正如他不再重视刘基本人。这个时候回到南京，等待刘基的，是更加莫测的前途。

最后的宿敌终登场

刘基回到南京之前，李善长已经被杨宪骂得灰头土脸了，更重要的是，在朱元璋心里的天平上，他已经慢慢输给了刘基。等刘基王者归来重新掌控御史台时，淮西集团已经全面处于劣势了。

李善长这才发现刘基的高明所在。像他和刘基这样身份的人，就算掐架也要顾及自己的形象和影响，友谊第一，比赛第二。只有杨宪这样无所顾忌的小辈，才会死缠烂打，王八拳、撩阴脚齐上阵，揪头发、吐口水、咬耳朵无所不用其极。刘基这种关门放狗，让杨宪打前锋、自己坐镇后方运筹帷幄的手段实在是高。

在第二轮交锋中被全面压倒的李善长，决定也推出一个代理人跟杨宪死磕。他选中了胡惟庸。

在刘基人生的最后几年里，"胡惟庸"这个名字像个挥之不去的梦魇，把他一步步逼入绝境。

胡惟庸是安徽定远人，也是朱元璋的淮西老乡。从资历来算，他也算是老人了。1353年朱元璋还在和州创业的时候，胡惟庸就追随朱元璋了。

然而，作为一个元老，胡惟庸在起步阶段混得相当失败，非常对得起他名字里的那个"庸"字。

那段时间，他先是在朱元璋的元帅府当差，然后做了宣使，接着又分配到宁国当主簿，又相继当了一段时间知县和通判，最后终于熬到了佥事，事业总算稍微有了点儿起色。

等到朱元璋自封吴王，胡惟庸终于熬出了头，熬成了太常寺卿。

说到底这依然是个清水衙门里的芝麻绿豆官，但对于胡惟庸来说，似乎已经是职业生涯的顶峰了。

总之，当朱元璋正在和陈友谅、张士诚生死搏杀的时候，胡惟庸仿佛身处这部历史大片中的镜头外，存在感连给龙套演员分盒饭的小弟都不如。

君臣离心，改变了多少最初情感

如果不是机缘巧合地卷入了淮西集团和浙东集团的斗争旋涡，胡惟庸也就这样平平淡淡熬到退休了。这对于胡惟庸来说，未必是件坏事。

可惜历史不容假设，李善长看中了胡惟庸。

在李善长的保举下，胡惟庸像坐上了直升机一样一路飙升，从一个清水衙门瞬间飞升到了帝国权力的核心：中书省参政知事。

李善长就从台前退到了幕后。1370年，胡惟庸突然之间就成了中书右丞，一个月后，又被任命为中书左丞——明朝以左为尊，左丞的地位比右丞高。

出将入相，几乎就在一夜之间完成。

如此令人瞠目结舌的升迁速度，自然离不开李善长的高效运作，而胡惟庸升官的速度也决定了他在中书省内根基浅薄、独木难支，李善长依然是淮西集团的影子首领。

李善长用这种方式来确保自己能够牢牢地把胡惟庸这颗棋子攥在手里，而对抗浙东集团是胡惟庸这颗棋子唯一的使命。

可惜，事态的发展逐渐超出了李善长的掌控范围。胡惟庸不是个庸人，相反，他的野心远远超过了李善长的想象。

一个平庸了半辈子的人，不一定就是一个自甘平庸的人。

很快，胡惟庸就失控了，他用一种绝妙的方式摆脱了李善长的控制：他小心翼翼地迎合朱元璋，讨好朱元璋，最后取代李善长成为朱元璋眼中的淮人第一人。

胡惟庸甩开了"二老板"直接扑向"大老板"的怀抱，有了朱元璋的认可，还要李善长干什么？前浪李善长偷鸡不成蚀把米，被后浪胡惟庸拍死在了沙滩上，黯然退出了权力的舞台。

胡惟庸终于独自伫立在了权力舞台的巅峰。然后，被权力迷醉的胡惟庸终于也犯了一个他无数前辈犯过无数次的错误：他开始飞扬跋扈，目中无人。

跋扈到什么地步？他可以不经皇帝批准私自执行死刑。

朝廷内外各官署呈上来的密封奏章，他比朱元璋先看到，而且凡是他不想朱元璋看到的内容，朱元璋就真的看不到。

各地急着升官的人以及失去官职的功臣武将，都争着托他的关系，送给他的金帛、名马、珍玩多得数不过来。

权力欲望膨胀的胡惟庸甚至连开国元勋、大将军徐达都不放在眼里。徐达憎恨他的奸邪，他居然引诱徐达的守门人福寿企图谋杀徐达。

到1377年（这时候刘基已经死了两年），胡惟庸的癫狂达到了顶峰。

上天欲使其灭亡，必先使其疯狂。也正是从这一年开始，朱元璋对胡惟庸的态度变了。他不再宠幸胡惟庸，而是一步步地削弱中书省的权力。这个时候，胡惟庸就像磕了药一样嗨到天上，根本就没有感觉到危险即将降临。

直到1380年，屠刀落下，山巅崩塌，胡惟庸被朱元璋以谋反的罪名诛杀。同时被牵连诛杀的有三万余人，李善长也不幸包括在内。这就是明初四大案之首的"胡惟庸案"。

1368年的李善长不会想到，他和刘基之间的争斗，居然会引出如此大的动荡，牵连如此多的冤魂。

1368年，李善长只想利用胡惟庸对浙东集团发动反击。

1368年的胡惟庸也没有想到自己将来会以这样的方式在明朝历史

上留下浓墨重彩的一笔,当时他的想法还很单纯:听李善长的话,跟浙东集团死磕。

与此同时,朱元璋也放弃了裁判身份,亲自加入这场博弈中。只是在朱元璋眼里,没有什么浙东集团和淮西集团,他对手栏里只有两个字:功臣。

生死博弈，承受了多少刀光剑影

往昔情分所剩无几

……

回到南京之后，朱元璋对刘基的态度还是很亲密的，至少从表面上来看是这样的。

刘基年纪大了，生活不便，又刚刚经历丧妻之痛，朱元璋便赐给了他一个侍妾。这本来是件挺好的事，但这个女人除了照顾刘基的生活起居之外，还有一个任务：替朱元璋"贴身"监视刘基。

即便明知道这是朱元璋安插在自己卧室里的耳目，刘基也不敢拒绝，甚至不敢把她当作侍妾，而是一直以正妻的礼仪相待，恭恭敬敬，礼让有加。越是在朱元璋眼皮底下，越要把戏做足。

不过，这位章氏夫人还是蛮好的，又细心，又温柔，人又长得漂亮，为刘基的晚年生活平添了许多生气。两人夫妻感情也不错，章氏还为刘基生了两个女儿。

没过多久，朱元璋发给刘基的第二项福利也下来了。

十一月二十九日，朱元璋连下五个文件，分别追封了刘基家族的五位成员。

刘基的爷爷刘庭槐被封为中奉大夫、参知政事、护军、永嘉郡公，祖母梁氏被封为永嘉郡夫人。

刘基的父亲刘爚被封为资善大夫、御史中丞、上护军、永嘉郡公，母亲富氏被封为永嘉郡夫人。

最后，刘基曾经的妻子富氏也被封为永嘉郡夫人。

郡公属于公爵级别，除国公和王爵之外，就没有比其更高的爵位了。

一切看起来非常和谐。似乎朱元璋并没有忘了当年的情分，没有忘记刘基的功劳。

但是，朱元璋的封赐中似乎少了一个人，那就是刘基本人。

刘爷爷、刘奶奶、刘爸爸、刘妈妈，连刘夫人都授予了爵位，却唯独没有刘基。

其实朱元璋倒是没有忘记刘基，诰书下发后没几天，朱元璋就召刘基入宫，告诉刘基，他"打算"也封刘基为公爵。

这一手太流于表面了。这种事情哪里用得着提前征求本人的意见？更何况当时册封刘氏家族其他人的时候，也没人问过刘基。

聪明的刘基怎么可能看不出来朱元璋的意思。这时候的他已经成了惊弓之鸟，别说朱元璋只是试探他，就算真的要封他公爵，他也不敢接受啊。

当下，刘基诚惶诚恐，坚决不敢接受爵位："陛下您的天下是上天给的，我哪有什么功劳，怎么敢接受这么高的爵位！您能够让我的父亲、祖父获得这样的荣耀，我已经很知足了！"说完，"咚咚咚"磕头如捣蒜。

看到刘基的表现，朱元璋脸上的表情舒展开了。他最怕的就是手下的功臣居功自傲，野心勃勃。刘基无疑是功劳最大的一个，而如今刘基的态度让他很满意。

朱元璋亲切地扶起了刘基，又装模作样夸赞了刘基的功劳，刘基当然还是连称不敢，把功劳推得一干二净，恨不得把自己说成吃啥啥不剩、干啥啥不成的草包。

最后，会谈在友好和谐的气氛中结束，应刘基的"强烈要求"，朱元璋"收回"了给刘基封爵的承诺。

这一轮考试，刘基有惊无险地及格了。

刘基明白，他和朱元璋之间已经没有什么情分可言了，他当年为朱元璋所做的一切，现在反倒成了嫉恨的源头，朱元璋越惦记着他当年立下的汗马功劳，对他来说就越危险。

刘基只能更加小心谨慎，"战战兢兢，如临深渊，如履薄冰"，这十二个字最能贴切地概括刘基当时的心境。

君臣论相步步惊心

······

刘基一身冷汗地走在万丈悬崖边，李善长的日子也不好过，他已经被"疯狗"杨宪咬得奄奄一息。最重要的是，朱元璋已经不宠爱他了。

在帝国的权力棋局中，李善长和刘基走到了死角，举着棋子满头大汗，犹豫着不敢落子。这种僵持还会继续下去，直到有一天，朱元璋迫不及待地从裁判席跳进棋台，一屁股挤开李善长，坐到刘基对面。

朱元璋必须要确定一件事情：刘基到底是不是他权力的威胁。很遗憾的是，他心里其实已经有了自己的答案。

这一局，朱元璋先落子，却是虚晃一枪："伯温啊，这个李善长真是越来越不像话了，太不把我放在眼里了，这样下去还了得啊！"

刘基不知道朱元璋的杀招隐藏在哪里，只能先小心翼翼地应对着。

"李善长是咱们的开国元老,能力很强的,而且,他很会团结群众,是个好领导。"

朱元璋看刘基没有接招,心说你个滑头,干脆跟你挑明了。

于是朱元璋恶狠狠地摆下一颗棋子,直取刘基命门。

"我听说李善长三番五次要害你,你居然还替他说好话,我看你的气量足以做宰相!"

这话一出口,刘基只觉得杀气扑面而来,要不要那么直接啊!才两个回合就下杀手!

刘基当然不能坐以待毙,只得使出保命绝招。

"陛下,您听我给您打个比方:大殿要换跟柱子,咱是不是得先找根大木头?如果随便找跟小木材支着,房子不塌才怪。所以,就算您想换丞相,首先也要先找到贤才。天下那么大,肯定能找到的,至于说我,也就是个二流货色,实在是扛不起大梁啊!"

刘基又一次把自己埋汰得一无是处,表示自己非但没有觊觎过权力,而且根本不敢居功自傲,是典型的个自卑男。

朱元璋对刘基的回答还是满意的,脸上的杀气慢慢化解,刘基长出了一口气。

在跟朱元璋的对决中,能保住命就是胜利。第一回合,刘基惨胜。

而李善长被朱元璋当枪使了一回,显得很无辜,不过幸运的是,刘基当时忙于自保,无力去落井下石。

经过短暂的中场休息,第二回合开始了。

在中场休息的这段时间,李善长已经离职了,朱元璋需要确定一个宰相的人选,于是他再次找刘基论相。

这一局还是朱元璋先手,不过单刀直入:"伯温,你觉得让杨宪做宰相,如何?"

一开局就是杀气腾腾!要知道杨宪是刘基的亲信,是浙东集团的主力干将,这个问题如果处理不好,后果很严重。

刘基只能更加小心地应对:"陛下,杨宪这个人虽然有才,但是没有器量,一个能够当宰相的人必须要一碗水端平,用义理来权衡事情,而杨宪没有这个气度。"

刘基的回答很客观,既没有偏袒杨宪,也没有急着和杨宪撇清关系。他对杨宪的评价,本来就是朱元璋早就有定论的内容。

"嗯。"朱元璋点点头,又落下了第二颗棋子,"那汪广洋这个人能当宰相吗?"

汪广洋是独立于淮西集团和浙东集团之外的中立派,和刘基的关系不大。刘基略一沉吟,回答道:"汪广洋这个人更加不能一碗水端平,比杨宪还不如。"

"那胡惟庸呢?"

朱元璋落子不停,刘基应对逐渐上了手:"胡惟庸像一匹驽马,倒不是说不能拉车,但是一不小心就会把车拉进沟里。"

应该说刘基的品评还是非常到位的,而且也没露出什么破绽,朱元璋脸上露出了微笑。

朱元璋的表情感染了刘基,他以为这一局差不多也该结束了,松了一口气,神经不再紧绷了。

气氛顿时轻松起来,朱元璋看似又漫不经心地摆下一颗棋子。这一次,刘基没有发现,这才是朱元璋真正的撒手锏:"的确,朕的那些宰相人选,没有人能够比得上先生你啊!"

又来了,刘基对这种把戏都不耐烦了,顺口回道:"我不行,我这个人太疾恶如仇,又不喜欢做烦琐的事情,实在是不适合当丞相,天下这么大,陛下您就慢慢挑吧,总有合适的。"

话才出口,一道无声的惊雷闪过朱元璋头顶。

"疾恶如仇?"敢情你给我提意见,还跟李善长作对是疾恶如仇?那么谁是恶,谁是仇?朱元璋的脸色慢慢变了。

刘基却还沉浸在一身轻松中,意犹未尽地补充了一句更要命的话:"照我看来,陛下刚才说的那些人,没有人适合当丞相。"

没有人适合?难道你适合?

落子无悔,覆水难收。刘基这番话一出口,就再也没有挽回的余地了。朱元璋终于套出了他想要的那句话。尽管刘基是所有功臣中表现最低调的人,但是这句话一出口,朱元璋相信,刘基和李善长、徐达、蓝玉一样,野心勃勃,时刻威胁着他的权力宝座。

朱元璋还是照例没有听刘基的,杨宪、汪广洋、胡惟庸相继当上了丞相,而最后的结果是杨宪身死、汪广洋碌碌无为、胡惟庸被诛杀九族。正如刘基所料,这几个人根本不适合当丞相。

但这些都已经不重要了,重要的是,刘基已经被朱元璋列入了清理名单。

几乎达到穷途末路

......

在这风雨飘摇的环境下,刘基又苦熬了一年。老天似乎还嫌刘基的日子不够苦,1370年六月十五日,刘基陷入了新的困境。

1370年四月,元顺帝妥欢帖木儿死了。妥欢帖木儿的一生是悲剧的一生,他其实没做过什么坏事,也就稍微贪玩了点儿,脑子稍微笨了点儿,但跟昏君、暴君都还沾不上边。他只是出生在不该出生的时代,遇到了不该遇到的人。

妥欢帖木儿跟刘基似乎是八竿子打不着的两个人,他死了,跟刘基倒霉有什么关系呢?

原来,六月的时候,妥欢帖木儿死亡的消息传到南京,大家当然很高兴,纷纷上表祝贺——虽然这事儿听上去挺不地道的。结果一祝贺就祝贺出问题来了。

六月十五日,一个叫刘炳的御史按照惯例也上书祝贺,谁知道朱元璋突然下诏说:"你本来不是元朝的臣子吗?现在你的前主人死了,你有什么资格庆贺?"

然后,他立刻下令:"以后北方的捷报传来,所有在元朝当过官的人通通不能庆贺!"

这道命令一下,可太伤人自尊了。要知道,忠诚在封建时代一直是个敏感的话题,虽然也有人说"良禽择木而栖,良臣择主而事",但毕竟主流价值观还是"一女不事二夫、忠臣死节",投降派多多少少会被看不起。

清朝乾隆皇帝还专门修了一部《贰臣传》,把所有从明朝投降过来的臣子都称作贰臣,其中还包括祖大寿、洪承畴这种走投无路才投降,还为清朝立下赫赫战功的老将。

朱元璋的命令等于是人为地画了一个圈,把曾经在元朝当过官的人都划在圈外,钉在贰臣的耻辱柱上。

事实上,当时整个明朝朝廷也就淮西集团的成分相对纯些,而浙东集团的成分最不纯,都或多或少和元王朝有些"旧情"。

而这些人中，最吸引注意力的莫过于刘基了。

虽然刘基在元朝只当了个绿豆大的官，但是在大明朝的朝廷上，身为御史中丞的刘基官职最高，一时间，所有目光都投到了刘基的老脸上。

真是无事家中坐，祸从天上来。元顺帝死了，为什么倒霉的人是我？刘基感到前所未有的屈辱。

当年朱元璋来请他的时候，他也纠结过要不要背叛元王朝，后来经不起朱元璋的再三邀请他才决定不纠结了。现在打完天下了，用不着这些"贰臣"了，朱元璋就把脸一翻，指着刘基的鼻子骂：你是个叛徒！

这不是典型的过河拆桥吗？要看不起我们这些贰臣，有种当年就别用我们啊！

当然，这些话刘基肯定不会说，他现在已经如履薄冰了，又遇到了这样一场飞来横祸，必须赶紧想办法脱离眼前的困局。

五天后，在一次朝臣会议上，朱元璋突然说："大家来聊一聊元王朝为什么会灭亡吧！"

这本来是一个普通的君臣座谈话题，但刘基感觉到，让自己摆脱尴尬身份的机会来了，于是立刻上前发表了一番长篇大论：

自古以来，蛮夷都是不可能长期统治天下的，但是元朝居然赖在中原的土地上几百年，连老天都厌恶了。更何况元朝皇帝都是一群废物渣渣，老百姓都快饿死了，这样的朝代怎么可能不完蛋？

给元朝定性完了之后，刘基开始拍马屁：

陛下您顺应天道，非但不杀人，还把老百姓从水深火热中救出来，当然能够所向无敌，怎么可能不得天下呢！

说完这番话，刘基偷偷观察朱元璋的脸色。

刘基这段话有水平，可惜没有戳中朱元璋的痛点。

朱元璋的脸色一点儿没变，只是平淡地点评道："其实，元王朝不是被我灭掉的，在我起兵之前，元王朝已经被自己搞垮了，我只是顺势击败了各地的逆贼，接收了天下正统。"

这话让刘基倒吸一口冷气，如果按照朱元璋的逻辑，那么自己一臣事二朝的身份就被坐实了。

可能是怕刘基等人没有深刻领会自己的意思，朱元璋又加了一句话：

如果元王朝的臣子能够忠心耿耿地为元朝做事，团结一致扫灭叛乱，又怎么会崩溃呢？

直到这个时候刘基才明白，现在的朱元璋，已经坐到了和元朝皇帝一样的位子上，而他的诉求和元朝皇帝也是一样的：他希望所有人都能忠诚于他。

如果因为元朝腐败，因为元朝是蛮夷就可以心安理得地背叛元朝，那么有一天，是不是也可以因为某些理由心安理得地背叛大明朝，背叛朱元璋呢？

摸透了这个心思之后，刘基不再说话了，因为他无话可说。

屁股决定脑袋，坐什么位置说什么话。坐在皇帝宝座上的朱元璋不会原谅任何背叛，不管背叛的理由是什么，背叛的对象是谁。

贰臣的身份，会被永远刻在刘基的额头上。

可以说，这场风波并不是针对刘基的，但是对刘基的打击却是巨大的。

现在的刘基是朱元璋心目中的野心家，是群臣眼中的反骨仔，当然，更是胡惟庸的眼中钉、肉中刺。

离身败名裂就只有一步之遥。

再次惨败无力回天

处在风口浪尖的刘基很想平平安安地熬过最后几年，但是树欲静而风不止，就在这个当口，他的亲信杨宪出事了。

前面说过，杨宪是刘基布下的一枚棋子，但和另一枚棋子胡惟庸一样，杨宪也有一颗骚动的心，他不甘心做棋子，而是想自己主导棋局。

比起胡惟庸来，杨宪的简历很不一般。

杨宪虽然是浙东集团的骨干成员，但他的籍贯是山西太原。此人1356年投奔朱元璋幕府，因为心思缜密、办事谨慎，所以经常以使节的身份被派遣出使张士诚、方国珍，很得朱元璋的信任。慢慢地，他从一名普通幕僚成为"检校"的领导者。

所谓"检校"，是朱元璋直属的特务组织，大名鼎鼎的锦衣卫就是从这个组织发展而来的。换句话说，杨宪是朱元璋手下的特务头子。

作为一名特务，杨宪深受朱元璋器重。1367年，朱元璋打败大敌张士诚，随即就将其地盘改称浙东行省，派外甥李文忠担任行省右丞，总管军务，而杨宪则被任命为属官随行辅佐。

说是辅佐，其实杨宪在浙江行省的主要工作是监视李文忠——自从1363年亲侄子朱文正试图叛变，朱元璋再也不信任任何人了。

没过多久，杨宪就向朱元璋提供了一个有价值的情报：李文忠不听他的话，擅自任用儒士屠性、孙履、许元、王天锡、王橚等人干预公事。

这些儒生之前都或多或少跟张士诚有些关系，虽然如今名义上隶属了朱元璋，但朱元璋对这些人始终不大放心。一听到杨宪的报告，他立刻派人把这五个人押解进京，结果屠性、孙履被杀，其余三个人则发配充军。

在这么短的时间内杨宪就把李文忠人事任免的详细情况摸得门儿清，可见作为一个情报人员，他确实是合格的。

杨宪在情报战线上的另一个骄人战绩是曾经截获了张昶企图叛逃北元的情报，及时举报了他，挫败了张昶的阴谋。

前面提到过，刘基一直怀疑张昶脚踩两条船，很不爽，可惜又扳不倒他，因此杨宪也算是帮了刘基一个大忙。

被刘基提拔为御史中丞后，杨宪更是利用自己的特务背景，发挥自己的业务专长，把李善长搞得灰头土脸。

朱元璋对杨宪的战斗力也看在眼里，很想用他来制约李善长的势力，所以刘基从老家回南京后不久，杨宪就被提拔为中书省参知政事。

就是从这时候开始，杨宪这枚棋子逐渐失控，他已经忘了自己几斤几两，把眼睛盯上了帝国权力的巅峰：丞相。

这是一个连刘基都不敢觊觎的位置。

在参知政事任上，杨宪对李善长的攻击更加肆无忌惮。如果说原先作为在御史台的弹劾还有理有根据，那么这会儿的杨宪已经彻底胡搅蛮缠起来，甚至多次叫嚣"李善长无大才，不堪为相"。

不管是朱元璋还是刘基，支持杨宪进入中书省的最初动机都是为了制衡李善长。可是杨宪做得实在太过火了,论治国才能,一百个杨宪也比不上李善长,面对杨宪的指手画脚,朱元璋很下不来台。

最后,李善长主动告病退休,离开了中书左丞的位置,杨宪如愿以偿地被提拔为中书右丞。

当上中书右丞后的杨宪更加嚣张无忌,短短的时间内他废黜了一大批中书省的旧官吏,在机要位置上大量安插自己的亲信,妄图控制中书省,大权独揽。

但是朱元璋对此很不满意,又提拔了德高望重的汪广洋为中书左丞,用来压制杨宪。

要说朱元璋也挺不容易的,一天到晚尽为用谁去制衡谁这种破事儿烦心,经常前脚压制了老虎,后脚忠犬就变身恶狼了。

可惜特务出身的杨宪根本不把名士出身的汪广洋放在眼里,该怎么嚣张还怎么嚣张,让汪广洋的存在感几乎为零。最后,杨宪居然上书弹劾汪广洋,而理由竟然是汪广洋没有照顾好他老妈。

朱元璋对汪广洋失望透顶,正好借着这个由头,把他发配到海南岛去了。

1370年七月,杨宪终于如愿以偿地问鼎帝国权力的巅峰:中书左丞。

也就是在这个时候,通过李善长的运作,胡惟庸被任命为中书右丞。在胡惟庸上台之前,李善长曾语重心长地对胡惟庸说过一句话:"如果让杨宪当政,那么我们淮人就很难做大官。"胡惟庸点头,心知肚明。

汪广洋是温顺的绵羊,杨宪是好斗的山羊,但胡惟庸是一只嗜血的狐狸,狐狸一上台就对山羊露出了尖锐的牙齿。

当时杨宪正在处理一起科考舞弊案，主犯恰好是他的外甥。

在古代科考作弊是非常严重的事情，轻则帮你解决"吃饭"问题——关进牢里吃牢饭，重则帮你解决"就业"问题——发配到边关当兵。最严重的是直接一刀咔嚓掉。

朱元璋不知道主犯是杨宪的外甥，所以没有申请相关利益人回避，其他人就算知道，谁敢吱声？整个审判过程全是杨宪一个人表演，竭尽全力包庇问题，最后虽然还是把自己外甥判了刑，但已经轻得不能再轻。

胡惟庸正愁没机会整杨宪呢，谁知他自己就往刀口上撞。搜集到证据后，他立刻向朱元璋告发了此事。

本来朱元璋就很痛恨官员徇私舞弊，再加上他对杨宪的印象糟糕到极点，一看到胡惟庸的奏折，立刻火冒三丈，削了杨宪的官职，把他从天上直接拖进了地牢。

这件事情对刘基的震撼也不小，虽然这事儿跟他一毛钱关系都没有，但毕竟杨宪是他的亲信，城门失火，殃及池鱼，在这个敏感的节骨眼上，还是谨慎为妙。

所以刘基当场决定：弃卒保车。关键的时刻要舍得弃子，更何况是一枚失控的棋子。

于是在杨宪出事的第二天，刘基的奏折也送到了朱元璋的案台上，都是关于杨宪平时如何野心勃勃、如何大权独揽的斑斑劣迹。

这份奏折的主要作用，就是表明自己的态度：杨宪的野心与我无关。

1370年八月，杨宪伏诛。他在中书左丞的位子上只坐了短短一个月，在大明政坛上，他就像一颗流星，瞬间陨落，连痕迹都没有留下。

至此，中书省被胡惟庸彻底掌控。继徐达、李善长、汪广洋、杨宪后，胡惟庸终于登上了丞相的宝座，成为大明帝国第五位丞相，也是中国历史上最后一位丞相。

而刘基更加势单力薄，更加战战兢兢，更加如履薄冰，这位六十多岁的老人，这位在战场中从未被击败的朱明王朝首席谋主，在权力的战场上再次被击败了，他知道自己已经无力回天，承受不起任何波折了。

官越小反而越安全

1370年十月，刘基又得到了一个职衔：弘文馆学士。

北方已经平定，元顺帝有多远跑多远，再也威胁不了中原地区，和平年代眼瞅着就要到来了，为了有效开展大明朝文化建设，朱元璋设立了弘文馆。

弘文馆最早是在唐朝时设立的，当时聚集了杜如晦、房玄龄、于志宁、陆德明、孔颖达、虞世南等一大批天下名士，堪称唐代文化的熔炉。尽管规模不太大，但这里集聚和造就了一批人才，为贞观之治和开元盛世输送了一大批文治人才。

致力于开创盛世的朱元璋也打算效仿李世民，连名字都不改就把唐朝弘文馆照搬过来。成立之初以胡铉为学士，接着，又任命刘基和危素、王本中、睢稼等人兼任学士职衔。

刚开始的时候，弘文馆还是很受重视的，比如弘文馆学士危素就受到"赐小车，免朝谒"的礼遇。刘基也正是在弘文馆学士的任期上，进一步发展和完善了明代的科举制度。

不过,朱元璋也就是三分钟热度,根本不像李世民那样重视弘文馆。没过多久,这个机构就被裁撤了,直到朱元璋的太孙子朱瞻基当了皇帝才重建。

可见,对于刘基来说,弘文馆学士这个职位也不过是个略显尊荣的闲职而已,并不能说明朱元璋又开始重视他了。

真正能够说明朱元璋对刘基态度的,是当年十一月的封爵。

1370年十一月,奉命北伐的徐达和李文忠班师回朝。元顺帝死了,北元王廷被赶到大漠深处去了,无论如何也算一场几百年来未有的大凯旋,于是,朱元璋举办了一次隆重的庆功宴。在庆功会上,朱元璋发表了重要讲话,他指出,大明的创业阶段已经结束,现在正式进入了守业发展阶段,为了表彰弟兄们的功劳,也为了兑现当年"跟着我有肉吃"的诺言,要为在座的诸位加官晋爵!

朱元璋话音未落,庆功会上响起了经久不息的掌声——大家等这一天等了好久了。

没过多久,封爵名单就下来了,大家都扯着脖子,在上面寻找自己的名字。

排在榜首的是六位公爵,分别是:韩国公李善长、魏国公徐达、曹国公李文忠、宋国公冯胜、卫国公邓愈、郑国公常茂(常遇春的儿子)。

为什么被授予郑国公的是常遇春的儿子而不是常遇春本人?因为常遇春已经在1369年病逝了,享年四十岁。真是天妒英才。

紧接着是二十八位侯爵,比起公爵榜,侯爵榜上打酱油的人就多起来了,虽然在那个时代他们也都是叱咤风云的英雄人物,但是经过六百年历史的大浪淘沙,他们中的绝大多数都沦为了路人甲。

无论如何,大明朝的开国风云人物基本上都在这里了。

且慢,似乎还少了一个人!

没错,就是刘基。

虽然创业时期刘基一直以幕僚谋士的身份参与朱元璋的军机决策,没有独立完成过类似于北伐中原、死守洪都之类的军事项目,没有可以量化的业绩,但李善长也是文人啊,凭什么他是公爵第一,而刘基连个侯爵都名落孙山?

直到二十多天后,伯爵的名单也下来了。刘基终于找到了自己的名字:诚意伯刘基。除他之外还有一个人:忠勤伯汪广洋。

这对难兄难弟尴尬地对望一眼:原来你也在这里。

杨宪死后,汪广洋结束了海南的生活又回到了南京,虽然官复原职了,但毕竟理论上是个有前科的官员,所以对于自己的爵位,汪广洋没什么意见。

但过分的是汪广洋的爵位排名还在刘基的前面,连工资都比刘基高。三十六位功臣当中,工资最高的李善长有四千多石,就属刘基的工资最低,只有二百四十石。而且别人的爵位可以当遗产留给儿子,只有刘基的诚意伯是一次性的,用完作废。

这不存心恶心人吗?

为什么大明王朝的股份大派送当中,刘基得到的如此之少呢?

一个重要原因当然是朱元璋和刘基的关系已经变得越来越微妙。

不过对于刘基来说,这件事情并没有让他太沮丧。多年辅弼佐谋,刘基对朱元璋的心态有深刻的了解。朱元璋最担心大权旁落,对勋高爵显者提防尤甚,因此刘基相信,功劳越小、爵位越低,反而越安全。

刘基太了解朱元璋了,在建国之初,他就曾经预测大明王朝会有"三十年杀运",到时候,功臣名单上的人一个都跑不了。

离开,必须离开,在"杀运"来临之前,躲得越远越好!

抽身离去，
留下了多少传奇故事

"山中宰相"战战兢兢

1370年年底,刘基再一次告老还乡,朱元璋也没有再强求。

第二年正月,刘基正式从南京出发回老家青田。在他临行前,朱元璋送了他一首诗——《赠刘基》。

妙策良才建朕都,亡吴灭汉显英谟。
不居凤阁调金鼎,却入云山炼云炉。
事业堪同商四老,功劳卑贱管夷吾。
先生此去归何处,朝入青山暮泛湖。

在这首诗中,朱元璋对刘基的功业评价非常高,也流露出了依依不舍的情绪。毕竟刘基曾经在他最困难的时候来到他身边,跟他一起熬过了那段朝不保夕的岁月,从1358年刘基出山,到1368年天下一统,整整十年,十年间可以发生很多事情,陌生人可以变成朋友,朋友可以变成仇人,连仇人都可以重新变回陌生人。

刘基走了,离开了他自己建造的南京城。二月二十四日,他重新回到了老家青田,柴门依旧,仿佛他从来没有离开过。

和1368年回家避风头那次不同,这一次,刘基是铁了心要做隐士,两耳不闻天下事,只求当个日出而作日落而息的老百姓,安度晚年。

但朱元璋还是没有忘记刘基,经常隔三岔五送信过来,主要是讨论国家法律制度并咨询一些天象类的问题。

比如朱元璋有一次写信给刘基,说今年秋天天上嗡嗡作响,而太阳中也出现了两三处黑子,连着好多天都这样了,这是个什么征兆呢?

对于这种信,刘基也只能回信说些"今国威已立,宜少济以宽"之类的话,一边不能让朱元璋不开心,一边又不能让自己显得很谄媚。

在刘基隐居的几年里,这样的书信来往很多。在国事上,朱元璋依然仰仗着刘基,而刘基也小心翼翼地提出自己的意见,两人的关系让人联想到南梁的"山中宰相"陶弘景。

可惜刘基的日子比陶弘景无奈多了,见识了高调的杨宪是怎么死的之后,刘基更加低调,上次回家还出去旅个游开个派对,现在连家门都不敢出了,完全沦为"宅男"。

变身"宅男"的刘基尤其害怕见生人。有人的地方就有是非,他再也不想招惹任何是非了。

更何况,刘基现在有一个不怀好意的敌人:胡惟庸。谁知道他会见的某个客人里面,有没有胡惟庸派来套话的密探?

那就干脆谁都不见。

可是刘基这些年毕竟声名在外,尤其是在青田这种小地方,谁不想当面看看他啊。

于是前来拜访的人络绎不绝,被拒绝了也锲而不舍。青田知县做得最绝,心想你不愿见士大夫,那我就打扮成老农来见你!果然,刘基当时正在洗脚,一听有个老农找他,以为是田间地头的某个老乡,就没在意,让他进来了。

知县一见刘基,立刻脱去伪装:"哈哈,终于见到您了,其实我的真实身份是青田县令!"

知县本以为刘基会为他的机智哈哈大笑,结果令他震惊的事情发生了。刘基一瞬间变得畏畏缩缩,起身便拜:"知县大人驾到,小民有失远迎,罪该万死!罪该万死!"

知县被搞蒙了,堂堂开国元老、御史中丞居然对自己如此卑躬屈膝,知县一时间手足无措。

接着,刘基找了个借口把知县大人送出了家门,然后就再也不肯见他了。

刘基的小心谨慎到了这个地步!

这还不够,从1371年开始,刘基一反当年刚正不阿的性格,开始学会了大张旗鼓地奉承。

二月份回到家的当天,他就写了一封《谢恩表》让儿子亲手呈交给朱元璋谢恩。在这封信里,刘基把朱元璋夸得天花乱坠,简直是三皇五帝给他提鞋都不配,然后又把自己贬得一无是处,简直给山野村夫提鞋都不配。

然后,刘基做出一副诚惶诚恐的样子,感谢朱元璋让他能够告老还乡,还给他发工资让他不至于饿死。

这封信写得实在是让人不忍卒读,但让人不忍卒读的还在后头。

同年四月,明军扫除了南方的最后一个钉子户:盘踞四川的大夏国。这个消息传到青田后,刘基知道,奉承的机会又来了,于是连夜赶出了一篇《平西蜀颂》,还是让自己的儿子亲手送到南京,进献给朱元璋。

这篇文章很长,就不全文列举了,光看序文就会发现,其马屁之响,在刘基的创作史上绝无仅有:

臣刘基沐浴皇恩这么久，实在无法报答陛下，这次远远听到来自四川的捷报，我简直乐疯了，都忘了自己姓什么了，于是就写了这篇《平西蜀颂》，即使不能写出陛下您万分之一的圣明，至少也满足一下我就像向日葵向往太阳一样崇拜陛下您的心境吧！

曾经运筹帷幄的头脑，却用来构思这样的文章，本应用来轻摇羽扇的手，却用来写下这样的文字，刘基当时的心情该有多么黯然！

可是，即便刘基已经如此小心谨慎，如此曲意逢迎，祸事还是降临到了他头上。

胡惟庸的致命一击

在离刘基老家青田十五公里的地方有一个小村子，名字叫谈洋。这个村子坐落在处州、温州和福建三地的交界处，是个典型的三不管地区，平时奶奶不疼姥姥不爱，出了事儿也是山阴不管、会稽不收，所以三个地区的犯罪分子都喜欢往这里跑，谈洋几乎成了罪犯的天堂。

在1371年辞职的时候，刘基就跟朱元璋建议要在谈洋设立巡检司，把三不管地区管起来。朱元璋觉得有道理，就按刘基所说的办了。

那时候的刘基已经心灰意懒，要不是谈洋离自己家乡太近，他甚至都不会提这种建议。但是他没有想到的是，这简简单单的建议，却埋下了祸根。

问题不在于建议本身，而是他提建议的方式。理论上这种事情是中书省的职责范围，而刘基绕过中书省直接跟皇帝提建议，那不是狗拿耗子——多管闲事吗？中书省的官员非常生气。

抽身离去，留下了多少传奇故事

幸运的是，当时中书左丞胡惟庸刚刚斗死了杨宪，现在正在跟从海南回来的汪广洋较劲儿，没工夫理刘基。

就这样，刘基回家了，过了几年低调得不能再低调的日子。

直到1373年，刘基听说谈洋巡检司并没有让这个地方安定下来，反而有个叫周广三的私盐贩子在那里造反了。

在太平盛世有人造反，地方官吃不了得兜着走。所以当地官员很默契地闭上了嘴，没有人把这件事情捅上去。

刘基可是经历过江浙平叛的人，方国珍等人的事迹还历历在目，怎么能容忍有人在自己家门口造反？

这件事关系到家乡的安危，刘基必须破一次例，不能继续当宅男了。于是，他再次让自己的儿子给南京的朱元璋送信。这次可不是阿谀奉承的文章了，而是向他报告谈洋叛乱的实情。

或许是和朱元璋直接沟通的次数太多了，刘基再一次忘记，这件事情的管辖权在中书省。

此时此刻的中书省，汪广洋斗败，已经卷铺盖回家了。中书省只剩下胡惟庸一人独大，能腾出手来对付刘基了。

一想到刘基三番五次蔑视中书省，听说他当年论相的时候还说自己没有宰相的气量，还指使疯狗一样的杨宪咬淮西人……新仇旧恨涌上心头，胡惟庸气得咬碎钢牙，哇哇直叫：一定要教训这个老东西！

可是从何下手呢？刘基辞职回家的那几年实在太低调了，一般人根本抓不住他的把柄。不过他胡惟庸是一般人吗？他立刻想到了刘基之前绕过中书省建议在谈洋设巡检司的这件事，一丝奸诈的笑容浮上嘴角。

这种事情也能置刘基于死地？别人不能，胡惟庸能。确定计划之后,他立刻指使刑部尚书吴云沐上书弹劾刘基(现在胡惟庸早就咸鱼翻身,从被人指使的棋子升级成指使别人的棋手了),弹劾的主题令人匪夷所思:刘基侵占王气之地!

在胡惟庸的故事里,刘基几年前之所以要在谈洋设立巡检司,是因为他早就看中了这块有王气的风水宝地,想给自己做墓地。但是刘基又不敢用暴力强拆的方式抢地,怕老百姓会被激怒,于是就故意让朱元璋在那里设立巡检司来镇压百姓。结果没有能够镇压住,刘基抢地的行为激起了民愤,终于引发了武装暴动。

谈洋设司与周广三叛乱,两个风马牛不相及的故事居然能够被胡惟庸编辑在一起!不过,在胡惟庸的故事里,真正的重点不是刘基抢地,也不是激起民变,而是"王气"。

给自己找一块风水好的墓地是理所当然的,可是找一块有王气的墓地……后面的话胡惟庸就不用说下去了,朱元璋自然就明白了。

这个故事的主角如果是其他人还好说,但偏偏刘基最擅长的就是遁甲五行、风水星象,这些也正是朱元璋一直相信的东西。

胡惟庸的故事虽然荒诞,但刘基根本找不到理由去反驳,因为他比任何人都更懂奇门风水之学,面对他的任何解释,对手都会抛出一句:"反正我们也不懂,你怎么说就怎么是呗!"这个时候,刘基还能说什么?

他打死都想不到,最后会栽在自己最擅长的领域里。在战场上,刘基擅长从敌人强大的背后找出薄弱点,而在政坛上,胡惟庸却擅长把敌人的强大变成弱点。

果然,这份奏折击中了朱元璋心中的痛点,他几乎就相信了。

但朱元璋毕竟比胡惟庸更聪明,他没有立刻处置刘基,而是下令,停发刘基的退休金。

这是一个很令人费解的反应,停发退休金的处分落实,就说明朱元璋已经断定刘基有罪,但刘基的罪名又实在不是停发退休金就能够处罚得了的。

这是一种警告,还是一种开恩?

胡惟庸不知道,刘基也不知道。但刘基唯一知道的是,他的人生已经走到了最危难的关口,生或者死,他只有最后一个办法来挽救自己。

再次返京争取主动

刘基的应对策略是主动出击。

朱元璋已经猜忌他了,今天可以停发退休金,明天就可以摘走项上人头,甚至可能整个家族的性命不保。

刘基不愿意就地等死,他当即决定:离开青田,奔赴南京。

他知道胡惟庸奈何不了他,真正决定他生死的是朱元璋。既然朱元璋担心他要造反,那么他就干脆每天在朱元璋的眼皮底子下待着。

当年离开南京是为了避祸,可是现在,刘基只能再次回到南京,如果这个时候不反击,他的死期指日可待。

见到朱元璋之后,刘基没有做任何辩驳,只是伏在地上痛哭流涕,大声责备自己。

刘基一点儿都不敢为自己辩驳,他知道,真理有时候不是越辩越明的,解释很多时候会被当成掩饰,特别是朱元璋都停了他的退休金了,他要是说自己没错,那不等于说朱元璋错了?

朱元璋本来对这件事情也是将信将疑,否则就不会只停他的退休金了,现在看刘基的态度,又想到反正在自己的眼皮底子下刘基也掀不起什么风浪来,终于摆摆手,这事儿就算过去了。

刘基满头大汗地走出皇宫,这是他一生中遇到的最大的危机,虽然已经被化解了,但谁知道下一次、下下次还能不能躲过去。不怕贼偷就怕贼惦记,刘基被朱元璋和胡惟庸两个大佬惦记着,总有一天会着了他们的道儿。

接下来的日子,刘基只能老老实实待在南京城里。他的心境是凄凉而落寞的,在此期间,他写了一首《尉迟杯·水仙花》,充分表明了他的心情:

凌波步。怨赤鲤、不与传缄素。空将泪滴珠玑,脉脉含情无语。瑶台路永。环佩冷、江皋荻花雨。把清魂、化作孤英,满怀幽恨谁诉?

长夜送月迎风,多应被、彤闹紫殿人妒。三岛鲸涛迷天地,欢会处、都成间阻。

凄凉对、冰壶玉井,又还怕、祁寒凋翠羽。盼潇湘、凤杳篁枯,赏心惟有青女。

多么落寞的人才能写出这样的词句来?

可落寞归落寞,刘基表面上丝毫不敢表现出来。虽然他现在已经是个"闲散官员",但每天早朝依然一丝不苟地去打卡签到,一分钟都不敢迟到早退。只要有机会,就会利用自己的文笔写些歌功颂德的应景文章。

总之,不求有功,但求别让人抓到把柄。

可就是这么着,刘基还是被朱元璋找机会好好羞辱了一顿。

1373年八月，正好遇到祭祀孔子的典礼，当时胡惟庸和刘基因故没有参加，不过作为"应到人员"，还是分到了祭祀的胙肉。

可就是这一条肉干让朱元璋心里很不舒服，他发了一条诏书："刘基，你身为孔门弟子，祭孔这么大的事情居然敢缺席？你是想给天下的读书人做表率吗？"紧接着，就罚了刘基半个月的退休金。

可怜刘基刚恢复领退休金没多久，又被扣走了。更让人不爽的是，同样旷工的胡惟庸却连口头批评都没有收到。

不公平，太不公平了。可是刘基又能怎么办？算了，想扣退休金就扣吧，只要能够给全家人留下领退休金的命就成了。

进入1374年后，刘基预测的"三十年杀运"即将临近，朝堂之上的白色恐怖气氛越来越浓。昔日朝中的权贵动不动就被当庭打屁股（廷杖），甚至流放，诛杀，就连一直被称为谦谦君子的宋濂都没能逃脱朱元璋的猜忌。

有一次，宋濂在家里请客吃饭。朱元璋居然派人监视他，第二天又专门把宋濂找来，问他有没有喝酒，请了哪些人，炒了什么菜。宋濂流着冷汗据实回答。毫无疑问，只要他说的有一句和事实不符，那么刘基的今天就是他的明天。

在这样的大环境下，刘基只能更加谨慎，他像只受惊兔子一样，一步三回头。

这样的日子，刘基熬了一年多，心中的郁结是常人无法想象的。刘基本来年纪就大了，在这样的心情下，身体更加糟糕，用他自己的话说，是"须发已白过太半，齿落十三四，左手顽不掉，耳聩，足腿踔不能趋"。

到1375年的正月，刘基终于病倒了。

一代谋臣人生落幕

1375年正月初一,刘基早朝签到回来,饶有兴致地写了一首诗:
　　枝上鸣报嘤早春,御沟波澹碧龙鳞。
　　旂常影动千官肃,环佩声来万国宾。
　　若乳露从霄汉落,非烟云抱翠华新。
　　从臣才俊俱杨马,白首无能愧老身。

谁承想,这首《乙卯岁首早朝奉天殿柬翰林大本堂诸友》竟成了他的绝笔诗。几天之后,刘基就病了。

他得的是"风露之疾",也就是感冒。对于年老体衰的刘基来说,感冒可不是小病,没多久,小病就变成了大病。很快刘基就卧床不起,没法去上早朝了。

得知刘基的病情后,朱元璋派了一个人来看刘基。这个人是胡惟庸。

胡惟庸把刘基整得那么狠,两人仇深似海,本来探病这种事情也就走个形式罢了,但让刘基不安的是,这次胡惟庸格外热情。

他还带了一个医生过来,据说是个名医。在胡惟庸的强烈要求下,刘基让名医号了脉,然后名医给刘基开了一帖药。

胡惟庸的药刘基敢吃吗?可是话又说回来,胡惟庸是朱元璋派来的,胡惟庸的药就是朱元璋的药,换句话说,胡惟庸的药刘基不敢吃,可是朱元璋的药,刘基敢不吃?

胡惟庸的药果然很有效果,具体表现在刘基服下之后病没有减轻,反而觉得腹部产生了一个肿块,摸起来硬邦邦的,而且呈越来越硬的趋势。

刘基很不安，无论是谁肚子里长了一坨奇怪的东西都不会太淡定，于是他上书把自己的这个情况跟朱元璋磨叨了一下，但是朱元璋不知何故没有理他。

没过几天，刘基就被病痛折磨得奄奄一息了。他再一次向朱元璋提出了回家的申请。朱元璋看刘基半条腿都伸进棺材里了，谅他也掀不起什么风浪，终于没有再为难他，准许了。

1375年，刘基收到了朱元璋下发的文件《御赐归老青田诏书》，准许他告老还乡。

刘基一生收到过无数诏书，但这份诏书的口气无疑是最冷漠的。

诏书的开场白是"君子绝交，恶言不出，忠臣去国，不洁其名"，一副冷冰冰的面孔。在这份诏书里，朱元璋也不再称呼刘基为先生，而是一口一个"尔刘基"，不睦之情跃然纸上。

但刘基已经不在乎了，他只想回到家，死在自家的床上、亲人的身边。

二月十四日，刘基告别了朱元璋，最后一次踏上了回家的道路。

回到家后，刘基又苦苦撑了一个多月，终于感觉到了来自另一个世界的召唤。刘基的家人知道刘基快不行了，都聚集在床边，听他的临终遗言。

即使在弥留之际，刘基心里想的还是国家社稷，他打起最后的精神，口述了一份遗表："治理国家，一定要一张一弛、宽猛相济，而现在这个时候，应该修德政了。另外，南京周围那些险要的军事要塞，一定要和南京城连成一片互为犄角，不可懈怠。"

写完之后，刘基让自己的次子刘璟把遗表收起来，说："胡惟庸这个人迟早会完蛋的,等他完蛋了,陛下一定会想起我,到时候,再把这份遗表给他。"

接着,刘基又把自己这一生关于天文、数术、兵法方面的著作手稿全部交给长子刘琏,嘱咐等到自己发丧后再呈交给朱元璋,并且特别嘱咐,刘氏家族的后裔绝对不能够学习这些知识。

在太平年代,除了乱臣贼子,没有人会需要这些知识。

安排完了后事,刘基用尽最后的力气打量着这个世界。1311年七月一日,刚出生的刘基也曾这样打量过世界,只是那时候的眼神是那么清澈。

大明朝洪武八年,即1375年,刘基永远地闭上了眼睛,享年六十五岁。

值得一提的是,北元的王保保也死于这一年。大元帝国的末代名将和大明帝国的开国谋主在同一年离开了这个世界,标志着一个时代落下了帷幕。

而另一个时代已经降临。

就在刘基逝世后不久,朱元璋正式向功臣举起了屠刀,蓝玉、胡惟庸、李善长、冯胜、傅友德、汪广洋……一个个显赫的名字全都成了刀下亡魂,南京城被杀戮的恐怖所笼罩。

刘基预言中的三十年杀运,终于开启了。

可以说,刘基是幸运的,他和李善长、胡惟庸、朱元璋斗了这么多年,至少他保住了自己的名爵,保住了自己的家族。比起当年那些飞扬跋扈,如今却人头落地、家破人亡的对手们,刘基晚年的隐忍,值了。

随着越来越多的功臣脑袋落地,朱元璋感到越发疲惫、越发寂寞。

他又重新开始想念刘基,毕竟在所有功臣中,刘基是最低调,对他威胁最小的。

于是,在刘基死后,他得到了生前所没有得到的尊荣。

1390年,朱元璋授予刘基的子孙们世袭诚意伯的权利,同时把俸禄从二百四十石增加到五百石。

即使在朱元璋驾崩后,刘基的平反工作依然在继续。

1513年,正德皇帝朱厚照加封刘基,追赠他为太师,谥号文成。

1551年,嘉靖皇帝朱厚熜把刘基的灵位请进皇家祠堂,和徐达等开国功臣并处一室。

作为那个时代最伟大的谋略大师、术数大师,同时作为伟大的军事家、政治家、文学家,作为能与吕尚、张良、诸葛亮并称的传奇智者,刘基无愧于这样的殊荣。

不过是一文人而已

从1375年刘基逝世的那天起,加在刘基身上的殊荣就像滚雪球一样越滚越大。这些殊荣有来自官方的,更多是来自民间的。有本就应当属于刘基的,但更多的殊荣本不当属于刘基。

比如那些在署名栏上印着作者刘伯温的百年超级畅销书:预言书《烧饼歌》、算命书《滴天髓》、火器教材《火龙神器阵法》、兵法书《百战奇略》,等等,如果单从书单来看,刘基简直无所不通、无所不能,说是文曲星下凡都不为过。

可惜的是,这些书无一例外都是后人假托刘基之名而作的"伪书",刘基真正流传于后世的只有一些诗词集和散文集,以及那本用寓言故事写思想的《郁离子》。

其实,刘基真正的身份,只是一个熟知阴阳术数、精通战略战术,怀着一腔正义、一心建功立业的文人而已。

是的,不管刘基从语言行为上多么像一个术士,不管刘基在战场上如何运筹帷幄,从本质上,他是一个文人,学识渊博,文采斐然,性格执拗,拙于世故,圣人之言铭记于胸,天下苍生长挂心头。

这样的身份决定了刘基不会像无数民间传说里的刘伯温那样嬉笑怒骂、玩世不恭,相反,真实的刘基,一生中充满了压抑:为求功名自小苦学、悬梁刺股、发奋读书,根本没有时间用他所谓的"机智"去戏弄地主老财和官老爷;青年时期在元朝官场上事事不如意、处处不顺心,最后终于在苦闷中放弃仕途;即使在跟着朱元璋打拼的那十年,刘基也不得不处处小心、事事谨慎,因为他面对的敌人都是当时最强大的军阀;而在朱元璋称帝后,他更是步步惊心,周旋在淮西集团和朱元璋之间,苟全性命。

刘基的性格太过于耿直,有时候耿直到了不近人情的地步,所以他不懂得长袖善舞的道理,也不会左右逢源,这样的性格似乎和他神机妙算的谋划能力并不统一,但他就是这样的一个人,一个执拗的书生。

这样的性格让他吃了太多的苦头。很多时候,性格决定命运,即便是再有过人的智慧也拯救不了他。

这是刘基的不幸,但也是他最可爱的地方。

绝对的聪明人一点儿都不可爱。吴起杀妻求将、韩信卖友求荣、曹操"宁可我负天下,不可天下负我"……这些人都是聪明人,永远都能做出最理性的抉择,做事情永远游刃有余,但不会让所有人尊重他们。

而刘基,他聪明却又迂腐,在战场上他计谋不断,但是在正义是非面前,他却光明磊落,明知不可为而为之。

因为刘基的本质不是阴谋家,而是一个书生、一个文人。

所以终其一生,他只是朱元璋麾下的首席幕僚、大明帝国的一位普通官员,因为他身上没有枭雄的气质。

幸亏他身上没有这种气质。

图书在版编目(CIP)数据

神机妙算刘伯温 / 丁当著 . -- 北京：中国华侨出版社, 2020.12（2021.2 重印）
　ISBN 978-7-5113-8144-6

　Ⅰ.①神… Ⅱ.①丁… Ⅲ.①传记文学－中国－当代 Ⅳ.① I25

中国版本图书馆 CIP 数据核字（2020）第 006100 号

神机妙算刘伯温

著　　者：丁　当
责任编辑：刘雪涛
封面设计：冬　凡
文字编辑：李翠香　黎　娜
美术编辑：盛小云
经　　销：新华书店
开　　本：880mm×1230mm　1/32　印张：10　字数：286 千字
印　　刷：三河市燕春印务有限公司
版　　次：2020 年 12 月第 1 版　2021 年 9 月第 4 次印刷
书　　号：ISBN 978-7-5113-8144-6
定　　价：46.00 元

中国华侨出版社　北京市朝阳区西坝河东里 77 号楼底商 5 号　邮编：100028
法律顾问：陈鹰律师事务所
发行部：（010）58815874　　传　真：（010）58815857

如果发现印装质量问题，影响阅读，请与印刷厂联系调换。